Simon Vitodi, ne recule pas !

Roman

Comte de Sué

Du même auteur, chez le même éditeur,
deux aventures du même *héros* :

Simon vit ce mai entre larmes et laids Corses.

Simon, oncle en été.

© 2012 par *Comte de Sué*. Tous droits réservés.
comtedesue@orange.fr

Éditions www.lulu.com
ISBN 978-1-291-21180-1

À mes lointains ancêtres microbes.

Comte de Sué.

Avertissement :

attention : vous entrez en fiction !

Notule :

les maximes ouvrant chaque chapitre sont tirées du petit recueil titré
« *La plaisante sagesse lyonnaise* »,
écrit en 1920 par Justin Godart, alias Catherin Bugnard,
secrétaire perpétuel de l'Académie des Pierres-Plantées
(Lyon, Croix-Rousse).

*Les jeux de la foi ne sont que cendres,
auprès des feux de la joie.*

Jacques Prévert.

*À toutes choses égales,
il vaut mieux s'enfoncer dans la nuit
qu'un clou dans la fesse droite,
ou gauche selon le cas et les circonstances.*

Pierre Dac.

La générosité est une vertu dure à pardonner.

*Je ne suis pas homme à reculer devant du béton,
même s'il est armé.*

Simon Vitodi.

Chapitre 1

*« Tout le monde peuvent pas être de Lyon.
Il en faut ben d'un peu partout. »*

Malheureux ceux qui naquirent ailleurs, laisse entendre *la plaisante sagesse lyonnaise*. Heureux Guitou, qui vit le jour entre Rhône et Saône. Mieux : il était un "gone" de la Croix-Rousse, et en était fier, du haut de sa huitaine d'années et des pentes de sa colline jadis ouvrière. Fierté dont l'avait imbibé, dès le biberon, Bouboule : son tonton Nestor. Le frère de sa maman devait son surnom au quintal de couenne engrangé à la fourchette. « Je suis le dernier des voraces ! », clamait volontiers Bouboule. Formule à double sens, à laquelle répondaient des sourires entendus, sur le visage des interlocuteurs du quartier. Guitou comprit cette *gandoise* le jour où l'oncle bien incarné l'entraîna vers la proche place Colbert, en déclarant « je suis le roi des voraces, et m'en vais te montrer ma cour ! ». Au numéro 9 de ladite place, une modeste *allée* donne sur une cour enchâssée dans un immeuble de canuts haut de huit étages. On peut s'échapper de la forteresse en passant une grille pour dévaler deux étages de rudes marches piquant droit sur une obscure traboule transversale. La cour est dominée par un monumental escalier de façade, avec galeries, et rampes de fer forgé, sur six niveaux. Le tonton évoquait le XIXe siècle. Là, se tenait la *loge* mutualiste de canuts du *Devoir mutuel*. Ses membres étaient *les devoirants*. Nom que l'usage populaire déforma en *dévorants*, puis en *voraces*. Qualificatif seyant à leur appétit d'avantages sociaux. Ces *devoirants* furent pour beaucoup dans les révoltes canuses de 1831 et 1834. Nestor s'échauffait, rappelant au petit Guy la devise inscrite sur le drapeau noir des révoltés : « vivre en travaillant, ou mourir en combattant ». C'est au moment où, du fond de la cour des voraces, il braillait l'hymne désespéré des ouvriers de la soie : « c'est nous les canuts, nous sommes tout nus », que le chanteur chut sur le cul.
S'il *s'abousa* ainsi, ce fut à cause de son penchant pour la *chopination*. Il avait un magasin à éponges en guise *d'estom*, le Bouboule. « Quand on s'appelle Niole, on se doit d'en licher ! ». Telle était l'avunculaire rengaine bistrotière. Guitou s'accommodait des scolaires plaisanteries que lui valait ce patronyme partagé avec Nestor et Rolande, sa maman célibataire.
Rolande travaillait de nuit, à la cantine de la grande poste, tout en bas au bord du Rhône, près de l'immense place Bellecour. Le jour, elle tentait de se reposer. Son petit Guy l'y aidait en se faisant silencieux et souvent absent.

En ces longues journées chaudes du début juillet 2000, en vacances, Guitou musait de par les rues. Pour lui et ses copains, le lacis des ruelles, escaliers et traboules des pentes Croix-Roussiennes était un épatant terrain de jeu.

Une fin d'après-midi, la petite bande tint conciliabule autour d'une plaque d'égout de la rue Bodin. À proximité, était entreposé du matériel de chantier. Les travaux s'opéraient en sous-sol : colmatage de galeries. La présence des boyaux souterrains émoustillait les *gones*. Les imaginations bouillonnaient en visions d'empire des ténèbres. Un "grand" ébaucha un projet d'exploration. L'affaire fut entendue, et rendez-vous pris pour le soir même.

Au crépuscule, les mômes s'affairèrent, dans une ambiance de conspiration. Le chef de bande était armé d'une imposante clef à molette. Grâce à la volonté collective, l'énergie déployée compensa l'inadéquation de l'outil. Soulevée de quelques centimètres, puis agrippée de toutes parts, l'épaisse rondelle métallique perdit son statut d'obstacle. Penchés sur l'orifice, tous retinrent leur souffle. Une hésitation les figeait, prélude au frisson de la peur. Il tremblotait, le faisceau lumineux qui plongea au cœur de l'inconnu.

Kévin, le moins hardi de la bande, les fit sursauter par son cri. Il bafouilla avoir vu au fond du trou des yeux brillants. Ce fut la débandade.

Guitou resta seul avec "le grand", qui trancha :
— c'est plein de gaspards là-dedans. On risque de choper une sale maladie.

L'heure du renoncement dans l'honneur avait sonné.

Le duo peina à replacer la plaque sur l'ouverture, puis se sépara.

Guitou, qui s'était glissé au-dehors après le départ au travail de sa mère, ne rentra pas chez lui. Personne ne l'y attendait. C'était les vacances. Il fallait en profiter. Depuis quelques jours, il avait plaisir à s'attarder, en fin de journée, dans le secret du jardinet public délimité par la montée Saint Sébastien, les rues Bodin, Grognard et Magneval. Il y rêvait à loisir, caché sous un bosquet. Ce soir, il doit digérer la frustration née de l'avortement de l'expédition souterraine. Allongé sur l'herbe sèche et clairsemée, il fronce les narines. L'air chaud exalte l'agressive puanteur d'un proche étron canin. Difficile de s'abstraire de ce rude ordinaire pour gagner le royaume onirique bâti jour après jour… Cependant, l'intrépide petit Guy y parvient. Et il rêvasse tant et si bien, qu'il s'endort gentiment.

En s'éveillant quelques heures plus tard, il prend peur. Où est-il ? Des lambeaux de rêve embrument sa conscience. Il se redresse, se frotte les yeux et frissonne. Son regard plonge vers la rue Adamoli, d'où s'échappe à nouveau un cliquetis métallique. Il reste à couvert. Médusé, il voit monter à lui une créature bizarre. Cela tient de l'oiseau et du rat. Noire, gigantesque, la bête file en rase-mottes. Ses ailes membraneuses ondulent. Guitou se blottit et ferme les yeux. Ainsi, la chauve-souris géante passera sans le voir.

Ce n'est qu'un cauchemar. Il dort...
Un souffle l'effleure. Entendant les tapotements et froissements s'estomper, il ouvre les yeux. Là-bas, le monstre plane au-dessus des marches de la rue Grognard, vire et s'évanouit dans la rue Bodin.
Le danger est passé. La curiosité remplace la peur. Le *gone* file vers le coin nord-est du jardin. De là, il aperçoit l'animal accroché à la plaque d'égout de la rue Bodin. Cette pesante rondelle de fer que lui et ses copains ont remuée à grand peine, voilà que la créature la soulève sans effort. La bête glisse dans les profondeurs. Le petit témoin n'ose bouger. Écarquillant ses quinquets, il se demande s'il a rêvé. Certes non, puisque le couvercle du puits n'est plus en place. Guitou tergiverse, poussé par l'envie d'aller y voir de plus près, et retenu par la crainte inspirée par la sinistre émanation des ténèbres.
Il se dit que ce sont les yeux du monstre, que Kévin a vus. Dérangée dans son trou, la chauve-souris géante a fui. À présent, elle vient de regagner ses pénates. Mais pourquoi laisse-t-elle son antre ouvert ?
La réponse finit par sortir de la bouche des enfers. Elle émerge des entrailles de la colline. Son mouvement s'accélère, elle s'extirpe. Le vampire coiffe de ses ailes fuligineuses la plaque d'égout. Un bruit sourd signe la fermeture de la tanière. La bête glisse en oblique dans la rue Bodin. A-t-elle des pattes ? Guitou croit en apercevoir quelques unes lorsque l'animal s'engouffre au numéro 5. Le môme connaît cette allée, qui traboule vers la rue Magneval. Soulevé par un élan irréfléchi, il piste la créature des ténèbres. Moment de folle témérité. Guy l'éclair fond sur le 5 de la rue Bodin. Il s'arrête. Son cœur se débat dans sa petite cage thoracique. Lorsque sa respiration s'apaise, il perçoit un froissement dans l'entrée. Le monstre est là, tapi dans le noir, guettant sa fragile proie.
Les ailes de la panique ne sont pas membraneuses, qui propulsent Guitou quelques mètres plus loin sur le trottoir. Il se jette sous la voûte en plein cintre de l'entrée du n° 3. De protectrice, l'obscurité devient vite inquiétante. À pas prudents, il gravit les sept marches et se coule sur le palier vers le point lumineux du bouton de la minuterie. La lumière devrait le protéger du vampire. Son index tremblant presse l'interrupteur. Les ampoules éclairent brutalement une indubitable absence de démon. La bête ne l'a même pas suivi ! Il s'est effrayé pour rien. Plus péteux que Kévin, ma parole, la honte ! Le froissement entendu au 5 venait des battements d'ailes de la chauve-souris plongeant dans la cage d'escalier. Elle prenait la poudre d'escampette par la traboule.
Guy descend l'escalier, décidé à suivre en parallèle la créature des égouts. Sur des jambes raffermies, il dévale trois étages. Puis, il se risque à l'orée de la cour commune aux traboules des numéros 3 et 5 de la rue Bodin.

Après une minute de guet, il se dandine nerveusement. Doit-il achever sans tarder la traversée du pâté de maisons ? Le monstre a-t-il gagné la rue Magneval depuis belle lurette ? Ou bien va-t-il surgir d'une seconde à l'autre ? Est-il terré dans le fond d'une cave, ou à l'affût dans un coin de cette sombre courée ? Dans cette chasse nocturne, qui est le gibier ?

Il se pétrifie, hypnotisé par le trapèze lumineux que projette une lampe de l'escalier voisin. La zone de clarté est envahie par une ombre dansante.

L'enfant se plaque au mur. La bête traverse la courette, glissant sur les pavés en "têtes de chats". Le *gone* voit l'ondulation noire des ailes de la chauve-souris démesurée, lorsqu'elle s'évanouit dans l'allée débouchant au 6 de la rue Magneval. Le guetteur se détache du mur, tout tremblant. Il hésite sur quelques pas flageolants. Peut-il abandonner un jeu aussi excitant ?

L'aventurier en herbe franchit en ligne droite la cour, et poursuit sa filature en parallèle dans l'allée du 4 de la rue Magneval. Il peine à entrebâiller un lourd battant de porte cochère. La portion de voie s'offrant à sa vue étant déserte, il s'enhardit à passer la tête dans l'ouverture…

Là-bas ! Le vampire est collé à la porte du n° 1 de la rue. Le panneau vitré se dérobe sur une bouche d'ombre engloutissant la créature, puis il se referme.

L'espion quitte son abri. Il approche du n° 1 de la rue Magneval. Les vitres de la porte laissent passer des éclats lumineux. Le môme tourne bride, et se réfugie dans l'ombre d'une embrasure. Après un moment de guet, il reprend de l'assurance. Le dragon a cessé de cracher le feu. Nul bruit suspect.

Le *gone* vient longer la façade de la maison maudite.

Rassemblant ce qui lui reste de courage, il tente d'ouvrir doucement la porte vitrée. Le soulagement domine la déception. L'huis est verrouillé.

Alors, l'enfant s'en retourne chez lui. Il marche vite, gloussant d'une émotion débordante. Les grandes vacances débutent dans l'inoubliable.

Cette nuit-là, Guitou fut long à céder au sommeil, et il rêva beaucoup.

Chapitre 2

*« Le secret pour partir,
c'est de s'en aller. »*

En murmurant cette plaisante maxime lyonnaise, tautologie qui n'eût pas déplu à Pierre Dac, Vitodi dévale les marches. Ce journaliste de 40 ans aime courir au petit matin dans les allées du lyonnais parc "de la tête d'or". Il est 5 h 30, ce mardi 4 juillet 2000. Il a quitté son nid d'aigle perché sur les pentes de la Croix-Rousse, au sommet de l'immeuble qui coiffe la traboule reliant le 7 de la rue Mottet-de-Gérando au 8 de la rue Bodin. Prenant d'intermittents appuis sur la rampe de fer forgé, il dégringole l'un des escaliers siamois piquant sur une courette obscure. La plongée au cœur de l'antique immeuble lui rappelle une fois de plus une classique réplique du théâtre de Guignol : « en descendant, montez donc ; vous verrez le petit, comme il est grand ! » ; guignolesque paradoxe inspiré par l'empilement de l'habitat Croix-Roussien, où votre chambre peut se trouver sous la cave du voisin. De haute taille, Simon s'entend épisodiquement qualifié par son vieil ami Justin, de "grand dépendeur d'andouilles". Mais en cette maison canuse aux étages adaptés à la hauteur des métiers à tisser, il aurait quelque peine à décrocher d'un plafond les goûteux priapes issus de boyauderie.

Au bas des marches, il jette un coup d'œil réflexe au-dessus de lui. Il y a belle lurette qu'il envisage l'affaissement de la tour en encorbellement, faite d'une pile d'antiques vécés *à la turque*. Il imagine la colonne de *goguenots en échauguette* croulant à l'instant où il s'engage dessous. Ce jour-là, il serait vraiment dans la merde, conclut-il, invariablement réjoui.

Il achève la traversée de l'immeuble en sifflotant entre ses dents. Prévenant à l'égard du voisinage, il annihile d'un geste précis le soubresaut de la lourde main serrée sur une boule composant le heurtoir de la porte extérieure qu'il referme.

La présence du matériel de chantier lui rappelle les travaux de colmatage des galeries souterraines, qui progressent au fil des jours. Entamés montée Saint Sébastien, au niveau des fondations de l'église Saint Bernard, ils ont migré rue Mottet-de-Gérando, pour atteindre la rue Bodin. Si le journaliste sait que le sous-sol de la colline tient plus du gruyère que du comté, il n'a qu'une idée vague du lacis de boyaux obscurs s'étendant sous ses pieds. Aux galeries drainantes contemporaines, il faut ajouter les multiples puits et souterrains d'adduction d'eau des temps anciens. Ces derniers ouvrages tombèrent dans l'oubli au XIXe siècle, quand la lutte contre les épidémies amena la population à consommer exclusivement de "l'eau de la ville". C'est donc sur une texture ignorée de termitière que se bâtirent de lourds immeubles, qui ne purent que s'affaisser et se lézarder au fil des décennies. On dut se résoudre à en démolir certains. Ainsi naquit, coincé entre les rues Bodin et Magneval, espace cher à Guitou, le petit jardin public effleuré par le regard de Vitodi.

Au moment de s'engager dans le grand escalier de la rue Grognard, le piéton marque un temps d'arrêt face à la perspective qui s'offre à lui. Par-dessus l'enchevêtrement de toits des immeubles bordant le Rhône, il voit le fleuve brasiller au Soleil levant. D'une grande main bronzée, il protège ses yeux aux iris bleus. Les rayons dorés roussissent sa barbe, et allument sa chevelure, blonde pilosité hirsute. Culotte courte et maillot léger changent le gaillard en adolescent attardé. Il reste campé tel un grand *gognant* attendant que se taille le gros crayon fiché par-delà le Rhône, dans le quartier d'affaires de la Part-Dieu. Guignant cette tour érigée à la gloire du puissant Crédit Lyonnais, il lâche : « toujours turgescent, le zizi de Zizi-béton ». La blague renvoie au règne de Louis Pradel, maire bétonneur de Lyon, dont le sobriquet Zizi fut bétonné en retour...

Le grand blond apprécie la sensation de plonger dans le fleuve, que lui donne la descente au petit trot des marches de la rue Grognard. Au bas de l'escalier, il vire à gauche dans la rue des Fantasques, qui lui imprime son sceau : il tourne illico à droite pour se couler dans la ruelle des Fantasques. Il court sur le faîte du sol pavé, en écartant en croix ses longs bras afin de caresser les murs de pierre de l'étroit passage. Sensuelle circulation d'un globule dans les capillaires d'une antique cité du vieux monde.

La ruelle conduit le coureur à la pittoresque montée Coquillat, dont le chapelet de marches constitue l'ultime étape du plongeon vers les quais du Rhône. Depuis la place Louis Chazette, où appond le tunnel routier sous la Croix-Rousse, monte le grondement de la circulation automobile.

Au terme de sa descente, le coureur allonge la foulée, sous les platanes du cours d'Herbouville. Il accorde un bref regard au mur de soutènement édifié après l'effondrement d'un immeuble en 1977. Cette année là, le gruyère Croix-Roussien avait tué. On dut plaquer sur son flanc une croûte de béton pour en contenir la mouvante pâte.

Simon passe le Rhône par le pont dédié à Winston Churchill. Le *vieux lion* à face de bouledogue promit à son peuple « du sang, de la peine, des larmes, et de la sueur ». Cette dernière suffit au coureur.

Le changement de point de vue a éteint l'incendie du fleuve, qui n'est plus que cendres liquides. Sur l'autre rive, le journaliste traverse le quai sans un coup d'œil au "monument des enfants du Rhône". Il a de longue date pris le

parti d'ignorer cette France revancharde pétrifiée en 1887. Il réserve son intérêt aux impressionnantes grilles de l'entrée principale du parc de la tête d'or. Enfant, elles ont marqué son cortex visuel par leurs dimensions et leur barbare sophistication. Masse métallique verdâtre semée d'or. De solides tiges s'épanouissent en délicates arabesques, feuilles, pétales, chaînons et autres motifs qui encadrent d'emblématiques lions d'or griffant l'air. Il sourit à l'idée que l'artiste en ferronnerie qui conçut cet ouvrage centenaire était anarchiste. Un amoureux de la liberté produisant grilles et serrures...
De quoi en perdre la tête. Comme cette statue de Christ en or dont le chef aurait fait partie d'un trésor dissimulé dans le domaine où naquit le parc. Lequel tient son nom de cette légende, qui entraîna jusqu'en 1860 de stériles fouilles dans le coin.

Il est six heures. Une brèche est ouverte dans les monumentales grilles par un employé du parc. Vitodi salue ce dernier d'un geste de la main, puis la centauresse de bronze préposée à l'accueil des visiteurs, d'un hennissement du plus bel effet.
Habitué aux petites excentricités du grand blond, le portier ne sursaute plus. Il sourit en regardant s'éloigner à longues foulées cette tonique réincarnation de hippy, dont la tignasse flamboie aux premiers rayons solaires transperçant le feuillage des grands arbres. Simon tête d'or en son parc !
Il a pris sur la gauche l'allée du lac, et traverse *la petite Suisse* : espace de verdure logé entre le quai Charles de Gaulle et l'étendue d'eau de seize hectares aménagée sur un ancien bras du Rhône. L'île aux trois ponts se détache à peine du rivage. Voici l'allée menant au souterrain d'accès à l'île aux cygnes : îlot cénotaphe conçu par l'architecte Tony Garnier, à la mémoire des Lyonnais morts à la préférée de Georges Brassens : la guerre de 14-18.
Le coureur délaisse l'allée du lac, pour un crochet sur la gauche par la grande roseraie. Soixante mille rosiers couvrent cinq hectares rehaussés d'un semis de statues et de blanches pergolas. Narines palpitantes, il évolue dans la jungle olfactive des subtils parfums exhalés par les roses arrosées de rosée.
En retrouvant le bord de lac, il note près de la rive une forte concentration de canards et de cygnes, et se demande quelle nourriture se disputent les volatiles. Les lieux sont encore déserts. Un employé du parc aura dispensé une matinale pitance aux aquatiques emplumés.
Le journaliste franchit le pont couvert menant à *la grande île*, dévolue depuis 1933 au vélodrome en béton, qu'il longe par l'allée de Belle Vue. Le pont du chalet le rend à la rive lacustre. Il ignore les allées conduisant au zoo, puis aux jardins botaniques. Il veut oublier la présence d'un petit millier d'animaux en captivité, afin de ne pas assombrir son humeur. Il préfère suivre au plus près le lac, cerné par de vastes pelouses.

À son deuxième passage, le coureur balaie d'un regard neuf l'assemblée de canards et de cygnes réunis au nord de l'étendue d'eau. Il suspend sa course, et quitte l'allée pour gagner la rive. L'onde est trouble dans la zone où évoluent les volatiles. Mais, le regard perçant de l'observateur distingue la nourriture des voraces palmipèdes : des poissons mêlés à diverses bestioles lacustres allant du ver de vase à la grenouille. Le menu fretin semble mort, et le comportement des proies plus grosses l'intrigue. Il les dirait désorientées. La lenteur de leurs mouvements les promet à l'appétit de la tribu des becs plats qui les traque.

— Traqués et détraqués, murmure-t-il, en pensant aussitôt pollution.

Comment expliquer autrement cette soudaine morbidité frappant la faune aquatique du lac ? C'est un empoisonnement localisé, marqué par les balises emplumées. Probablement un déversement, accidentel ou volontaire, de matières toxiques. Vitodi examine la rive, au droit de la zone polluée. Le sol ne semble pas plus foulé que le reste des abords du lac. Le détective amateur ne voit aucune rouée trahissant la manœuvre d'un véhicule poubelle. Mais, il découvre des traces qui le laissent perplexe.

Ce sont quatre trous peu profonds formant les sommets d'un rectangle d'un mètre par trois mètres, perpendiculaire à la rive. L'une des deux paires de creux est située au bord de l'eau. Leur forme ronde suggère qu'ils aient pu accueillir la base de quatre poteaux. Hypothèse invalidée par l'insuffisante profondeur des empreintes : huit centimètres, tout au plus. Imaginant un ponton dont les trous de fondation auraient été comblés, l'enquêteur scrute le fond des alvéoles. Aucune différence avec la terre avoisinante. Des herbes couchées vers le fond des cavités indiquent que le sol a simplement été tassé, comme poinçonné aux coins du rectangle.

Un ponton amovible pour accéder au lac en laissant un minimum de traces ?

Les points d'interrogation dansent dans la boîte crânienne du grand blond, au rythme de la course qu'il a reprise.

Celle-ci le mène aux abords du zoo, où il avise un homme poussant une brouette. L'idée lui vient que l'hypothétique ponton mobile pourrait faciliter des déversements aquatiques à l'aide d'une simple brouette.

Gardant ce mince soupçon pour lui, il relate l'incident lacustre à l'employé. Embarrassé, l'homme à la brouette tente de se défiler. Mais l'insistance du visiteur le pousse à se rendre sur place pour constater les dégâts.

Déconcerté, il rejette toute responsabilité de ses collègues et de lui-même. Après avoir annoncé que le conservateur du parc est en congé, il promet de signaler le problème au technicien en chef du zoo, qui doit venir ce matin.

Après une troisième virée autour du lac, le coureur a quitté les larges allées du parc de la tête d'or, pour regagner son aire Croix-Roussienne.

Il y pénètre sans bruit, et se glisse dans la cuisine, afin de faire infuser son thé, et préparer du café pour sa gazelle.

Pendant que sur l'odorante poudre passe l'eau, sous l'eau de la douche passe l'athlète moite d'une sportive sueur. Se livrant au bienfaisant contact du liquide tiède, il réfléchit au petit mystère du lac de la tête d'or.

En préliminaire, il décide de se garder d'exagérer l'incident...

Absorbé par ses pensées, il n'est plus sur ses gardes. Dans son dos, la porte de la salle de bains s'est lentement ouverte. Sournoise, s'avance une haute silhouette noire. Nu, sans défense, Vitodi est à la merci de l'attaque. Celle-ci n'est pas dénuée de vice. Une longue main sombre contourne une hanche de la victime. Soudain, les doigts fuselés emprisonnent le sexe du grand blond.

L'empoigné sursaute, et maîtrise in extremis un réflexe défensif. Il connaît bien la voix chaude, relevée d'une pointe d'accent africain, qui chantonne à son oreille :
— j'exige une rançon pour libérer le petit.

Le corps élancé et souple de Touléza épouse langoureusement le dos musclé de l'homme, qui tourne la tête pour répondre :
— il me semble que tu n'as pas les choses bien en main.

Au rire clair de l'assaillante, succède une feinte mise en garde :
— attention, le petit relève la tête. S'il nous fait une crise de croissance, la rançon sera plus forte.
— Paiement en liquide ?

Léa ne répond pas, qui embrasse la peau hâlée et légèrement salée de son compagnon. Le crêpe de sa toison pubienne chatouille une masculine fesse. Côté pile, son postérieur pommé attire une large main tannée accompagnée d'une exclamation :
— le matin comme le soir, il est crépu c'cul !

Bien engagé, le débat gagne en intensité. La parole se raréfie. Les gestes suffisent au renforcement de l'entente cordiale et au rapprochement des parties. Un doux combat se déroule sous l'eau ruisselante. Puis, une main économe ferme les robinets de la douche. L'alibi de l'eau ne tient plus devant la libido, qui déborde. Les deux corps escaladent à l'unisson les degrés du plaisir. Couleur de pain brûlé, l'épiderme de la femme tranche sur la peau dorée et glabre de son partenaire. Un dernier spasme, et l'eau de la douche vient débarrasser de sa rosée amoureuse la chair apaisée.

Simon essuie tendrement le corps longiligne de sa compagne, qui ne lui rend qu'un décimètre sur ses un mètre quatre-vingt-dix. Sa main s'attarde sur les seins mignons et fermes de la jeune noire. Celle-ci secoue ses fines tresses en

un feint reproche :
— tu vas finir par les user. Je n'en ai pas de trop.
— Tes tétons sont au poil. Il y en a ni trop, ni trop peu. Ni trop pique, ni trop glycérine.

Il la regarde évoluer, charmé par sa grâce naturelle faite de souplesse et de nonchalante fierté. Elle coule des regards épris sur la grande carcasse dénuée d'une once de graisse superflue. Habillés de muscles sans gonflette, les longs membres donnent à l'homme une allure un peu dégingandée, équilibrée par l'avantageuse carrure des épaules, que caresse la chevelure ambrée.

Heureuse, elle exécute un pas de danse. Il roule des yeux et lance :
— cesse d'agiter tes dreadlocks, tu m'affoles.
— Grand fou !
— Mesure ta chance : sans être contorsionniste, tu peux voir de près le fou de tes tresses…

Chapitre 3

*« Il n'y a point si tant belle rose,
qui ne devienne gratte-cul. »*

Refusant le vieil adage lyonnais, il espère vieillir auprès de sa belle rose noire. Au cours du petit-déjeuner, il lui rapporte l'observation faite au parc de la tête d'or. Elle taquine l'aventurier en manque de mystère. Il s'est fait une spécialité des enquêtes hors norme. Journaliste indépendant, il écrit des livres à partir des énigmes qu'il réussit à éclaircir. Son visage tanné et buriné, ainsi qu'un joli lot de cicatrices, témoignent de sa vie aventureuse d'intellectuel bourlingueur.
Ferrée par le lumineux lapis-lazuli des iris du grand blond, Léa quitte son ton moqueur. Elle conseille à Simon de consulter son confrère et néanmoins ami Justin Fouilleret, qui occupe sa retraite à récolter des informations sur les coulisses de la vie publique lyonnaise. Matière qui alimente une gazette artisanale titrée « Les clapotons dans la marmite ». Ces pieds dans le plat, qui ne déclenchent guère que des vaguelettes entre Rhône et Saône, réjouissent les vieux amateurs du théâtre de Guignol. Vitodi acquiesce :
— bonne idée. Mais, curieux comme je le connais, Tintin ne me lâchera pas, tant qu'il ne saura pas le fin mot de l'affaire, si affaire il y a.
— Ben, ça donnera peut-être matière à un feuilleton dans ses *clapotons*.

Il attend la fin de matinée pour rendre visite à Fouilleret, sachant que le journaliste retraité se lève tard, car il se couche tôt... le matin. Le noctambule passe ses nuits à écumer les bistrots lyonnais pour y pêcher la croustillante information. En prêtant une oreille complaisante aux bavards de nuit, il cède à la douce contrainte de les accompagner dans leur alcoolique imprégnation. « Verres de contact », disait Antoine Blondin. Si les fins de nuitées baignent dans une vague euphorie, sur les réveils cotonneux souffle l'aigre migraine.
Simon prévoit l'accueil revêche, tout en sifflotant rue Mottet-de-Gérando. Place Colbert, son regard attendri caresse les lambrequins festonnés des stores à jalousies de bois décorant les façades. Pour faire plus de lumière sur les métiers à tisser, les maisons canuses étaient ajourées de hautes fenêtres rapprochées. L'espace réduit entre les baies excluant les classiques volets, on recourait aux stores à jalousies. Les derniers sont en voie de disparition, remplacés par de modernes volets roulants en matière synthétique. Il ne reste à Lyon qu'un seul réparateur des lamelles de bois des canuses jalousies.

Cap au sud-ouest, le piéton zigzague au biais de la pente Croix-Roussienne, par les rues Diderot, Pouteau, puis Imbert Colomès : fieffé réactionnaire, autoritaire patron du Consulat de Lyon, qui voulut offrir refuge à Louis XVI.

Le journaliste quitte la voie de feu le vain chef des échevins, par la traboule du numéro 8, qui donne sur la rue Capponi, la plus étroite de la ville : large d'un mètre. Laurent Capponi, riche immigré florentin du XVIe siècle, sauva de la famine des milliers de Lyonnais. Pour saluer ses largesses, on lui dédia cet exigu passage mal pavé, au terme duquel on plonge, par un escalier raide bordé de rampes de fer épais, sur la rue des Tables Claudiennes.

Lesdites tables sont des plaques de bronze retrouvées dans les environs, au XVIe siècle. Elles portent, gravé en l'an 48 et en latin, un discours historique de l'empereur romain Claude. Né à Lugdunum, ce dernier autorisait l'entrée des notables gaulois dans l'administration et au Sénat de Rome.

Par la rue des Tables Claudiennes, on accède aux ruines de l'amphithéâtre des trois Gaules, construit au tout début de notre ère. Sur ses gradins, se réunissaient une fois l'an les représentants des soixante nations des trois Gaules : l'aquitaine, la belge et la lyonnaise. La terre de l'arène de cet amphithéâtre but, en 177, le sang des martyrs chrétiens, dont Blandine et Pothin, suppliciés par les adorateurs de la déesse Cybèle (si belle ?).

Suppliciés par ceux qui adorent à tort le dieu décibel, sont les tympans des Croix-Roussiens subissant le vrombissement des modernes véhicules lancés à l'assaut de l'historique colline. Quant au longiligne piéton, il traboule au calme. Avant la plongée sur la rue des Tables Claudiennes par l'escalier du passage Capponi, il a pris à droite. Traversant une maisonnette, puis un jardinet suspendu orné de deux grands arbres, il entre dans l'immeuble du XVIIe siècle abritant les pénates de l'ami Fouilleret. Au travers de l'huis d'icelui, s'échappe une colérique invective signalant l'éveil de l'occupant :
— ah, les abrutis ! Les tristes bardanes ! Les chiures de maringouins !

En frappant à la porte, le visiteur déclenche une réaction peu amène :
— eh merde ! Je n'y suis pour personne !

Souriant, il ouvre la porte, non verrouillée, et contourne une ligne Maginot de paperasses. Il s'étonne de nouveau que la voix d'un être aussi chétif puisse atteindre une telle puissance. À sa vue, Justin grince :
— faut pas se gêner !
— Oh, Tintin !, encore une crise de delirium tremens ?
— Très mince, j'en doute. Mais mon delirium est certainement moins épais que la couche que tu tiens, grand *gognant* !

Passant une main apaisante sur son crâne chauve, dont la peau blême ignore la caresse de Phébus, le grand blond se courbe pour lui chuchoter à l'oreille :
— je les sens.

— Quoi donc ?
— Les coups de bec du vieux poussin qui tente de briser la coquille. Mais ce n'est pas pour rien qu'on te surnommait le roi de la coquille, dans le métier.

Le petit homme soupire en hochant son gros chef paré de belles bacchantes neigeuses taillées à la gauloise. Cet ornement pileux souligne l'incongruité de son appendice nasal. Tapissé de veinules vermillon et clouté de pustules jaunâtres, le tubercule grenat vaut à Fouilleret le sobriquet de "La fraise". Levant vers son ami des yeux globuleux, d'un bleu délavé, il concède un premier sourire, et invite d'une voix radoucie :
— assieds-toi. Tu me donnes le vertige, grand dépendeur d'andouilles.

Justin éprouve une paternelle affection pour Simon, dont il aime l'humour et la liberté de ton. Il admire son esprit aventurier, l'audace avec laquelle il mena à bien maintes enquêtes difficiles. Dès qu'il sut Vitodi orphelin depuis l'âge de sept ans, un secret espoir germa dans son esprit. Veuf sans enfant, il aimerait que le grand blond accepte de devenir son fils adoptif. Mais il n'a pas encore osé formuler sa demande. Peur du ridicule, crainte d'un refus.
À cette idée, ses doux yeux de bovidé s'embuent. Il plonge sa fraise dans un bol de café allongé d'une rasade de marc de Bourgogne. Son vis-à-vis lance :
— un coup de blues ? Au fait, qui t'a enrogné, juste avant que j'apponde ?

Pour masquer son trouble, le vieux journaliste feint l'indignation :
— ces *caquenanos* du guide du routard. Je feuilletais leur édition 2000 sur Lyon. Leur étymologie du mot canut m'a agacé. Ils ressortent la *gognandise* de l'ouvrier à canne nue : sans insigne. Inepties ! Sornettes ! Balivernes ! Billevesées ! Carabistouilles ! Calembredaines !
— Mollo, Tintin. Tu vas péter une durite. Canut vient de la cannette de soie ?
— Presque. Canut et cannette viennent de la canne, c'est-à-dire le roseau. Avant d'employer le carton, on enroulait la soie sur des bouts de canne, pour faire des cannettes. Le canut était celui qui utilisait la canne. Et le savetier était appelé le *péju* parce qu'il se servait de la *pège* : la poix. Pège, péju ; canne, canut. C'est pourtant simple à saisir, non ?
— D'accord. Je préfère ton canut dans les roseaux à cette sombre histoire de canne à poil... Au fait, c'est de canes à plumes que je venais te parler.

L'enquêteur évoque la pêche insolite des canards et cygnes du lac de la tête d'or. Puis, il interroge son ami :
— te serait-il venu aux trompes d'Eustache une rumeur de pollution du lac ?
— Non. Sur le parc, je n'ai que l'anecdote des tortues congelées.
— Raconte.
— Tu as connu la mode des tortues de Floride. On en importait des centaines de milliers par an. Minuscules et colorées, les *gones* les adorent. Mais, quand

elles atteignent 25 centimètres et pèsent deux kilos, qu'elles ont perdu leurs couleurs et puent un chouïa, ce n'est plus la même chanson. Les parents s'en débarrassent dans la nature. D'où l'interdiction d'importation, il y a deux ans.
— Quel rapport avec le parc de la tête d'or ? On y abandonne les bestioles au bord du lac ?
— Exactement ! L'endroit paraît idéal. Mais ça embarrasse bougrement les responsables du parc. Ils sont débordés par l'afflux de chéloniens. Une fois l'an, les carapaces à pattes sont récoltées dans une brouette. Quelques-unes sont laissées dans les bassins. Les autres passent au congélateur. Il paraît que c'est une méthode d'euthanasie très douce.
— Ouais ? Aucune tortue n'aura le culot de soutenir le contraire... Crois-tu que le contenu des congélateurs pourrait être déversé dans le lac ?
— Non. Ils doivent joindre ça aux tonnes de déchets du zoo. Et même s'ils le faisaient, cela n'entraînerait pas une pollution mortelle pour les poissons.
— À vérifier. Puisque ces bestioles puent en vieillissant, on peut imaginer que leur décomposition produise un poison.
— Pourquoi pas... Mais cette micro pollution n'est que roupie de sansonnet. Elle est indigne de toi. Laisse-la aux *cogne-vent*.
— As-tu mieux à me proposer ? Qu'est-ce qui mijote dans ta marmite ?
— Oh !, rien de bien *canant*, soupire Fouilleret en touillant des feuillets. La directrice du Centre d'Histoire de la Résistance et de la Déportation fait dans le sadisme. Des employés se plaignent d'être méprisés, voire humiliés. La dame s'offre des têtes de Turcs.
— Info ou ragot ?
— Vérifié de source syndicale. Je n'en suis pas encore à clabauder.
— À propos de déportation, je pense aux enfants juifs d'Izieu. Millon fait reparler de lui.
— Oui. Tu as lu son discours du 23 juin, à la mémoire du préfet Wiltzer ? Lyon Figaro l'a publié.
— Ah !, pas d'insulte. Ne me traite pas de lecteur du Figaro.
— Pardon ! J'oubliais que tu es de la graine d'ananar. Cela dit, le discours du Charlot est anodin. Ce sont les circonstances qui comptent. Il n'a pas digéré son éviction de l'association du Mémorial des enfants d'Izieu, pour cause d'alliance électorale avec le Front National, il y a deux ans. Poirot-Delpech, le président de l'association, ne voulait plus le voir. Or, notre ex cheval de Troie de l'extrême-droite a réussi à imposer sa présence à la cérémonie du 23 juin.
— Attends, ça se passait à Belley, ville dont il est maire. On pouvait prévoir qu'il serait à cette commémoration.
— Oui, mais les gens de la Maison d'Izieu se sont sentis piégés, parce que les cartons d'invitation du Préfet ne mentionnaient pas le nom du Maire. Ils ont

dû supporter le discours de celui qu'ils avaient exclu. De plus, ce dernier a lâché son fiel avec la rouerie dont il est coutumier. Il a engagé le Mémorial à « s'ouvrir au monde ». Façon de taxer l'association d'intolérance.
— Une allusion à peine voilée à son éjection. Mais laissons-le à son marigot. Pas de fumet alléchant dans ta marmite ?
— Ce que j'ai de mieux en magasin concerne le P4 de Gerland.
— Le laboratoire de pointe de la Fondation Mérieux ?
— Oui. Haute sécurité, recherche sur nos virus modernes.
— Ébola et compagnie ?
— Exact ! Des bestioles tout ce qu'il y a de plus contagieux.
— Mais, il démarre seulement, non ?
— Oui, c'est récent. Le président de la République est venu en mars de l'année dernière pour une inauguration en grande pompe, en présence du gratin politico-scientifique local. Mais ensuite, l'autorisation administrative de manipuler des virus dangereux a tardé. On murmure que ce retard était dû à l'imprudence de la directrice du labo, qui aurait pris la liberté d'y amener prématurément des bébêtes mortifères.
— C'est pour ça qu'elle a été virée ?
— Elle leur a fourni un prétexte en or. Elle doit tenir aujourd'hui même, dans le bureau de son avocat, une conférence de presse pour protester contre la rupture de son contrat. Elle dit être sacrifiée sur l'autel du rapprochement avec l'Institut Pasteur. Elle critique l'équipe de Pasteur qui prend la relève. Il faut dire que Charles Mérieux, à 93 ans, sait encore compter ses *pécuniaux*. Le P4 a coûté 50 millions de francs à sa Fondation, qui doit sortir 11 millions de francs par an pour gérer ce bidule ultramoderne. Alors, papi Charles quête les subventions et les collaborations. L'Europe et l'Institut Pasteur vont lui permettre de donner la becquée à son ruineux bébé.
— La rupture du contrat de la directrice risque de leur coûter cher.
— Oui ! C'est une spécialiste américaine, expérimentée et pas commode. Mais, ils vont la coincer sur les libertés prises avec l'autorisation préfectorale. Elle aurait ramené d'Afrique des prélèvements sanguins infectés, sans prévenir les autorités, ni la Fondation Mérieux.
— Ton histoire donne froid dans le dos. La dame est certainement prudente. Mais, suppose qu'elle commette une erreur de manipulation.
— Ou bien que quelqu'un lui vole le bocon.
— Oui. Et voilà des virus mortellement contagieux qui débarquent gentiment dans le quartier de Gerland, en pleine ville...

♫ ♫ ♫

Au soir, Simon revint près de la grande île du lac de la tête d'or. Canards et cygnes s'étaient égaillés. Plus d'anomalie visible au sein des eaux muettes. Cette paisible image rasséréna le journaliste, dont les pensées se tournaient à présent vers le P4 de Gerland, inquiétant laboratoire de haute sécurité.

Le lendemain, dès potron minet, le grand blond redégringole sa chère colline. À l'approche de l'île au vélodrome, le regard du coureur s'aiguise. Il est de retour, l'étrange message que signent les plumes des cygnes.

Le trouble aquatique se communique à l'esprit de Vitodi, qui réprime une flambée de colère. Sûr que cet endroit du lac sert de poubelle, il s'interroge. L'hypothèse des tortues polluantes ne tient pas. Leur liquidation s'opère une fois l'an. Or, les déversements nocturnes semblent quotidiens. Pourquoi ici ? Le Rhône est proche, qui pourrait accueillir le mortel cadeau. Mais, les accès aux berges du fleuve sont à la merci du regard des passants. Tandis que dans l'obscurité complice de la nuit, sous les frondaisons du parc désert... Au fait, déserté parce que fermé. Comment les pollueurs entrent-ils ? Double des clefs ? Complicité avec des gens du parc ? Font-ils partie dudit personnel ? L'enquêteur cesse de se torturer l'esprit. Il a l'intuition que ce lieu paisible est le cadre d'événements nocturnes louches. Il en aura le cœur net.

22 h. L'huis s'entrouvre. Après inspection attentive des abords, le journaliste sort furtivement du petit théâtre de Guignol. Il reverrouille la porte, dont il a crocheté en douceur la serrure une heure plus tôt. Le parc est fermé, désert et plongé dans la pénombre. Il longe l'enclos des daims, tous sens aux aguets, et contourne le lac sans se hâter. Il goûte le silence relatif des lieux, souligné par la circulation automobile périphérique, dont le ronronnement s'étouffe dans les ramures. Bruissements d'ailes, clapotis lacustres : seuls quelques animaux sur le qui-vive s'inquiètent de sa présence. Parvenu près du lieu de réunion matinale des voraces palmipèdes, il avance vers la rive, et courbe sa haute taille pour se glisser sous le couvert d'un bosquet. Choisie à l'avance, la cachette lui convient. Le sol en est accueillant, l'ombre propice, et la découpe du feuillage ménage un poste d'observation adéquat. Comptant sur son ouïe, il s'étend. Qui s'offre à ses narines, il hume le bouquet de senteurs végétales relevé de puissants effluves aquatiques. Grillons et batraciens jouent leur partition sans faiblir. L'heure est à la méditation bucolique, prélude à la douce somnolence. Le guetteur se félicite de s'être accordé une sieste de préparation à sa veillée. Le temps coule paisiblement. Dans le grand corps au repos, une portion du cerveau demeure à l'affût d'un bruit suspect.

Peu après minuit, il se dresse sur un coude. Du zoo, lui parviennent des cris d'animaux alarmés. Braves bêtes, se réjouit-il, elles me disent qu'elles ont détecté une incursion dans le parc. Dans les minutes qui suivent, il déchante. Rien n'arrive. Fausse alerte. Un captif aura délivré son message d'angoisse

nocturne, relayé par ses codétenus. L'auditeur se détend, peu de temps.
Un ronron feutré lui vient de la gauche. L'observateur décèle en pointillés un double mouvement synchrone derrière les arbres masquant l'allée du chemin de fer. Accoutumés à la pénombre, ses yeux distinguent deux masses sombres qui virent à la suite dans l'allée du lac. Il pose son diagnostic quand la première chose passe à quelques mètres au-dessus de lui. Phares éteints, les véhicules électriques, dont le bourdonnement du moteur domine à peine le chuintement des pneus, roulent lentement. La voiture camionnette, et le fourgon dont seule la partie avant est vitrée, stoppent au niveau de la zone polluée. Le spectateur s'accroupit, en murmurant :
— c'est ici que les chats se peignent.

Des manœuvres secrètes sur le lac de la tête d'or ? Alors qu'il prévoyait un nocturne déversement de déchets toxiques, il croit voir un commando d'espions. Tout de noir vêtus, les quatre hommes sortis des véhicules électriques s'activent à décharger des plaques de matériau composite léger et résistant, qu'ils assemblent. La plateforme rectangulaire est placée au bord de l'eau, en un ponton prolongé jusqu'à l'allée.
Dans sa cachette, satisfait d'avoir deviné juste, le détective amateur observe le manège du mystérieux quatuor. L'un de ses membres s'est assis à l'arrière de la voiture. Lorsqu'il se redresse, il paraît ventru et bossu. C'est quand il se profile sur la plateforme, que Simon distingue les bouteilles d'oxygène dessinant l'artificielle gibbosité. La subite proéminence abdominale trahit la présence d'une sacoche recelant de l'outillage. Un second homme-grenouille à lourde musette vient au bout du ponton.
Les deux plongeurs se laissent aller dans l'onde. Le journaliste est surpris par la profondeur du lac en ce lieu. Il perçoit des borborygmes lâchés par les bulles de gaz carbonique venues crever en surface. Son regard se reporte vers le duo resté à terre. L'un se place au volant du fourgon, et accule le petit camion contre le début du ponton. L'autre guide la manœuvre, puis ouvre les portes arrière du véhicule, dont il extrait un épais pneumatique.
— Ils vont déballer leur poison à poissons, suppute l'enquêteur.

Reflétée par la surface du lac, la luminosité urbaine permet au témoin de voir que le boudin qu'il a pris pour un pneu se dissocie en spires. C'est un tuyau enroulé sur lui-même, qui est porté en bout de plateforme, en restant raccordé à l'intérieur du véhicule. Le grand blond s'insurge mentalement :
— ils vont débonder une citerne de bocon, les salauds !

Le demi-quatuor attend le retour de son complément. L'espion distingue leur combinaison de plongée. Ils vont prendre le relais. Pourquoi des plongeurs ? Une expérience secrète menée au fond du lac ? C'est fou ! Quel responsable

engagerait une expérimentation polluante dans un lieu public qui accueille plus de deux millions de visiteurs par an ?
Un bouillonnement capte l'attention de Vitodi. L'un après l'autre, les deux gros têtards émergent. Un simple geste indiquant que tout va bien, et ils s'assoient en bout de ponton. Le silence revient, tendu. Les quatre paires d'yeux des hommes en noir fixent la proche surface du lac.
Le détective amateur ne réfléchit plus. Il attend l'événement.
Une détonation assourdie, puissante flatulence subaquatique, fait vibrer le sol. Après une seconde explosion souterraine, les deux hommes-grenouilles assis plongent à nouveau, entraînant avec eux l'extrémité du tuyau lové sur la plateforme. Bientôt, le fourgon commence à ronronner doucement.
— Une pompe ?, s'interroge l'observateur.
Il n'y tient plus. Il veut voir ce que font ces batraciens bipèdes, comprendre le but de ces étranges agissements nocturnes. Pour un homme d'action, vouloir est souvent pouvoir. L'aventurier se dévêt entièrement, et se glisse à l'eau, sous le couvert des arbres. Craignant d'être trahi par un reflet dans sa blonde chevelure, il emplit d'air ses poumons, et s'enfonce dans l'élément liquide.
Vite au fond du lac, il progresse au jugé vers son objectif.
Une lueur diffuse dessine les contours d'un cône de déblais dégorgés par une large cavité. Le tuyau noir de la mystérieuse équipe descend droit, et pénètre dans l'excavation, d'où provient la lumière accompagnée par une vibration syncopée.
Le nageur hésite à s'engager dans l'antre immergé. Sa réserve d'air s'épuise. Il rebrousse chemin, et refait surface dans un repli de la rive. Un temps de repos, un plein d'azote oxygéné, et le voilà reparti en apnée vers le mystère.

Chapitre 4

« Le bon sens a beau courir les rues,
personne lui court après. »

Du bon sens, il n'en manque pas, mais son plaisir est d'en faire fi pour les beaux yeux de *dame aventure*. En nageant, il se demande vers quel péril il s'enfonce... Bientôt, il passe le glacis caillouteux, et entre dans la grotte artificielle. Pentu, le tunnel finit par échapper au lac. Le nageur distingue deux ondulantes silhouettes au fond du cul de sac éclairé. Le duo lui tourne le dos. Sortant la tête de l'eau, il observe la scène.
Appuyé sur une pelle, l'un des hommes-grenouilles regarde l'autre manier un marteau pneumatique. L'engin est alimenté en air comprimé par le tuyau relié au compresseur insonorisé logé dans le fourgon. Le fer du marteau piqueur parfait le travail de sape des explosifs. Longue d'une dizaine de mètres, la galerie ouverte dans un banc rocheux ne nécessite pas d'étayage.
L'espion décide qu'il en a assez vu. Il regagne le lac, et s'éloigne, dans l'axe du tunnel. S'appliquant à garder le cap, il monte vers la surface. Lorsqu'il sort la tête de l'eau pour reprendre sa respiration, la présence de la rive proche le surprend. C'est l'île au vélodrome. Il s'immerge et termine sa traversée.
Craignant d'être vu par les hommes en noir, le nageur s'agace de ne parvenir à se fixer un point de repère sur la berge. Une solution à son problème gît au fond du lac. C'est une grosse pierre à demi envasée. Il la soulève, aidé par la bonne vieille poussée d'Archimède. Quand l'antique savant grec l'abandonne au sortir de l'onde, l'effort devient brutal. Il roule la pierre sur l'herbe. Puis, il retourne à l'eau, avec l'espoir que son bref spectacle de *rolling stone* soit passé inaperçu. Il contourne l'île.

Quatre heures du matin. Le quatuor de taupes plie bagage. Simon s'apprête à quitter son poste d'observation.
Après avoir couru nu sous le couvert des arbres, pour se sécher, il regagna en tapinois sa cachette. Encore humide, il se rhabilla, et coiffa son bonnet noir. Surtout, ne pas se signaler par un intempestif éternuement.
Puis, il suivit l'évolution des nocturnes travaux de sape. Les deux paires de plongeurs se relayèrent toutes les demi-heures.
Ils se préparent à partir, avant l'aube. Profitant du remue-ménage créé par le démontage du ponton, le témoin se retire en catimini. Il coupe au travers des pelouses, pour gagner l'allée du chemin de fer, par où arrivèrent les hommes

en noir. Vers le milieu de cette voie, est la porte de la voûte, l'une des sept entrées du parc. L'enquêteur se cache à proximité, pensant que l'étrange équipe sortira par-là. Mais, le doute s'insinue en son esprit. Le commando va-t-il emprunter cette porte, pour s'engager sur le boulevard Stalingrad, au risque de se faire repérer ? Le journaliste les imagine, roulant par les rues de la ville avec leurs engins électriques. Des véhicules peu bruyants, au potron-jacquet. La faiblesse de la circulation de fin de nuit contribuerait à les faire remarquer. Exempt de pétarade, le ronflement doux des moteurs attirerait l'attention sur eux. Leur audible discrétion les désignerait... Autre option : ils peuvent se garer dès leur sortie, sur le parc de stationnement aménagé pour les visiteurs, le long du boulevard ; dans l'attente de la nuit prochaine.

Le détective amateur suspend sa réflexion. Un bourdonnement signale l'approche du quatuor d'hommes-grenouilles. Accroupi derrière le tronc d'un arbre, le guetteur peste en sourdine. L'embryon de convoi ne ralentit pas aux abords de la porte de la voûte. Il poursuit sa route dans l'allée du chemin de fer. La prochaine sortie est la porte du lycée, située au sud du parc, entre les serres. Le grand blond déplie sa carcasse, et se lance dans une filature prudente. Il se félicite encore d'avoir pensé à se vêtir de sombre. En courant souplement sous le couvert des arbres, il rajuste son bonnet sur quelques mèches éprises de liberté. Il n'éprouve aucune difficulté à suivre les véhicules noirs, qui roulent lentement, privés de l'aide de leurs phares. Lorsque les engins bifurquent vers la porte du lycée, le coureur poursuit sur sa lancée, et vient se dissimuler derrière la grande serre.

Deux membres du commando descendent pour manœuvrer les grilles.
Vitodi réfléchit. Irrigué par l'afflux sanguin que la course a créé, son cerveau produit une pensée survoltée. Il envisage en un éclair tous les aspects de la situation. Impossible de sortir en même temps que les hommes en noir sans être vu. Les deux portiers improvisés interdisent ce choix. Ils vont refermer la porte à clef. Le temps d'escalader la grille, au péril de ses os, et le quatuor de taupes sera perdu dans la jungle urbaine. Que faire ?

Quand les véhicules repartent, l'aventurier est lancé dans l'action. Il a couru le long de la grande serre. Parvenu à l'angle, il prend du champ pour observer la cathédrale de fonte et de verre. Elle s'élève à vingt et un mètres, dominant les immeubles bordant le parc. Dans les deux étages de balustrades qui la ceinturent, le journaliste voit un poste d'observation. Comment y accéder ?
Il n'a pas le temps de chercher un escalier. Porté par la volonté de ne pas perdre de vue le commando qui se replie, il se lance dans une folle tentative. Bientôt, une araignée géante grimpe le long de la large cornière métallique formant une arête de l'immense cage vitrée. Masqué par la masse sombre de la végétation protégée, il accélère sa progression en entendant claquer des

portières : l'équipe de sapeurs va partir. La nervure de fonte s'incurve vers le premier balcon. Le métal et le verre sont couverts de rosée. Redoutant de déraper, il achève la première étape de l'ascension à califourchon sur l'arête arrondie. Puis, il se hisse à la force des bras sur la rambarde, qu'il enfourche. Il court sur le balcon, vers l'avenue Verguin. Arrivé au coin, il bloque sa respiration pour capter le bourdonnement des véhicules électriques, qui roulent sur l'avenue. Le feuillage des arbres bordant le parc lui dérobe sa cible. Il est trop bas... Entêté, il se métamorphose en équilibriste. Il escalade la barrière de fonte, et se dresse, bras étendus. Pour s'aider à maîtriser son vertige, il murmure ironiquement :
— quarante années pour en arriver là.
Un regard vers le bas le réconforte :
— avec un peu de chance, je traverse les vitres et m'empale sur un arbre rare. Une fin stylée.
Il lève la tête, estime la distance. Une flexion suivie d'une détente vigoureuse des jambes le font décoller de l'appui. Ses longs bras se tendent vers la plateforme supérieure. Sa main droite croche le rebord, mais la gauche glisse sur le métal mouillé. Il se balance dans le vide, suspendu par un bras.
Les secondes s'égrènent, rythmant le pas léger de la camarde qui approche.
Concentrant son énergie sur l'effort, il élève sa grande carcasse par une traction du seul bras droit. Il lance sa main gauche, qui tâtonne et trouve enfin une prise solide. En un mouvement coulé, il se hisse à la hauteur du garde-corps, qu'il franchit.
Appuyé à la balustrade, il respire à fond, en inspectant les rues avoisinantes. Examen décevant. Certes, il s'est élevé au-dessus des frondaisons d'arbres, assez pour voir les extrémités de la courte avenue Verguin et une partie du boulevard Anatole France. Mais il ne distingue pas les véhicules électriques. Leur sifflement feutré n'émerge pas du bruit de fond urbain. À cette hauteur, l'ouïe du guetteur est envahie par le roulement sourd de la circulation ininterrompue des voies sur berges fluviales.
Qu'espérait-il ? Repérer la direction prise par le commando. Mais que lui aurait apporté ce maigre élément ? Rêvant d'un hélicoptère pour pister les hommes en noir dans le dédale de la cité, il murmure :
— il faudra que je songe à me laisser pousser une hélice.
Son regard s'élève vers l'étroite passerelle qui coiffe le faîte de la serre.
Le goût d'inachevé de son escalade lui déplaît. Aussi risquées soient-elles, il aime aller au bout de ses actions.
Et d'empoigner la cornière de fonte. La présence du balcon qu'il a quitté le détend. Il grimpe lestement. Mais, à mesure que la rassurante plateforme s'éloigne, il prend le temps d'affermir ses prises. Inutile d'aggraver bêtement

le risque inhérent à une entreprise devenue stérile. Le quatuor de taupes s'est perdu dans le labyrinthe lyonnais. L'escalade s'est muée en jeu, avec le plaisir de réaliser un projet flirtant avec la déraison.

La superstructure métallique en ogive s'incurve. Il rampe. L'exercice lui inflige une douleur à la face interne des cuisses. C'est avec soulagement qu'il agrippe la base de la barrière faîtière. Il se rétablit et franchit l'obstacle, qui mérite à présent le nom de garde-fou.

Du sommet du majestueux édifice vitré, il caresse d'un regard panoramique la ville que l'aube esquisse. La joie qui gonfle ses poumons est étayée par des réminiscences d'enfantines escalades victorieuses.

— L'homme aspire à s'élever, à dominer. Il veut "se dépasser". Mais jamais il ne sort de lui-même. Il doit plutôt s'y enfoncer. Prisonnier des limites de sa conscience, il lui faut travailler à élargir celle-ci. Méditer...

Le fil du soliloque inspiré se brise. En arpentant la passerelle, il vient de saisir du coin de l'œil un mouvement qui le cloue. Son déplacement lui a dégagé un point de vue plongeant entre les arbres sur un hôtel particulier de l'avenue Verguin. Au creux de la pénombre stagnant dans la cour de l'immeuble, bougent de petites silhouettes noires. Il ressemble à un jouet, le fourgon électrique qu'un garage avale.

— Mes amis les comiques taupiers, jubile Simon, qui glousse de surprise.

Ainsi, sa folle escalade ne fut pas vaine. Hasard heureux ? Non. Il n'aurait pas vu ses bonshommes sans sa déambulation sur le faîte de la serre. Or, il s'est animé sous l'impulsion de la réflexion. Oui, il avait raison : philosophez, et vous serez récompensé. Méditez souvent, sauf au volant.

♫ ♫ ♫

5 h 30. Assis au bord du lac, sur l'île au vélodrome, Vitodi conclut un débat de conscience. Sa décision est prise : il ira à la police.

Du haut de la passerelle de la grande serre, il a observé l'hôtel particulier de l'avenue Verguin abritant le commando de taupes. Après s'être assuré que le quatuor de batraciens humanoïdes y avait établi ses pénates, il redescendit dans le parc. Pour cela, il prit le temps de trouver la voie d'accès normale aux étages de l'édifice vitré. Puis, il vint se livrer à des travaux de repérage.

Il posa sa veste de survêtement entre les trous d'accueil du ponton mobile des sapeurs nocturnes, puis alla se placer près de la pierre hissée quelques heures plus tôt sur le rivage de la grande île. Entre ces deux points de repère, évoluait la troupe de palmipèdes opportunistes venus à la récolte matinale.

Les explosions aquatiques, par leur onde de choc et leur projection de débris rocheux, avaient fait leur quotidien lot de victimes. Le journaliste observa un moment les voraces volatiles. Puis, son regard suivit l'axe de visée matérialisé par la pierre et sa veste, pour s'élever vers la proche cité internationale, qui jouxte le parc. Là, devait être la cible des étranges mineurs.
Le palais des congrès semblait trop à droite, et le siège d'Interpol vraiment trop sur la gauche. Avec l'espoir d'avoir bien nagé en ligne droite sous l'eau, le détective amateur déduisit que le tunnel était creusé en direction de l'hôtel-casino Hilton, ou bien du Maco : le musée d'art contemporain.
Une attaque souterraine peut se concevoir pour une banque, pas pour un casino. L'hôtel de luxe fonctionne avec des paiements par cartes bancaires. La recette de l'établissement de jeu est régulièrement transférée dans une banque. Les fonds gardés au jour le jour pour payer les joueurs gagnants ne valent pas de tels travaux de terrassement clandestins. Idem pour le coffre de l'hôtel. Le musée est une cible plus vraisemblable. La pénétration par un tunnel permettrait d'évacuer secrètement, lors d'une fermeture, des œuvres écoulables auprès de grands collectionneurs privés. L'enquêteur conclut que la bande projetait de piller le Maco. Mais, son raisonnement patina sur un doute. Les voleurs sont attirés par les musées exposant des chef-d'œuvres de la peinture classique. Or, le musée d'art contemporain lyonnais n'appartient pas à cette catégorie. Le vaste cube de briques et de verre abrite un bric-à-brac de réalisations étranges. Beaucoup sont difficilement déménageables, du fait de leur taille, de leur étendue, de leur incrustation dans les lieux. Toutefois, le musée doit compter des tableaux ou des petites sculptures qui peuvent être volées. Quelle est la cote de ces œuvres ? Comment déceler les objets ayant une valeur marchande reconnue ? L'équipe s'apprêtant à piller le Maco serait-elle commanditée par un expert en art moderne ?
Ou bien s'agirait-il de terrorisme ? Plastiquage ?
Le choix de la cible le laissant perplexe, il passa à des questions le touchant de près. Quel rôle devait-il adopter ? Laisser faire et guetter la suite dans les médias, avec la médiocre satisfaction d'en savoir plus que le quidam moyen ? Ou bien espionner les travaux de sape, pour assister à l'opération finale, afin d'en tirer un reportage sensationnel ? Ou encore, se conduire en citoyen responsable, témoigner auprès de la police ?
Prisant peu l'attentisme, et pas du tout le sensationnalisme, il opta pour la dernière solution. Le Maco offre au public un contact avec l'art. Les œuvres exposées sont le bien de la collectivité. Simon ne les laisserait pas détruire, ou bien confisquer au profit de quelques anonymes nababs.
Le grand blond se lève. Oui, il portera l'affaire à un ancien camarade de lycée qui a mal tourné : le célèbre commissaire de police Roger Borniquet.

Le parc de la tête d'or vient d'ouvrir. Il le quitte par la porte du lycée, jadis nommée porte Montgolfier, en hommage aux pionniers de l'aérostation : les deux frères effectuèrent à proximité leurs premières expériences d'envol de ballons aérostats. Du pas d'un flâneur, il parcourt le large trottoir de l'avenue Verguin. Au passage, il promène un regard apparemment distrait sur l'hôtel particulier abritant les secrets sapeurs. Il en note mentalement le numéro.
Puis, il regagne son logis Croix-Roussien.

Qui dira la douceur du crapuleux bonjour au creux de la concubine couche ? Douceur énergivore. Le couple déjeune avec appétit. Léa est captivée par la relation des événements nocturnes du parc de la tête d'or. Elle reproche à son compagnon l'escalade risquée de la grande serre :
— dans quel état on t'aurait retrouvé, si tu avais dévissé ?
— Dans un état proche de l'Oh-aïe-oh, ma douce. Mais j'aurais bénéficié des soins compétents et dévoués d'une infirmière à domicile.
— J'aime pas la viande hachée. J'aurais gardé que les parties nobles.
— Tu aurais conservé le cerveau, c'est ça ?
— Non. On l'aurait pas retrouvé. Il est pas plus gros qu'une noix. Sinon, tu te livrerais pas à ces exploits de trompe-la-mort, la nuit, sans spectateur.
— Il y en avait un : moi ! Un gentil spectre tâteur, dit-il en tâtant du téton.

Avant qu'elle parte à son travail d'infirmière, à l'hôpital de la Croix-Rousse, il demande la discrétion à sa compagne. Puis, il s'accorde un repos de deux heures, pour récupérer de sa nuit blanche. Ensuite, il téléphone à Borniquet :
— j'aimerais te voir. J'ai des infos pétantes. Un flag à la clef.
La promesse du flagrant délit allèche le commissaire :
— écoute, j'ai rendez-vous avec Feri, au palais de justice. Impossible de me libérer avant midi. Je te propose un petit gueuleton dans le Vieux-Lyon.
— À la Tour Rose ?
— Si c'est toi qui régales, d'accord. À trois cents balles le premier menu...
— Ne sois pas mesquin. Je m'apprête à te servir un gros coup sur un plateau. Et il faudrait en plus que je te remplisse la panse ?
— Trêve de couyonnades ! Je veux pas faire attendre le juge. On va éviter les mangeoires à touristes de Saint-Jean. Réserve-nous deux places au Soleil.
— Au Soleil ? Tu ne crains pas que je te fasse de l'ombre ?
— Pfff ! Toi et tes astuces vaseuses ! Tu connais le Soleil ?
— Oui. Sa façade a inspiré le décor du premier théâtre de Guignol.
— Mouais... peut-être. Mais ce qui compte, c'est sa cuisine.
— Ton sens de la poésie m'a toujours frappé.
— Ça, frappé, tu l'es depuis ta naissance. La police n'a pas besoin de poètes. Ciao, couyon de la Lune !

Le patron du SRPJ de Lyon coupe cavalièrement la communication, à la barbe de son correspondant, qui raccroche en maugréant. Vitodi entretient avec le policier une relation franche, directe et dénuée de sympathie, qui se noua en classe de première du lycée Saint-Exupéry, sur le plateau Croix-Roussien. Débordant d'agressivité, Roger était possédé du désir de faire reconnaître sa force physique. Il défiait l'un après l'autre les lycéens qu'il jugeait dignes de l'affronter. Il n'eut le dessous que deux fois, face à des adversaires pratiquant le judo. Après une dizaine de combats victorieux, sa réputation était faite. Cependant, les sanctions disciplinaires s'alourdirent au fil des confrontations interrompues par un surveillant. L'épée de Damoclès de l'exclusion définitive menaçait l'adolescent belliqueux, lorsqu'il s'en prit à Simon. Pacifique, ce dernier essaya de raisonner son vis-à-vis. Loin de se calmer, Borniquet accusa Vitodi de lâcheté. Excité par sa petite cour de camarades avides de spectacles violents, il tenta de blesser l'amour-propre du grand lycéen blond en lui lançant une bordée d'épithètes méprisantes. À cours d'insultes, il changea de registre. Adoptant une approximative garde de boxeur et un ton théâtral, il enjoignit entre ses poings :
— Simon Vitodi, ne recule pas !

Le provoqué éclata de rire. Décontenancé, puis furieux, l'agresseur se rua sur cette tête d'hilare. Il voulait briser ces dents blanches qui le déconsidéraient aux yeux de ses admirateurs. L'adversaire esquiva les premières attaques. Plus grand, il profitait de son allonge supérieure pour maintenir l'assaillant à distance. Confronté à son impuissance, ce dernier s'énervait. La colère lui fit gagner en vivacité. Il réussit à placer un direct appuyé à la face de sa victime. L'adolescent dégingandé recula de deux pas chancelants. Il essuya d'une main lente le filet de sang qui lui sourdait d'une narine. Ses yeux ne lâchaient pas ceux de l'attaquant. Le bleu de leur iris sembla perdre de sa lumière. Les spectateurs guettaient l'effondrement du grand flandrin.

Ils furent surpris par la vague de rage froide jetant Simon contre Roger, qui ne sut qu'esquisser un geste défensif. Les jambes crochetées, le malheureux fut plaqué au sol. Le choc lui coupa le souffle. Mais impossible de perdre conscience sous la giboulée de coups lui ébranlant le chef. À califourchon sur lui, le grand blond lui décochait des gifles sonores. Impitoyable métronome, il y allait alternativement de chaque main, rythmant le va-et-vient de la tête à claques par une mise en garde répétée sourdement :
— ne fais plus jamais ça, plus jamais ça, plus jamais ça...

♩ ♩ ♩

Soudain, le vide se fit autour des combattants. Placé en sentinelle, un lycéen venait de donner l'alerte, à voix basse. Mais l'esprit frappeur n'entendait pas. Seule comptait la vision des joues rougies offertes en cadence aux paumes vengeresses. La victime ne se débattait pas, ahurie par ce déchaînement de violence. Borniquet eut l'intuition qu'il devait laisser passer l'orage. Ce qu'il avait lu dans les yeux de Vitodi était par trop inquiétant.

— Cessez immédiatement ! Debout !

L'injonction les doucha. Ils avaient reconnu la note glaciale qui durcissait, dans les grandes occasions répressives, la voix affectée de "pète-sec".
Ils avaient le redoutable honneur d'être cueillis par monsieur le censeur lui-même. Quelle déveine !

Émergeant péniblement de son emportement, Simon se dressa au ralenti. Roger demeura au sol. Il avait fermé les yeux. Inutile de se lever. Il était fichu. *Pète-sec* allait le renvoyer à la maison. Un conseil de discipline expéditif confirmerait la décision d'exclusion définitive du lycée. On l'avait assez averti. Rien à redire. Il poussa un profond soupir.

Inquiet, le censeur vint se pencher sur lui. Sa voix vibrait d'émotion lorsqu'il lança à Vitodi :

— il a perdu connaissance. Vous l'avez blessé. Il est couvert de sang.

— C'est le mien. Je saigne du nez, rectifia l'interpellé en écartant le mouchoir qu'il venait de s'appliquer contre une narine.

Sans cesser de colmater l'hémorragie, il se courba au-dessus du condamné en puissance. En lui tendant une main, il nasilla :

— allez, Roger, tu feras ta sieste plus tard.

Le gisant souleva les paupières à contrecœur, vit le clin d'œil appuyé du grand blond, et accepta la main tendue en gage de paix. Le bras du vainqueur accéléra sa remise à la verticale.

Mal revenu de sa crainte d'une blessure grave, le censeur versa dans une colère qui fit siffler ses paroles :

— vous n'avez rien. Vous jouiez la victime. Bravo, Borniquet ! Inutile de demander qui a déclenché l'altercation, n'est-ce-pas ? Mais c'est une fois de trop. Vous ne vous battrez plus jamais dans l'enceinte de cet établissement, car vous allez le quitter sur-le-champ, pour n'y plus jamais remettre les pieds. M'avez-vous bien saisi ?

Le condamné baissa la tête, résigné. Il appréhendait la déception de sa mère, sa honte peut-être. Elle si fière que son fils aîné poursuivît des études au lycée. Mais, les pensées moroses de l'exclu furent balayées par l'intervention de son camarade, qui déclara :

— monsieur le censeur, il est pas responsable. C'est moi qui l'ai défié.

Surpris, l'adulte se raidit. Il scruta le visage de son interlocuteur, avant de le mettre en garde :
— attention !, j'ai une sainte horreur du mensonge. Je vous connais, Vitodi. Vous êtes délégué de classe ; bien noté, garçon calme, équilibré. Par contre, Borniquet est un fauteur de trouble. C'est évidemment lui l'agresseur.

Simon avait parlé spontanément, dans le but de sauver la mise à son frère ennemi. À présent, son cerveau fonctionnait à plein régime pour inventer un scénario apte à duper le redouté *Pète-sec*. Difficile de lui faire prendre Roger le querelleur pour une victime... Le censeur poursuivait :
— votre esprit chevaleresque me touche. Mais ne me prenez pas pour un imbécile. Restons-en là, entendu ?

Le grand seigneur saignant croisa le regard perdu d'espoir du potentiel exclu, dont il se remémora l'injonction théâtrale :
— Simon Vitodi, ne recule pas !

Une réplique de l'accès d'hilarité qui l'avait secoué le fit pouffer sous l'œil sévère de l'autorité administrative. Agacé, *Pète-sec* lui intima :
— maîtrisez-vous, Vitodi, et dites-moi où est le comique de la situation, car je ne le perçois pas.

Le ton glacial de l'adulte aida le lycéen à recouvrer son calme. Ce qui facilita l'éclosion de l'idée salvatrice sous sa blonde tignasse. Pour se donner le temps de mettre en forme sa pensée, il affecta de vérifier le tarissement de son écoulement sanguin nasal. Puis, au fil de son explication, sa voix se posa, gagnant en persuasion :
— je vous prie de me pardonner, monsieur le censeur. Je riais de ma bêtise. J'ai cru mon idée géniale. Mais j'obtiens l'inverse de ce que j'espérais.
— Au fait, Vitodi, au fait !
— J'ai proposé à Borniquet un combat loyal. S'il remportait la victoire, je l'aiderais pour ses devoirs de mathématique. Mais s'il perdait, ce serait son dernier défi, ici. Il s'est engagé, en cas de défaite, à ne plus jamais se battre à l'intérieur du lycée.
— Vous a-t-il donné sa parole ?
— Oui. Vas-y, Roger, c'est le moment de renouveler ton engagement, devant monsieur le censeur.

Éberlué, le sollicité resta muet. C'est un Simon imperturbable qui insista :
— je sais que la défaite est dure à accepter. Ton serment te lie pour deux ans. Mais c'est ton avenir qui se joue. Saisis ta chance.

Il avait appuyé sur sa dernière phrase. Épaté par l'aplomb de son camarade, le condamné se prit à espérer. Il entra enfin dans le jeu :
— c'est vrai, j'ai juré que j'arrêterais les bagarres si je perdais.

— Admettez que c'est le cas. Vous êtes vaincu, battu à plate couture, non ?

Humilié par la maligne insistance de *Pète-sec*, Roger répondit avec dans la voix une tristesse qui parvint à émouvoir le censeur :

— oui, je reconnais ma défaite. Vous savez, mon engagement de ne plus me battre, je l'aurais tenu. Mais ça sert à rien, maintenant que je suis exclu.

Tête basse, Borniquet se retira, sans en demander la permission à *Pète-sec*. Lequel ne lui en tint pas rigueur. Pensif, il regardait s'éloigner l'adolescent difficile. Tenace, Vitodi lui glissa, sur le ton de la confidence :

— il est pas méchant. Il cherche pas à faire mal. Mais il est coincé dans un mauvais rôle. Je pense que mon idée avait du bon. Il est pas du genre à renier sa parole.

L'homme dévisagea son interlocuteur, et eut un sourire crispé avant de livrer sa pensée :

— vous avez de la suite dans les idées, et vous ne manquez pas de force de conviction. Pourtant, je subodore une tentative de manipulation de votre part... Néanmoins, j'ai bien envie de vous prendre au mot. Vous seriez garant de l'attitude pacifique de votre camarade jusqu'au baccalauréat... Je vais y réfléchir. Pour l'instant, rattrapez ce trublion invétéré. J'entends qu'il suive normalement les cours, et qu'il tienne sa promesse au moins vingt-quatre heures, s'il en est capable. Présentez-vous tous les deux à mon bureau demain, à la première heure.

L'épisode se solda par huit heures de *colle*, et un engagement écrit paraphé par les deux lycéens dans le bureau du censeur. Roger signait pour une fin d'études secondaires placée sous le signe de la non-violence. Simon devait le soutenir dans cette bonne résolution.

Le contrat fut respecté, non sans mal. Victime de sa réputation, Borniquet était la cible d'épisodiques provocations au combat. Invariablement, Vitodi s'interposait. Si le provocateur insistait, un lieu de confrontation était fixé en dehors de l'établissement. Flanqué de son grand chaperon blond, Roger perdit l'habitude de chercher querelle à ses semblables. Mais, la surveillance discrète et assidue de son camarade l'agaça plus d'une fois. Il le traitait alors de sale pion. L'insulté ne s'en offusquait pas. Il comprenait l'exaspération de son "protégé". D'ailleurs, il était aussi déplaisant de guetter que d'être épié. Mais il y allait de l'avenir estudiantin de son camarade. En outre, c'était un défi. Lorsqu'il s'était fixé une tâche, rien ne le détournait de son but. Ce trait de caractère ne fit que s'affirmer au long des années. Une ténacité qui lui permet de surmonter les obstacles jalonnant ses enquêtes.

Avec le recul, il mesura combien Borniquet put trouver pesant ce contrôle permanent. Dans ces conditions, entre les deux lycéens pourtant si proches, ne pouvait s'installer de l'amitié. Tout au plus une entente basée sur la franchise et la loyauté. Cet accord fut renforcé par leur pratique commune du judo. Simon réussit à convaincre son bouillant camarade de partager son goût pour ce sport. Roger y apprit à maîtriser son agressivité. La compétence qu'il s'y forgea lui deviendrait utile dans l'exercice de son métier de policier.

Après leur réussite au baccalauréat, les voies des deux étudiants divergèrent. Faculté de Droit, puis école des commissaires de police de Saint-Cyr au Mont d'Or pour l'un. Faculté de Lettres, puis école de journalisme pour l'autre, qui fut conduit à s'expatrier à Paris, où se déroula la première partie de sa carrière. Au terme de celle-ci, il avait acquis assez d'indépendance vis-à-vis des publications auxquelles il collaborait, pour s'accorder le plaisir de revenir s'installer dans sa ville natale. La vente de ses premiers livres lui procurait une appréciable marge de manœuvre.

Il sympathisa avec Justin Fouilleret, journaliste au quotidien « Le Progrès », qui le renseigna d'abondance sur la chronique judiciaro-policière locale.

Il savait que le camarade Borniquet s'était taillé une place de choix dans la police lyonnaise. Devenu chef du SRPJ de Lyon, Roger avait découvert son alter ego dans la magistrature, sous les traits du combatif juge d'instruction Luc Feri. Ce dernier avait vingt ans quand, une nuit de juillet 1975, sur les pentes de la colline de Fourvière, le juge François Renaud fut exécuté de trois balles dans la tête. Ce drame décida de l'avenir de l'étudiant en Droit. Feri se jura de reprendre un jour le flambeau du magistrat abattu.

Surnommé « le shérif », François Renaud guerroyait avec panache contre le milieu lyonnais. Son assassin, Jean-Pierre Marin, participa à l'enlèvement de Christophe Mérieux, en décembre 1975. Âgé de neuf ans, le petit Christophe fut rendu contre la rançon, fabuleuse pour l'époque, de vingt millions de francs. Somme réglée par les deux grands-pères de l'otage : Charles Mérieux et Paul Berliet, figures emblématiques des dynasties de l'économie lyonnaise. L'arrestation de Jean-Pierre Marin devait mal tourner. En compagnie de son fidèle doberman, il périt au volant de sa voiture, sous le feu nourri d'un bataillon de policiers.

Le tueur envoyé ad patres, il devenait ardu de remonter au commanditaire du crime. Des observateurs avertis avancèrent l'hypothèse d'un "contrat" lancé par Nick le Grec, que le shérif tenait pour le recycleur de l'argent du « gang des Lyonnais ». Installé en Espagne, ce truand investissait dans l'immobilier en plein essor de la Costa Brava et de la Costa del Sol. Il abritait les gangsters fuyant Lyon. En vengeant son ami Edmond Vidal, chef du gang des Lyonnais, que François Renaud venait d'envoyer derrière les barreaux, il aurait surtout éliminé, en la personne du magistrat, un fameux empêcheur de truander en rond.

Un quart de siècle plus tard, le juge Feri faisait revivre la légendaire figure du shérif lyonnais. La presse, la police et le public s'accordaient à le parer de l'étoile d'argent qui tomba, une nuit d'été 1975, dans un caniveau de la colline qui prie.

Chapitre 5

*« On fait toujours plaisir aux gens en leur rendant visite :
si c'est pas en arrivant, c'est en partant. »*

En téléphonant, on peut donner à l'autre le plaisir de vous raccrocher au nez, et c'est comme s'il vous mettait à la porte, se dit Vitodi. Borniquet n'est guère empressé de le fréquenter ; et dans sa façon de le rudoyer verbalement sur le mode de la plaisanterie, affleure l'animosité. Pourtant, Roger lui est reconnaissant de l'avoir sauvé de l'exclusion du lycée. Mieux, lors de leurs retrouvailles à l'âge adulte, il avoua qu'il aurait pu « mal tourner » sans la vigilance de son blond chaperon.

— La générosité est une vertu dure à pardonner.

Simon a murmuré son commentaire. Il regarde autour de lui. Personne, dans la rame de métro, ne lui prête attention. Il retourne à sa réflexion. Roger se vit en position de faiblesse par rapport à lui, parce qu'il n'a pas eu l'occasion d'acquitter sa dette morale. Or, le créancier aggrave son cas en apportant clef en main à son ancien camarade de lycée des affaires criminelles étoffant le taux de réussite professionnelle du commissaire vedette.

Plus profondément, il sait où se loge l'abcès empoisonnant leur relation. Amer souvenir refoulé, il s'est enkysté dans la mémoire du policier, cet humiliant abat de gifles infligé jadis. Les deux hommes n'ont jamais évoqué cet incident fondateur de leur lien fragile. C'est à ce foutu flic de le faire, tranche le passager, avant d'émerger de ses pensées pour guetter l'arrêt.

Après son voyage sous la Saône, la rame entre dans la station "Vieux-Lyon". Le journaliste quitte le métro, et jette un regard au "puits de lumière" inspiré des antiques cours d'immeubles avoisinantes. Tandis que le convoi continue sous la colline de Fourvière, vers la gare de Vaise, le piéton gagne la surface par une moderne traboule donnant sur une ruelle qui porte le nom du créateur du théâtre de Guignol : Laurent Mourguet. Il ne jettera pas la pierre au Saint Pierre de pierre juché à l'angle des rues Mourguet et Tramassac.

Un ferraillement attire son attention. Dévalant de Saint-Just, "la ficelle" surgit d'une façade, enjambe la rue Tramassac, pour se faire avaler par l'immeuble d'en face. Le funiculaire s'enfonce vers la station Vieux-Lyon.

Saint Pierre, Saint Just, Saint Jean, Saint Georges, Saint Paul, etc. ; pourquoi pas Saint Simon ?, se dit le grand blond. De la mer de saints, émerge la colline qui prie, couverte d'établissements religieux. Fourvière (de "forum vetus" :

vieux forum) porte les ruines de la ville romaine Lugdunum (colline de Lug). Bizarrement, le dieu Lug, protecteur du voyageur et maître de la lumière, fut représenté par le noir corbeau. De « la colline au corbeau », l'usage fit « la colline aux corbeaux », suite à l'invasion d'une sombre nuée d'ensoutanés. L'église catholique diabolisa la païenne divinité en "Lug-Arou", la frappant du mythe sanglant du loup-garou. En atteste l'une des sculptures ornant une paroi latérale du chœur de la primatiale Saint Jean.

Coiffant depuis le XIXe siècle la colline qui prie, la basilique de Fourvière fut consacrée à la Vierge par l'archevêque Couillié. Vitodi se voit en complément du monseigneur virilement nommé, pour former la sainte Trinité, à laquelle est dédiée la petite place où il s'arrête. Il sourit en imaginant ce cher Couillié méditant devant *le lai d'Aristote*, sculpture logée sous une console, à gauche de la façade de la médiévale cathédrale Saint Jean. Le philosophe grec y est figuré piégé par l'amour, à quatre pattes et chevauché par une gourgandine... Place de la Trinité, l'impie piéton regarde *la maison du Soleil*, qui date du XVIIe siècle et doit son nom à la famille Barou du Soleil. Elle avance en proue entre la rue Saint-Jean et la montée du Gourguillon, par une étroite façade ornée d'un Phébus encadré des statues d'angle de la Vierge et de Joseph.

— Jusqu'au cou, soupire Simon, qui préfère le pâté de foie au pater de la foi.

Sous l'emblème solaire, on vit le café doté de la première licence à Lyon. Dans ledit bistrot devenu bouchon, point de Borniquet. L'arrivant préfère patienter à l'air libre. Il lève un regard sur la montée du Gourguillon, une des plus anciennes rues de la cité. Elle fut voie romaine, et canalisait alors les eaux pluviales ; d'où son nom, issu de "gurgulio" : gargouillis. Ces descentes d'eau n'allèrent pas sans causer des dommages. En 1305, Clément V fut couronné pape en la basilique Saint-Just, sous le regard du roi Philippe le Bel. Alors que le pontife neuf descendait le Gourguillon pour aller célébrer l'office en la primatiale Saint-Jean, un mur du château de Beauregard s'affaissa, miné par les ruissellements. Effrayée par la satanique manifestation, la mule du pape fit un écart qui jeta bas son vénérable bât. Imitant son auguste porteur, la tiare papale prit son envol. Le magnifique rubis qui l'ornait en fit autant, à tel point qu'il disparut. Perdu ou dérobé ? Le précieux caillou attira des générations de cherche fortune, qui piétinèrent en vain le Gourguillon.

— Toujours à bayer aux corneilles, *grand gognant* !

Vitodi reconnaît l'organe vocal du célèbre commissaire Roger Borniquet, qui vaut à son détenteur d'être qualifié de « grande gueule ». L'homme arrive à pied du palais de justice voisin, bâtiment construit au XIXe siècle par Balthard père sur le modèle d'un temple grec, surnommé « les 24 colonnes », car il aligne en péristyle 24 colonnes corinthiennes.

Le patron du SRPJ est trapu, brun frisé. Dans un visage carré barré par une épaisse moustache de jais, les yeux noirs ne restent pas en place. La poignée de main est appuyée ; mais, le policier ne tente plus de broyer la dextre du journaliste en arborant un large sourire, car il sait que le grand blond lui rendrait la pareille, alourdie d'intérêts usuraires. La marche dans le Vieux-Lyon, courte mais rapide, a essoufflé l'arrivant. Le bonhomme est toujours nerveux, mais il s'empâte ; il aime trop la bonne chère, note le détective amateur en suivant le détective professionnel à l'intérieur du restaurant.

Les deux hommes achèvent un échange de nouvelles à bâtons rompus, ainsi que leur entrée commune : terrine de lentilles à la truite fumée.

N'y tenant plus, le commissaire interroge :
— alors, quelle affaire nous apporte notre indicateur anarchiste ? Un coup fumant ? Le casse du millénaire ? Ou le cambriolage du stock de bonbons d'une épicière, fomenté par une horde de bambins en couches-culottes ?
— Je salue ton humour au fumet de chaussette à clous, mais tu n'aurais pas dû me traiter d'indic. Pour ta punition, tu devras patienter jusqu'au dessert pour ouïr mon histoire, une histoire insolite, très insolite... Parle-moi donc de ton ami le juge Feri. Que manigancez-vous aux "24 colonnes" ? N'a-t-il pas déménagé avec ses collègues à la Cité judiciaire de la Part-Dieu ?
— Tu sais ce que j'en fais, de ta curiosité de pisse-copie ?

Le policier a grogné sa sortie. Il prend ostensiblement le temps de savourer une ample gorgée de Pouilly Fuissé, avant de répondre :
— bien sûr, le juge s'est installé là-bas. Il ne reste ici que les cours d'Assise et d'Appel. Mais Feri a gardé un bureau dans l'ancien palais de justice. Tu vas certainement te moquer si je te dis que c'est un sentimental.
— Il cache bien son jeu, le bougre ! Avec son air revêche... Je ne l'ai jamais vu sourire, le nouveau shérif de Lyon.
— C'est pas un marrant, c'est vrai. Mais figure-toi...

Le chef du SRPJ suspend sa phrase, partagé entre sa réticence à lâcher un renseignement et son désir de mettre en valeur sa relation privilégiée avec le juge vedette. Cette tentation l'emporte :
— il utilise le bureau que le juge Renaud occupait sous les combles du palais. Il a obtenu d'en conserver la clef après le déménagement. Il y apporte ses dossiers les plus ardus, qu'il potasse la nuit. Il s'enferme pour ne pas être dérangé... et par prudence. D'ailleurs, je te demande le secret sur ce point. Des malfrats pourraient le guetter à sa sortie. Il reçoit quantité de menaces.
— Je comprends ça. Avec ton aide, il a envoyé à l'ombre la plupart des grands truands lyonnais. Vous pourriez tous deux être l'objet d'un contrat.

Simon se retient de sourire à la réaction de satisfaction de son interlocuteur, qui saisit avec plaisir l'occasion d'évoquer le tableau de chasse de son duo avec le magistrat. Il l'écoute relater certaines de ses arrestations périlleuses.

Le conteur s'interrompt à l'arrivée des *tabliers de sapeurs*. Dans ses yeux vifs, passe un éclair de gourmandise. Ses narines palpitent au-dessus du parfum exhalé par la triangulaire tranche de bovine panse pannée après macération dans du vin blanc sec, baignant dans la sauce tartare.

Les deux convives attaquent d'une fourchette gaillarde ce fleuron de la gastronomie locale. Ils trinquent avec le frais jus de cépage Chardonnay, dont le commissaire a déjà franchement tutoyé la bouteille. La dégustation se fait sans un mot. Les deux hommes y trouvent un rare terrain de pleine entente. Poussant un soupir d'assouvissement, Borniquet renoue la conversation :

— Feri pense que Lyon n'est plus le Chicago sur Rhône du passé, et qu'aucun tueur ne sera lancé contre un juge ou un flic. Moi, j'ai un doute. Je ne crains pas les quelques jeunes excités de la gâchette qui fanfaronnent sur la place. Ils manquent de jugeote. Mais le milieu se restructure sans cesse. La mafia russe a essaimé dans toutes les grandes villes. Ces gens-là ne font pas dans la dentelle. Ils s'implantent par la corruption. Ils pourraient décider d'abattre les incorruptibles qui menacent leurs intérêts.

— La récente vague de règlements de comptes inexpliqués, ce serait eux ?

— Non. Ils l'ont subie comme les autres. Toutes les bandes ont été touchées.

— Une guerre générale des gangs ? Peu vraisemblable !

— Oui ! Je n'y crois pas. Je suis sûr que quelqu'un fait le ménage. Il supprime ceux qui se mettent en travers de sa route ou qui ne marchent pas avec lui.

— Parfait !, ce type est votre allié. Son nettoyage par le vide va éradiquer la délinquance à main armée. Vous n'aurez plus qu'à le cueillir à l'arrivée.

— Facile à dire ! Encore faut-il l'identifier. Premièrement, il n'est jamais bon de laisser un truand prendre de l'assiette. Le milieu se referme sur le nouveau parrain comme une huître sur sa perle. La loi du silence s'instaure. Les indics ferment leur *clapoir*, ou bien ils *dévissent leur billard*. Il devient *patichon* d'enquêter.

Le chef de la PJ se tait. Il paraît mal à l'aise. Son vis-à-vis le relance :
— deuxièmement ?

Le policier torture une boulette en mie de pain, le regard fixé farouchement sur un motif fleuri de son assiette. Il se résout à terminer son argumentaire :
— on parvient pas à situer ce caïd. Je me targue de bien connaître la pègre locale. Pour moi, c'est un nouveau venu. Un type intelligent et décidé, qui n'hésite pas à tuer ou à faire tuer. Feri le veut à tout prix.

— Tu penses que le juge court un réel danger ?

— Oui ! Moi, j'ai mon revolver. Mais lui, il refuse d'avoir un pétard. Il n'aime pas ça, et il affirme qu'il raterait une vache dans un couloir.

— Tu as donc une bonne chance de t'en tirer...

Borniquet fronce les sourcils. L'auteur de la saillie s'empresse d'enchaîner :
— sur ce plan, Feri ne suit pas son glorieux modèle. Le juge Renaud sortait toujours "couvert", dit-on. D'où son surnom de shérif.
Le patron du SRPJ sourit, avant de rectifier :
— t'as raison, en partie seulement. C'est dans le milieu qu'on a commencé à l'appeler shérif. Les gitans de Monmon : Edmond Vidal, le chef du gang des Lyonnais, ont été frappés de le voir rôder à cheval autour d'eux, dans le quartier des *fortifs* de Décines. Il lui est arrivé de surprendre la bande à Nonœil : Pierre Remond, en surgissant sur sa monture dans le cimetière de voitures où les malfrats s'entraînaient à tirer. Tu vois le tableau : le cavalier armé représentant la loi. Ces grands gamins l'ont baptisé « le shérif ». Et ils ont manifesté du respect pour cet adversaire hors norme.
— Et c'est avec respect qu'ils l'ont refroidi !
— Non, c'était pas eux. Il a été victime d'un contrat, parce qu'il a coincé le chef du *gang des Lyonnais*, mais pas le cerveau de la bande. C'est ce dernier, à l'abri en Espagne, qui a payé un tueur professionnel pour exécuter Renaud.
— Je connais l'hypothèse. Alors, le shérif n'a pas eu le temps de dégainer ?
— Il avait pas son feu. Depuis quelque temps, il se méfiait de ses réactions bagarreuses. Il avait frôlé la bavure, une nuit qu'un type éméché le cherchait. Et surtout, il avait un béguin sérieux. La nuit de sa mort, il rentrait avec elle. Pas question de l'effrayer en portant un flingue.

L'évocation de la glaçante fin de François Renaud éveille dans l'esprit des convives un écho morose, que dissipe l'arrivée du gratin d'andouillettes.
La mine réjouie, le brun hume son assiette. Le blond glisse perfidement :
— Édouard Herriot disait que la politique, c'est comme l'andouillette : ça doit sentir la merde, mais pas trop.
Le regard alourdi d'un douloureux reproche, le commissaire lâche :
— alors toi, tu t'y entends pour saboter la joie de l'honnête homme.

♫ ♫ ♫

Après un moment de fausse bouderie consacré à déguster avec ferveur la succulente préparation, il en revient au sujet qui le tracasse :
— Feri refuse une protection policière. Il veut circuler discrètement, mais il ne réalise pas à quel point il est connu, maintenant.
— Tu n'as pas essayé de lui adjoindre un ange gardien, malgré tout ?
— Bien sûr que si. Non seulement j'ai eu droit à une belle engueulade, mais il a ridiculisé mon homme en lui *chiant du poivre* dans les traboules.

— Il a étudié de près les dossiers du juge Renaud. Dans sa première affaire sérieuse, le shérif s'affrontait à un camarade d'enfance de la célèbre Ulla, meneuse de la révolte des prostituées.
— Oui, un moment d'anthologie. Les putes occupant l'église Saint-Nizier, tu parles d'un bordel... Si j'ose dire.
— Et les ratichons sur le trottoir, en porte-jarretelles, c'eût été parfait !
— Toujours aussi anticlérical, à ce que je crois comprendre.
— Ta sagacité m'épatera toujours. Mais revenons au petit chef de braqueurs qui a tenu tête pendant plus d'un an à tes prédécesseurs.
— Guy Reynaud ? On a dit que la future Ulla avait séduit le shérif, dans le but d'obtenir un traitement de faveur pour son pote. Bien entendu, le juge Renaud n'a pas aimé. Il s'est acharné contre son quasi homonyme.
— J'oubliais que tu connais bien la chronique du milieu lyonnais. Tu te souviens comment Reynaud a semé une escouade de flics à la Croix-Rousse ?
— Pfff ! C'est devenu un cas d'école. Une quarantaine de collègues et huit voitures radio pour boucler le quartier. Ils étaient sûrs de le coincer, et le voilà qui s'évapore par les traboules.
— Il faut dire qu'il était né là-haut. Il connaissait la colline comme sa poche.

L'amertume déposée dans l'esprit du chef du SRPJ par le rappel de cet échec policier se résorbe à la vue du ravier de *claqueret*. Ce fromage blanc battu (: claqué), additionné de crème, vin blanc sec et vinaigre, ail, échalote, sel, poivre et fines herbes, est nommé – pauvres d'eux ! – *cervelle de canut*.

Laissant son compagnon de ripaille se servir furtivement le fond du flacon de Pouilly Fuissé, le journaliste remarque :
— je tenais Feri pour un homme de dossiers. Or, ton juge semble s'en tirer pas mal sur le terrain.
— Ça, les dossiers, c'est son truc. Je t'ai dit qu'il passe des nuits blanches dessus. Il les boucle deux fois plus vite que ses collègues. C'est une tronche. Et c'est pas un avorton. Il se maintient en bonne forme. Il pratique l'escrime. Il tire dans un club de la ville. On le dit excellent épéiste.
— Bigre ! Après le shérif, le mousquetaire ?
— Tiens, pour une fois, t'as une bonne idée. Je te la pique. Je vais appeler Feri « le mousquetaire de Lyon ».

Au dessert, comme promis, l'aventurier expose sa découverte faite au parc de la tête d'or. Le policier écoute, en ponctuant le récit de grognements de surprise. Partagé entre le doute et l'excitation, il commente :
— ton histoire est proprement incroyable. Un tunnel creusé en direction de la cité internationale ? J'espère que tu ne me mènes pas en bateau ?
— Sur le lac ? Non, ça se passe en dessous, et j'ai passé l'âge des canulars.
— Bon, d'accord. Je m'occupe de tes taupes à la tête d'or.

Dans l'après-midi, les deux compères étaient sur place. Le blond indiqua discrètement l'hôtel particulier abritant la troupe de comiques taupiers. En quelques prudents coups de sonde téléphoniques, le brun s'assura de la clandestinité des travaux nocturnes. Il obtint le feu vert du substitut du procureur, et tissa sa nasse. L'opération de flagrant délit fut exécutée dès la nuit suivante. La quotidienne mélodie en sous-sol mineur du quatuor lacustre fut interrompue sans fausse note. Pris par surprise, les hommes en noir ne purent s'esquiver. Un cinquième comparse fut arrêté dans l'hôtel particulier de l'avenue Verguin. Nommé Jean Amoyllard, cet ancien comptable a purgé trois ans d'emprisonnement pour détournement de fonds.

Les premiers interrogatoires furent menés dans la matinée du jeudi 6 juillet. Les quatre plongeurs dirent ignorer le but réel de leurs travaux. Bien payés, ils suivaient sans poser de question les directives du comptable marron. Amoyllard admit sa responsabilité de chef d'équipe. Il soutint n'avoir jamais vu le commanditaire du chantier. Anonyme, l'homme lui donnait ses ordres par téléphone et par courrier. L'argent arrivait en espèces par enveloppes postales. Il avait pu ainsi louer l'hôtel particulier, et monter l'expédition en recrutant les hommes que son mystérieux chef lui avait désignés. Quant à l'objectif du tunnel, son patron inconnu avait parlé d'une fantaisie d'ordre privé. Il désirait ménager une issue secrète à un bâtiment qu'il possédait.

À cet instant de l'interrogatoire, Borniquet s'agace :
— ah, te moque pas de moi. On creuse pas un tunnel à l'aveuglette, sans savoir où on va. Tu connais son point d'arrivée, donc la propriété de ton patron. Tu vas pas me dire que t'as pas eu la curiosité d'enquêter sur le propriétaire de la maison en question.

D'allure sportive, bourgeoisement vêtu, l'ancien comptable indélicat serait aisément classé dans la caste des « jeunes cadres dynamiques bien sous tous rapports ». Il proteste à nouveau de sa franchise :
— je ne vous cache rien. Je vous jure, monsieur le commissaire. La prison, c'est l'enfer. Pour réduire ma peine, je veux collaborer à fond avec vous. Pourtant, je me sens en danger. Ce type, au téléphone, m'a menacé. Il m'a dit que je risquerais ma vie en révélant quoi que ce soit de cette affaire.
— Ça ne cadre pas avec ce que tu viens de dire. Tu l'as présenté comme un hurluberlu se payant une fantaisie. À présent, tu parles de danger de mort. Ça ne correspond pas à l'enjeu.
— C'est vrai. Il a changé. Il m'a d'abord affirmé que son projet n'avait rien de crapuleux. Il disait disposer de beaucoup d'argent pour assouvir ses caprices. Peu lui importait de passer pour un original. Mais, une fois le chantier lancé, il est devenu méfiant. Il insistait sur le secret. Il m'a mis en garde fortement : si je venais à bavarder, Tanas me réglerait mon compte.

Le patron du SRPJ tressaille. Il fixe durement le prisonnier, en questionnant :
— tu sais de qui il parlait ?
— Vaguement, bredouille Amoyllard, en pâlissant.
— Tu m'as promis ton entière collaboration. Parle !, aboie le policier.
— J'ai entendu parler de Tanas en prison... Comme une légende qui circule. Ce serait le parrain du milieu lyonnais. Il ne ferait pas bon se frotter à lui. Je n'en sais pas plus, monsieur le commissaire.
— Admettons. Donc, la peur aurait refroidi ta curiosité. Mais, tu dois tout savoir du tunnel. Tu as forcément un plan du tracé.
— Oui. Un plan est caché avenue Verguin. Je vous dirai où. Mais il ne vous apprendra rien. Il ne comporte que le point d'attaque des travaux.
— Avec une flèche pour la direction, peut-être ?, s'énerve Borniquet.
— Attendez, monsieur le commissaire : je vous explique. Vous trouverez dans le matériel du chantier un générateur d'ultrasons. Il nous servait à fixer l'emplacement des charges explosives. Cet appareil envoie un rayonnement ultrasonore qui est réfléchi par une antenne. Nous pouvions ainsi pointer à tout moment vers ce miroir sonore.
— Et cette antenne est placée au point d'arrivée prévu pour le tunnel ?
— Oui, enterrée dans la propriété que nous devions faire communiquer avec le lac. Ce sont les seuls renseignements que je possède, et je vous jure que je n'aurais pas cherché à en savoir davantage. Je ne suis pas suicidaire. Je suis sûr que la menace au téléphone n'était pas du bluff. Cette façon de nous manipuler à distance, ce luxe de précautions, ce type qui reste dans l'ombre. Je pense que Tanas est derrière tout ça.

La suite des événements devait donner raison au malheureux Amoyllard.

Dès le jeudi après-midi, le chef de la PJ obtient le concours de Yves Hilliard, un ami ingénieur des Travaux Publics. Vitodi les accompagne sur place, où les attendent un responsable du parc de la tête d'or et deux terrassiers prêts à creuser. Après s'être familiarisé avec l'appareil guidant le percement du tunnel, Hilliard délivre une explication sommaire :
— cet engin est un transducteur piézoélectrique. Il émet et reçoit des ondes ultrasonores. C'est une antenne active. Vous connaissez le principe du sonar. Les sous-marins imitent les baleines. Ils détectent un obstacle en émettant un signal sonore renvoyé par la cible. Les ultrasons sont un rayonnement très directif, un pinceau sonore capable de traverser la matière solide. Si j'ai bien compris tes explications, Roger, il existe un autre transducteur enfoui dans ce terrain, vers la cité internationale. En émettant un signal dans sa direction, on obtient un écho permettant de le localiser. En ce cas, je devrais pouvoir le situer de façon précise à partir de la surface. Je vais tenter le coup.

Un quart d'heure plus tard, la direction de l'antenne cachée est repérée, et sa distance calculée. Borniquet doute :
— on est loin de tout bâtiment. Tu es sûr de tes mesures, Yves ?
— C'est ici, sans conteste, réplique l'ingénieur, un tantinet vexé.
Le petit groupe n'a pas quitté le parc de la tête d'or. Il se trouve près de la porte de l'atrium. Simon pointe un doigt vers la pelouse :
— soit il y a une cave, ou un souterrain ; soit, l'antenne a été enterrée là pour un premier tronçon de tunnel. Elle aurait été déplacée ensuite.
Le responsable du parc réfute à sa façon les hypothèses du journaliste :
— aucun chantier ne s'est tenu ici dans la dernière décennie. J'ai vérifié dans nos archives, lorsque j'ai été informé de cette incroyable histoire de tunnel.
— Il a pourtant bien fallu enfouir l'antenne, objecte Hilliard.
— Bon ! On en aura le cœur net sous peu, tranche le policier.

Les terrassiers terrassent. Une heure plus tard, au centre d'un périmètre de sécurité matérialisé par un ruban rouge rayé de blanc ceinturant un cercle de piquets, s'ouvre un puits d'où sort la vérité. Les ouvriers ont mis au jour une dalle de béton, dans laquelle ils ont découpé une ouverture rectangulaire. Une échelle est glissée dans l'orifice. Appelé à d'autres tâches, le responsable du parc est parti. Le trio d'enquêteurs entreprend d'explorer, qui s'offre à leur curiosité, le secret atrium du poumon vert de Lyon.
L'alvéole est un tronçon de couloir bétonné de quelques mètres, obstrué côté lac par la roche, et fermé à l'opposé par une paroi lisse, près de laquelle repose un appareil métallique de la taille d'une grosse bonbonne de butane. L'engin attire le feu croisé des trois torches électriques, et un commentaire de l'ingénieur :
— voici le grand frère du transducteur piézoélectrique de nos chères taupes.
Le grand blond, qui préfère au zinzin la paroi, enchaîne trois questions :
— messieurs, le tunnel creusé par nos comiques taupiers devait-il aboutir à un cul-de-sac ? Conçoit-t-on une cave sans porte ? Est-il possible de murer une cavité sans travaux extérieurs ?

♪ ♪ ♪

À sa triple interrogation des plus pertinentes, le détective amateur n'obtient pour réponse qu'un bougonnement de Borniquet :
— au lieu de nous jouer Rouletabille dans sa chambre jaune, aide-moi plutôt à bouger le machin.

Les deux hommes, éclairés par la lampe du troisième, déplacent l'antenne côté rocheux. Puis, le commissaire palpe la paroi opposée, la cogne avec la crosse de son revolver, avant de conclure :
— c'est du métal, épais, et il y a du vide derrière.

Hilliard s'approche. Le pinceau lumineux de sa torche dessine le contour de l'obstacle. Il s'accroupit, en examine la base, et pose son diagnostic :
— la fente du bas est profonde. C'est une porte qui coulisse dans le sol.
— Bien ! Et comment verrais-tu le mécanisme d'ouverture ?

L'homme se relève, observe le cul-de-sac, et répond :
— jadis, on aurait cherché un levier dans une cache. Ensuite, les commandes mécaniques ont été remplacées par des boutons électriques. L'ouvrage étant récent, j'opte pour une télécommande infrarouge.
— Pourquoi ?
— Parce qu'un boîtier de commande électrique serait plus visible, et la télécommande infrarouge est comme une clef que tu emportes. C'est ce qui se fait de mieux après les serrures à cartes personnalisées. Cela dit, il ne faut pas négliger la recherche d'une cache abritant de bons vieux interrupteurs électriques. Je vais examiner le tour de la porte. Occupez-vous des murs.

Dans une danse des cônes de lumière, les trois hommes s'activent. Puis, la voix déçue de l'ingénieur commente :
— pas de récepteur infrarouge près de la porte.

Les recherches se poursuivent sur les parois de béton. Le trio œuvre sans mot dire, scrutant et palpant le ciment. Le patron du SRPJ soupire, mal à l'aise dans le réduit. Il lutte contre sa claustrophobie.
Une exclamation de Vitodi le distrait de son trouble. Les regards se tournent vers le journaliste, qui jure et précise :
— je croyais avoir trouvé, mais c'est un simple trou.

Le policier s'approche, passe à son tour la main dans le creux de forme ronde. Il appuie en vain sur le fond et sur les parois de l'alvéole de taille modeste. Puis, il s'exclame sourdement :
— à quoi ça rime ?

Alerté par le ton étouffé de sa voix, Simon remarque la pâleur du visage de son ancien condisciple lycéen :
— tu as l'air souffrant. Ça va ?
— C'est rien. On respire mal dans ce satané terrier. Mais...
— Dites, coupe Hilliard, ce trou dans le mur, il a peut-être son utilité ?

La question catalyse une idée dans l'esprit du découvreur, qui s'écrie :
— oui, un repère... En face !

Il plante sa torche dans le trou. En une enjambée, il vient se courber sur le disque de clarté dessiné sur la paroi opposée. Sa voix vibre d'excitation :
— tout juste, Auguste ! Il y a une fente rectangulaire.
Oubliant son malaise, le brun trapu écarte sans ménagement le grand blond. Ses mains pressent fébrilement le rectangle de ciment. Après un déclic, un tiroir glisse, qui avance sous son regard ravi :
— à moi le jackpot !
Le trio observe le tiroir secret. L'ingénieur émet un sifflement admiratif :
— c'est nettement mieux qu'une vulgaire paire de boutons. Mais on n'est pas rendu. Il va falloir démonter ce bazar. Et encore, si le concepteur est vicieux, on risque de tout bloquer en forçant le truc.
— Il est peut-être piégé ?, s'inquiète Borniquet.
Le visage soucieux, ils scrutent le boîtier de digicode. Hilliard répond :
— possible. Mais alors, tes rats prendraient un gros risque. Une erreur en tapant le code, et la tapette explose le rat. Non, je pense qu'on peut pianoter tranquillement. Ces appareils sont aisément programmables pour se bloquer après trois tentatives infructueuses, par exemple. Ce qui interdit la recherche méthodique du code. Et le boîtier peut être piégé au démontage. On ôte une pièce, et la mise à feu se déclenche. Il ne faut pas tenter de le désosser avant de l'avoir fait ausculter par un démineur.
— Donc, on est coincé : sans le code, on bloque le zinzin, et en voulant le débloquer on risque de déclencher le feu d'artifice, intervient Vitodi.
— Exact ! Cela dit, ne confondons pas prudence et paranoïa. Ce digicode n'est peut-être pas piégé, ni même protégé contre les essais systématiques. Après tout, un code à quatre chiffres offre dix mille possibilités. C'est une bonne protection. Estimons à quatre secondes le temps mis pour taper les quatre chiffres. Il faut compter les hésitations, les temps morts. Tablons sur une moyenne de six secondes par tentative de composition du code. On peut essayer six cents quadruplets de chiffres à l'heure. Il faut alors huit heures pour explorer la moitié des possibilités. Arrondissons à une dizaine d'heures, car personne ne peut tenir une telle cadence sans pauses régulières.
— En s'y mettant à plusieurs ?, propose le journaliste.
— Oui. Deux personnes se relayant viendraient à bout de l'ensemble des combinaisons en une journée. Mais avec un chiffre de plus, le code devient plus difficile à casser. Dix fois plus de combinaisons possibles. Il faudrait plus d'une semaine de tentatives à nos deux hommes pour essayer les cent mille quintuplets de chiffres.
— Bon ! Tes calculs savants me collent la migraine. Moi, je monte respirer. Je réfléchirai mieux à l'air libre, grogne Borniquet.

Ses compagnons lui emboîtent le pas. En surface, le chef de la PJ lyonnaise retrouve son allant. Optant pour la prudence, il téléphone pour obtenir la venue d'un spécialiste en déminage. Puis, impatient, il décide qu'un second puits sera creusé, pour aboutir derrière la porte secrète.
L'ingénieur dirige à nouveau la manœuvre.
Assis à l'écart sur la pelouse, Simon griffonne sur une page du calepin qui ne le quitte jamais. Après avoir fait circuler des badauds, le commissaire vient à lui, qu'il interpelle ironiquement :
— monsieur l'écrivain prend des notes ?
— Exact !
Le détective amateur ferme son carnet, sous le regard inquisiteur du policier. Borniquet grogne, puis son visage se durcit. Il s'assoit au côté de l'aventurier, qu'il tente de gourmander :
— rappelle-toi les termes de notre marché. Tu suis l'enquête de près. Je ne te cache rien. Mais en échange, tu ne publies aucune info sans mon accord.
— Tu as ma parole, Roger. Tu sais comment je fonctionne. Je ne relaterai cette affaire que lorsque nous en saurons le fin mot. Je subodore que nous ne sommes pas au bout de nos surprises. Qu'en dis-tu ?
Le patron du SRPJ se détend. Sous l'épaisse moustache, passe un sourire. Puis, son expression change. Il fixe son voisin, d'un regard où pétille une braise d'excitation. D'une voix grave, il confie :
— tu as vu le professionnalisme de l'équipe, la sophistication des moyens employés ? Je crois Amoyllard lorsqu'il dit qu'il y a du Tanas là-dessous.
Les deux hommes se taisent, pensifs.
Le grand blond a commencé à entendre parler du supposé parrain lyonnais un lustre auparavant. L'information venait de *La fraise*. Elle prêtait à sourire : rumeur de *troquets*, colportée par des *buvantins*. Le mystérieux personnage était décrit sur le modèle de Fantômas, créé par le duo de romanciers Allain et Souvestre : une émanation des ténèbres. À savoir un homme vêtu de noir, déguisé et masqué, affublé d'un pseudonyme sulfureux. Plus tard, Vitodi eut la surprise d'apprendre que Borniquet croyait ferme en l'existence de cette figure de bande dessinée, et que le nouveau shérif ouvrait officiellement un dossier sur le fantôme. Son scepticisme en fut ébranlé. Aujourd'hui, l'heure était-elle venue d'accorder du crédit aux indices épars suggérant les contours flous de l'ectoplasme ? Un homme préservant jalousement le secret de son identité, éliminant radicalement les concurrents et tout truand de quelque importance refusant de travailler pour lui. Un malfaiteur original, intelligent, bâtissant un empire clandestin. Les confrères au fait de la rumeur n'osaient écrire sur le sujet, de crainte de se ridiculiser. Quelques articles évoquaient au passage la légende du « bandit masqué ». Le personnage semblait inventé

pour endosser les exactions de la pègre lyonnaise. La prudence commandait d'attendre une manifestation au grand jour du fantomatique parrain. Ce qui ne manquerait pas d'arriver s'il existait. De tels individus, mus par le désir de puissance, travaillent à établir leur renommée. L'argent, le pouvoir, ne sont pour eux que les moyens de réaliser leur rêve de gloire…
La voix de son voisin le tire de ses réflexions :
— ah ! Je crois que voilà mon démineur.
Entré par la porte de l'atrium, l'homme de l'art porte un sac de sport et un volumineux bagage oblong. Le commissaire le rejoint, et l'invite aussitôt à visiter le secret vestibule souterrain. Dès qu'il lui a expliqué ce qu'il attend de lui, Borniquet fuit le lieu. En parlant d'assurer la sécurité du site, il se hâte de regagner l'air libre. Au pied de l'échelle, le nouveau venu saisit son bagage en forme de long parallélépipède aplati, tendu par Vitodi, qui descend ensuite le sac de sport. Éclairé par le journaliste, le démineur sort de son sac à malices un projecteur alimenté par une batterie. Il installe la puissante lampe au-dessus du clavier suspect. De la longue housse, il tire un écran de protection en forme de paravent muni d'une épaisse vitre et de deux manchons conçus pour accueillir les bras du manipulateur. Dubitatif, l'aventurier demande :
— c'est efficace, ce truc là ?
— C'est surtout obligatoire, soupire l'autre. Avec une toute petite explosion, j'en sors indemne. Selon la taille de la charge, je peux y laisser une main, les deux bras, ou la vie. À moi de pas allumer le pétard…
En parlant, il a pêché dans son sac à malices une combinaison ignifugée, de grosses chaussures isolantes, et des gants. Il conclut :
— maintenant, je dois vous demander d'évacuer les lieux. Merci pour le coup de main.
— Alors, merde, mon vieux.
Sur cet appel déguisé à la chance, Simon refait surface. Il se joint au quatuor formé par le chef de la PJ, son ami ingénieur, et les deux ouvriers. Les travaux sont suspendus durant l'opération de déminage.
Débute une attente crispante. Borniquet la trompe en chassant les curieux. Vitodi et Hilliard sont aux aguets. Leur regard est rivé à l'orifice du puits. Ils imaginent la déflagration suivie de l'affaissement du terrain.
La mine sombre, le policier arpente le périmètre de sécurité en se mordillant les ongles. Il mesure le risque pris en décidant l'intervention du démineur sans appeler des renforts pour faire évacuer la zone. Mais il s'est accroché à sa stratégie : opérer le plus discrètement possible, pour ne pas alerter les médias ; et surtout foncer, avant que Tanas réagisse à l'arrestation de la bande de taupes. Hélas, en cette belle fin d'après-midi, pullulent les flâneurs, qui semblent ourdir la bavure qui ruinera sa carrière.

Un soupir collectif lui fait tourner la tête vers le puits. La housse oblongue en émerge péniblement. Le grand blond se précipite pour aider le démineur. L'homme a quitté avec soulagement sa combinaison de cosmonaute. Dans le soleil couchant, son visage étincelle de perles de sueur.
— Alors ?, interroge impatiemment le chef du SRPJ.
— Rien. Votre boîtier est propre. Vous pouvez pianoter dessus autant que vous le souhaitez.
— Je me porte volontaire, réagit le journaliste.
Surpris, Borniquet lâche un rire sarcastique. Non sans avoir adressé un clin d'œil complice à son ami ingénieur, il accompagne d'un petit geste désinvolte de la main son autorisation :
— à ta guise. Tu peux faire joujou autant que tu veux. Nous, on creuse.
Le détective amateur adopte un air dégagé. C'est en sifflotant qu'il s'enfonce sous terre. Le tiroir secret s'offre à lui, bien éclairé par le projecteur. Il sort son calepin, et l'ouvre à une page où des chiffres s'alignent sous un nom de cinq lettres. Avec un doux frisson d'excitation, il tapote sur les touches, puis il tourne son regard vers la porte secrète. Rien ne se passe. Il entend les sourds coups de pioche des terrassiers, qui battent la mesure de sa déception.
Il relit la série de cinq chiffres, qu'il a entourée sur la page. Oui, c'était trop simple. Pourtant, l'hypothèse était séduisante. Il se concentre...
Une idée le fait tressaillir et soliloquer :
— oui... Pourquoi pas ?
Ses longs doigts hâlés courent sur le clavier. Il perçoit un déclic, puis un bourdonnement feutré. La porte coulissante s'escamote lentement dans le sol. L'aventurier retient une exclamation de joie. Il jubile à mi-voix :
— à nous deux, Tanas !

Chapitre 6

*« Vaut mieux avoir compris
qu'avoir appris. »*

À deviner le code signé Tanas, Simon montre qu'il apprend sur son futur adversaire en le comprenant. L'homme se plait à imprimer sa marque sur ses créations, ses projets, ses actions. Ce comportement trahit un ego démesuré, qui le met en danger. Chacun de ses actes le désigne. Mais il en prend le risque, car il se vit tout-puissant.
Une heure plus tôt, Vitodi avait écarté la fastidieuse méthode de recherche systématique du code, au profit d'une tentative de résolution du problème par le raisonnement. Son unique indice était, se profilant derrière l'équipe taupière, l'ombre de Tanas. Il décida d'admettre provisoirement l'existence du parrain occulte de Lyon. Après tout, Borniquet y croyait. Il devait avoir pour cela de solides raisons. Le juge Feri n'était pas non plus du genre à tendre complaisamment l'oreille à la rumeur. Le duo disposait d'éléments non divulgués. Leur faire confiance était raisonnable. Donc, le fantomatique caïd existait. Dès lors, comme le pensait le comptable marron Amoyllard, il pouvait être le cerveau de l'affaire. Or, cet être étrange œuvrait dans l'ombre à fortifier son règne sur la pègre locale. Cet appétit de puissance excluait la modestie. La légende soulignait la mégalomanie du bonhomme : il était le maître, et entendait que cela se sache. L'enquêteur en déduisit que le code d'ouverture de la porte secrète avait été fixé par Tanas. Le parrain décidait de tout, a fortiori d'un élément névralgique comme un code secret. Il devait avoir choisi une série de chiffres le touchant de près, affirmant son pouvoir, signant sa maîtrise du jeu : un paraphe numérique.
L'idée séduisit le détective amateur. Dans son carnet, il inscrivit le nom du *deus ex machina* : Tanas. Il lui fallait convertir ces cinq lettres en chiffres. Enfantin !, pensa-t-il. Il appliqua la méthode classique consistant à remplacer chaque lettre par son rang dans l'alphabet. Il obtint la série de cinq nombres 20 - 1 - 14 - 1 - 19. Ce résultat avait le défaut de fournir un improbable code à huit chiffres. Afin d'y remédier, il supprima la répétition de l'unité, passant de cinq nombres à cinq chiffres : 2 - 0 - 1 - 4 - 9.
Trouvant ce subterfuge médiocre, il lui préféra une autre façon de convertir les lettres en chiffres. Une méthode meilleure, car elle affecte à chaque lettre un chiffre unique. On remplace la lettre par son rang alphabétique ; puis, si celui-ci est un nombre à deux chiffres, on additionne ces derniers ; et au

besoin, on répète l'addition. Ainsi, 20 devint 2 (2 + 0), 14 fournit 5 (1 + 4), et 19 produisit 10 (1 + 9) qui donna 1 (1 + 0).

Interrompu par le commissaire, le journaliste n'eut pas le temps de chercher une autre solution. C'est donc le nombre **21511** qu'il tapa à son premier essai de code. Déception ! La méthode de chiffrage est trop simple, trop connue. Le hic est qu'il n'en voyait pas d'autre. L'hypothèse d'un code signé Tanas ne quitta pas son esprit. Le subtil parrain aurait-il compliqué la technique de chiffrage ? Un petit coup de vice pour tromper l'ennemi, sans dénaturer sa signature numérique ?

Le détective amateur avait deviné la transparente et non moins sulfureuse anagramme du pseudonyme de l'homme des ténèbres : Tanas pour Satan. Pourquoi ne pas chiffrer le diable ? L'idée le fit tressaillir. Il eut l'intuition d'avoir trouvé le sésame : Satan donne **11215**… Et la porte s'escamota.

L'aventurier avance vers l'inconnu. Au-delà du seuil, pleuvent des éclats de ciment. Les travaux d'ouverture sont en voie d'achèvement. Levant la tête, il distingue un pointillé de lumière en forme de ligne brisée carrée, sur le point d'être bouclé. Bientôt, s'abattra le pavé de béton découpé par les terrassiers. Restant en retrait, il recourt à sa torche, pour sonder l'espace dévoilé par la porte coulissante. Il voit une pièce carrée d'une dizaine de mètres de côté, entièrement cimentée, vide. En face, dans le prolongement du cul-de-sac où il se tient, s'ouvre un couloir, dont l'extrémité se perd dans les ténèbres.

Soudain, résonnent les coups sourds d'une masse frappant le béton. Le grand blond se replie vers le boîtier qui commande la porte secrète. Il tapote le code sur le clavier. Le lourd panneau métallique remonte.

Simon réfléchit à la décision intuitive qu'il vient de prendre. Pourquoi garder pour lui sa découverte ? Il pressent que détenir le code signé Tanas est un atout dans le jeu de piste menant au mystérieux parrain. Le chef du SRPJ ? Qu'il se débrouille sans l'info ! Vitodi garde en mémoire le rire sarcastique du policier, juste avant de l'autoriser à jouer du clavier. Roger ne saura que plus tard, quand le pisse-copie jugera bon d'informer le flic vedette.

Cette conclusion est ponctuée par un fracas, que l'épaisse porte coulissante assourdit. Bientôt, la voix goguenarde de Borniquet tombe par le puits :
— oh ! Rouletabille ! On a une autre chambre jaune. J'ai besoin de l'échelle. Tu viens, ou bien tu passes la nuit dans ton trou à rats ?

Le rat sourit. Le ton moqueur du chat à moustache noire affermit sa décision de ne pas partager illico le fromage. Il adopte un ton résigné pour répondre :
— bon, j'abandonne. Puisque la manière forte triomphe, j'arrive.

Il ferme le tiroir, éteint le projecteur, et monte. En émergeant, il note que la Terre a poursuivi sa rotation têtue. Basculant vers l'est, elle a élevé la colline de la Croix-Rousse au-dessus du Soleil. La baisse de luminosité attendrit les couleurs du parc. Une brise tiède diffuse de subtils parfums de roses...

Mais de la séduction de *dame nature*, le commissaire n'a cure, qui plonge sous terre, en quête de l'objectif de l'insolite tunnel du lac de la tête d'or. L'ingénieur lui emboîte le pas. Le journaliste ferme la marche.

Le trio inspecte la salle. Elle ne contient que les gravats causés par leur effraction. Ils trouvent un système d'éclairage. La lumière est faite dans le couloir. Ils s'y engagent. Vitodi rebrousse subitement chemin, jusqu'au pied de l'échelle, puis revient. À la régularité de sa démarche, ses compagnons comprennent qu'il veut estimer la distance qu'ils vont parcourir.

La galerie mesure une soixantaine de mètres. Rectiligne, elle se termine par une porte coulissante, sœur jumelle de la première. Le système de repérage du tiroir recelant la commande d'ouverture est le même : un trou cylindrique dans le mur opposé. Devant le clavier jailli du ciment, le trio tient un bref conciliabule, pour décider de la suite de l'action.

Ils retournent sur leurs pas, et gagnent la surface. Les deux ex camarades de lycée descendent dans le cul-de-sac formé par le premier barrage coulissant. Ils hissent le lourd transducteur piézoélectrique, qu'ils réintroduisent sous terre par le second puits. Simon ne s'est pas résolu, pour éviter la pénible manœuvre, à révéler sa trouvaille. Il a l'intuition que le secret du code est sa première arme contre Tanas. De plus, l'exercice ne nuit qu'à l'embonpoint naissant de Roger. Il aide ce dernier à porter au long du souterrain l'antenne ultrasonore. Laquelle renvoie les signaux que sa petite sœur, aux mains de Hilliard, expédie depuis la surface. L'ingénieur peut ainsi suivre le trajet de la galerie. À plusieurs reprises, Borniquet dégaine son téléphone. En vain : les communications ne passent pas. Il grogne son impatience.

À mi-chemin, l'aventurier lui propose :

— cet engin, je peux le trimballer seul. Rejoins ton ami. Il peut avoir besoin de ton aide pour franchir certains obstacles.

Tenaillé par sa claustrophobie, le patron du SRPJ ne se fait pas prier. Il part en courant. Le grand blond porte l'appareil sur une dizaine de mètres. Le bout du tunnel est proche. Il pose son fardeau. Constatant que son compagnon a disparu vers la surface, il file vers son but, et tape le code secret signé Tanas. Le bourdonnement le fait jubiler. La porte glisse vers le bas. À mesure qu'il s'enfonce, le panneau métallique découvre une surface grise qui s'efface sur le côté, livrant accès à un espace sombre. Aux aguets, l'enquêteur ne détecte pas de présence humaine. Il court vers le lourd transducteur piézoélectrique, qu'il coltine sans mollir en bout de souterrain. Laissant là sa charge, il allume sa torche électrique, et passe le seuil.

Il est dans un local technique de taille modeste traversé de tuyauteries et de câbles sous gaine, où sont empilées des caisses. La masse grise qui s'écarta

quand le panneau coulissa est une armoire métallique. Sur ses portes, sont peintes des mises en garde : « Attention, danger ! » et « Ne pas ouvrir, risque d'électrocution ! ». Cela ne dissuade pas l'aventurier de crocheter la serrure.
À l'intérieur, des coffrets électriques sagement alignés sont pris dans une toile d'araignée de câbles multicolores. En l'auscultant, le détective amateur constate que la nappe de fils n'est raccordée à aucune source de courant électrique. L'armoire est un trompe-l'œil dissimulant l'issue secrète.
Il s'immobilise en percevant un bruit de moteur assourdi. Suit un claquement de portière. Ces sonorités graves lui évoquent une sensation connue : un parking souterrain. Où se trouve-t-il donc ?
Il décide de chercher la réponse en surface. Après avoir refermé armoire et porte coulissante, il pique un sprint dans le tunnel. Jaillissant du puits tel le diable d'un missel, il voit venir ses coéquipiers. Sous l'épaisse moustache du policier, s'épanouit un sourire vainqueur. Levant un pouce, il révèle :
— le jeu de piste nous a mené au pied du Hilton.
— Et vous étiez dix mètres en dessous de nous, ajoute l'ingénieur.

Apprenant qu'il est entré clandestinement au tréfonds du plus grand hôtel casino de France, le journaliste lance gaiement :
— faites vos jeux, rien ne va plus !

♫ ♫ ♫

Le soir, Léa l'écoute conter la découverte de la galerie du Hilton. Lorsqu'il lui confie le secret du code d'ouverture des portes coulissantes, elle s'inquiète :
— cette information va manquer au commissaire.
— C'est une info secondaire. Ce qui compte pour Roger, c'est l'existence de cet accès caché. Il va enquêter pour cerner l'étendue des complicités. On ne perce pas un tel souterrain dans une totale clandestinité.
— L'hôtel a été achevé l'année dernière seulement. La galerie a pu être construite durant le chantier du Hilton, non ?
— Oui, je me suis dit ça. C'est la seule hypothèse plausible. Entre le casino, situé au premier sous-sol, et le parking en second sous-sol, ont été créés des locaux techniques. C'est de l'un d'eux que part le souterrain. Une équipe d'ouvriers du chantier a dû être affectée au percement de cette ramification. Il faudra savoir comment ce travail parasite s'est greffé sur l'ensemble de l'ouvrage. Je laisse Roger démêler cette combine. Ce qui m'intéresse, c'est le but de la manœuvre. Pourquoi accéder secrètement au casino ?
— Pour jouer quand l'établissement est fermé. Ton Tanas est un original.
— Il y a en permanence du monde autour ; les salles de réunion, l'hôtel…

— Je blaguais. En revanche, je verrais bien une complicité dans le personnel pour détourner une part des recettes. Ils cachent l'argent dans la galerie au cours de leur service. À leur sortie, rien dans les mains, rien dans les poches.
— C'est une idée. Mais je ne vois pas comment l'argent pourrait faire l'école buissonnière sans manquer à l'appel. Aux tables de jeu, il circule sous forme de plaques. Seuls les clients changent les plaques en billets ou en chèques.
— Eh bien voilà ! Un croupier glisse des plaques à un client complice.
— Primo, ce serait une croupière. Le personnel de jeu du Hilton est féminin.
— Belle idée sexiste. Ils ne craignent pas de rebuter les émirs ?
— Tu as raison. Des femmes sans voile tripotant les boules de l'enfer du jeu, c'est pas Coran.
— Deuzio ?
— Le client complice sortirait avec l'argent, tout naturellement. Dès lors, le souterrain cachette ne se justifie plus.
— D'accord... Et si le casino n'était pas visé ? Si la cible était les salles de réunion ? Aux heures les plus calmes, une équipe s'introduit par la galerie secrète pour poser des micros dans l'une de ces salles.
— Félicitations pour ton imagination, mais...
— Primo ?
— Construire secrètement un tel ouvrage juste pour accéder aux salles de réunion... Il était moins coûteux, moins risqué, de s'inscrire comme client, de louer une salle afin de circuler tranquillement et de piéger les lieux en douce.
— Je reconnais. Deuzio ?
— La sonorisation d'une salle de réunion est affaire d'espion. Or, jusqu'à présent, Tanas est classé dans la catégorie des bandits de haut vol, pas des barbouzes. Tertio, le souterrain arrive sur un local contigu aux salles de jeux.
Au jeu, Léa se pique. Cherchant une nouvelle idée, elle réussit un doublé :
— le truquage des tables de jeux ! C'est évident !
— Bonne piste. Le tunnel servirait à entreposer le matériel de truquage.
— Il me vient une autre idée. Tanas n'est pas un débutant, n'est-ce-pas ?
— Certes non. La rumeur le concernant dépasse les cinq ans.
— S'il s'intéresse à ce nouveau casino, il a pu avoir des visées sur l'ancien !
Vitodi accueille l'hypothèse par un sifflement de surprise. L'idée du truquage lui était venue, mais il n'avait pas encore pensé au Lyon vert, l'établissement de jeux proche de Charbonnières les bains. En France, seules les *villes d'eaux* sont autorisées à ouvrir un casino. La petite station thermale de l'immédiat Ouest lyonnais attire depuis 1882 les joueurs de l'ex capitale des Gaules. Désormais, la concurrence avec le grand casino ouvert par dérogation au sein de la cité internationale lyonnaise sera rude.
Simon opine du chef et dit son admiration :

— ma douce, combien vas-tu m'épater de fois ? Ce qui est sous tes tresses, c'est pas du pâté de foie. Tanas a effectivement pu se faire la main sur le Lyon vert. Il a peut-être installé là-bas un système de ponction sans douleur.
— Je parie que tu vas fourrer ton grand nez dans la gueule du Lyon vert.
— Pour sûr, ma gazelle. Sans doute, dès demain.
— Alors, je serai de la partie, et on fera sauter la banque !

Le lendemain, Touléza est de congé. Le couple consacre une part de matinée à faire des courses. À leur retour, le répondeur téléphonique leur fait de l'œil en clignotant de son voyant rouge pour signaler des appels. Quatre messages furent déposés par des confrères demandant au journaliste un entretien au sujet de « l'affaire du Hilton ». Le cinquième appel vient de Fouilleret :
— salut les tourtereaux ! Simon, j'ai eu des échos de la conférence de presse tenue par le chef du SRPJ sur l'affaire du casino Hilton. Un copain qui a suivi le numéro du commissaire m'a dit que Borniquet avait cité ton nom. Ça m'a fait penser à ton histoire de pollution du lac de la tête d'or. Alors, je venais aux nouvelles. À bientôt. Je vous embrasse.

Léa fixe son compagnon, qui grimace et commente :
— ce faux frère de Roger ! Après m'avoir réclamé le secret, le voilà qui se répand dans les médias. Il devait craindre que je lui vole la vedette. C'est mal me connaître. En plus, il me met sur le tapis. Je vais avoir toute la profession sur le dos.
— Tu vas réserver l'exclusivité à Justin ?
— Bien sûr ! D'autant que Tintin pourrait me renseigner sur le Lyon vert.

Le couple décide d'inviter le journaliste retraité à déjeuner.
Le veuf solitaire ne se fait pas prier.
À son arrivée, il exhale une plainte :
— ah ! *Belin, beline,* l'accès à votre colombier est bien dur à mes pauvres *clavettes* enrouillées par la *vieillonge*.

Il écoute avec l'attention d'un vieux professionnel la relation de l'aventure de son ami. Il prend des notes sur un carnet à spirale. Craignant une indiscrétion due à l'intempérance de *La fraise*, le détective amateur tait sa découverte du code d'ouverture des souterraines portes coulissantes, et lui précise :
— garde pour toi l'épisode de l'escalade de la grande serre. Je ne pense pas que les responsables du parc auraient le sourire en l'apprenant.

Sortant d'une chemise cartonnée une feuille couverte de son écriture aux lettres rondes, d'un bleu délavé comme ses yeux, Fouilleret entame la lecture à haute voix de ses notes :
— le Hilton est la propriété du groupe Partouche, qui règne sur un empire de 24 casinos, dont l'ex premier établissement de jeux français : le Lyon vert.

Comme tous les bâtiments de la cité internationale, avec briques orange et grandes verrières, il a été dessiné par le célèbre architecte Renzo Piano. Il compte vingt mille mètres carrés de surface, quinze mille mètres cubes de béton, mille tonnes d'acier et quatre cents tonnes de verre. Il abrite deux restaurants, huit salles de réunion, deux cent une chambres et dix-neuf suites. Internet et vidéoconférence dans toutes les chambres. Dans le casino en sous-sol, dix-huit tables de jeux et quatre cents machines à sous.
Relevant sa fraise du papier, le vieux journaliste interroge :
— mon *cuchon* de chiffres ne vous assomme pas trop ?
— Non, le rassure le grand blond. Je verrais bien un petit pourcentage de tes 15 000 m^3 de béton détournés pour maçonner la galerie secrète.
— Elle aurait été créée en même temps que le Hilton ?
— J'en donnerais ma barbe à couper. Par la suite, de tels travaux n'auraient pu être menés à l'insu de la direction de l'hôtel.
— Oui, t'as raison.
La fraise caresse pensivement son épaisse moustache. Soudain, il se tend, pousse un grognement, puis clame d'une voix de stentor :
— mais... *Cré nom d'un rat !* La malédiction de la momie !

♪ ♪ ♪

L'infirmière lance un regard inquiet à son compagnon, qui lui demande :
— avons-nous une camisole, ou des neuroleptiques ? Tintin disjoncte.
— *Caquenano !* Un peu de respect pour les anciens, grommelle le journaliste retraité en farfouillant fébrilement dans sa documentation.
— D'accord. Du respect ; et de l'affection, que je te prouve en t'offrant la cure de désintoxication.
— Quand cesseras-tu de me traiter d'ivrogne ? Mon foie est en meilleur état que ton cerveau, *grand gognant* ! Offre-moi plutôt un apéro, si tu veux ouïr une histoire bizarre, qu'il te serait utile de connaître.

Justin plonge dans le verre de vin cuit un nez tout aussi cuit, et de même teinte. Il savoure une gorgée, puis agite une fiche tirée de son dossier Hilton. Un coup d'œil pour jauger l'éveil de la curiosité de ses hôtes, et il se lance :
— peu de rumeurs m'échappent. Mais je ne retiens que ce qui est digne d'attention. Contrairement à ce qu'insinue un confrère affectueux, qui se permet d'accoler à mon nom un complément d'objet siégeant dans la culotte... Bref, il y a deux ans, m'est venu aux oreilles l'écho d'un fait divers des plus curieux. Je pense que vous ne l'avez pas connu, car il n'a pas été

médiatisé. Vous étiez absents, et je n'ai pas eu l'occasion de parler de cette affaire. Elle a été mise sous le boisseau, parce qu'elle nuisait à l'image du nouvel hôtel et de son grand casino. Vous savez que les joueurs invétérés sont superstitieux. Il n'est donc pas question qu'une malédiction millénaire vienne troubler l'attraction du tapis vert.
— Tu ne pourrais pas être plus clair, vieux sphinx ?, demande Vitodi.
— Justement, qui dit sphinx, dit Égypte. Savez-vous que pour décorer le grand casino, l'architecte a puisé son inspiration au pays des Pharaons ?
— Oui, je sais qu'il en a profité pour s'offrir le voyage, précise Simon.
— Une goutte d'eau dans le Rhône, en comparaison des 250 millions de francs investis par le groupe Partouche dans le Hilton.
— Un budget pharaonique !, pimente la jeune noire.
— Oui ! Et les pharaons leur ont fait la nique… avec le coup du moustique… la malédiction de la momie.
— Cesse de parler par énigmes, sinon je te coupe la Pythie.
— Amusant !, t'as trouvé ça tout seul ? Voici les faits. Sur le chantier du Hilton, en quelques jours, cinq ouvriers et un chef d'équipe se retrouvèrent alités. Ce qui semblaient une mauvaise grippe tourna brutalement en fièvre hémorragique. Les six malades plièrent leur parapluie. On craignit l'épidémie. Les examens révélèrent que les victimes avaient succombé à l'attaque d'un virus mutant de la dengue. Pas de risque de contagion directe. C'est un moustique qui transmet la maladie. Là, commence le mystère. Les insectes qui inoculent la dengue sont cantonnés entre les tropiques.
— Où elles trop piquent !, glisse Touléza.
— L'une de ces bestioles a pu s'égarer en nos froides régions. Un voyageur l'aura transportée dans ses bagages, suppute son compagnon.
— Possible. On a effectivement détecté des traces de piqûres de moustique sur chacun des six corps.
— Alors, où est le côté insolite de ton histoire ? Où est ta sœur, la momie ?

Fouilleret, un tantinet échauffé par la pique, réplique :
— quel ignare tu fais ! Tout journaliste digne de ce nom connaît l'histoire de la plus grande découverte archéologique égyptienne du siècle.
— Ne t'excite pas comme ça. Tu vas faire monter ta tension, si c'est encore possible. Tu veux parler de Toutankhamon ?
— Eh oui ! Ce pharaon adolescent, qui a tenu une place insignifiante au sein de la XVIIIe dynastie, et qui a trouvé la célébrité au XXe siècle, parce que sa tombe est demeurée inviolée au fil des millénaires.

La fraise pique sur ses notes, et poursuit d'un ton passionné :
— la montagne de Thèbes a le profil d'une pyramide naturelle. On y trouve la vallée des Rois, qui recèle les tombeaux des pharaons du nouvel empire.

Soit 23 hypogées. Seul celui de Toutankhamon ne fut pas pillé. Les richesses qu'il contenait font rêver sur les trésors disparus des sépultures des grands pharaons. La découverte est faite en novembre 1922 par l'archéologue Howard Carter. Il prévient Lord Carnarvon, qui finance ses fouilles. My Lord vient de Londres pour assister à l'ouverture de la chambre funéraire. À 50 cm derrière les murs de pierre, ils trouvent le bois doré d'une deuxième pièce, dans laquelle est emboîtée une troisième chambre. Dans la dernière des trois enceintes gigognes, repose un sarcophage de quartzite rose. En l'ouvrant, les explorateurs sont encore à mi-chemin de la momie. Le coffre de pierre abrite un deuxième cercueil en bois doré, qui enferme une troisième bière de bois couverte de plaques d'or, dans laquelle est un quatrième sarcophage en or massif. À l'intérieur de ces 110 kg de métal précieux, repose la momie de Toutankhamon, au visage couvert d'un magnifique masque d'or.

Justin se tait. Ses yeux globuleux semblent se transmuer en pépites, sous l'effet lacrymal du millénaire enchantement. Avec ménagement, son ami le ramène à Lyon, en l'an 2000 :

— cher Tintin, tout l'or de l'Égypte antique ne vaut pas une douce amitié. Sors de ton sarcophage d'or, ô noble antiquité, et achève ton envoûtante narration. Je me souviens vaguement d'une fable de tombeau maudit et d'expédition mystérieusement décimée.

— Cesse de jouer les *cogne-vent*, fiston indigne. Écoute plutôt le sage bien documenté. Auparavant, ressers-moi de ce réconfortant breuvage. J'en aurai besoin pour évoquer la malédiction de la momie... Là, merci, mon *gone*... Howard Carter avait un canari jaune d'or, qu'il considérait comme un porte-bonheur. De longues fouilles infructueuses exacerbent la superstition.

— Un canari ? J'aurais plutôt vu un condor dans les fouilles.

Enjambant la saillie de son jeune confrère, le journaliste retraité continue :

— le jour où Carter découvrit l'entrée de l'hypogée, un cobra pénétra dans la maison qu'il occupait. Le reptile glissa vers la cage du canari, et avala l'oiseau d'or. Or, le serpent était l'emblème de la puissance des pharaons. Ils en portaient l'image sur le front. On pensa à la malédiction jetée sur la tombe de chaque roi momifié, pour dissuader les profanateurs. Cinq mois plus tard, Lord Carnarvon mourait d'une infection. L'expédition était frappée à la tête. Sans l'argent du Lord, les fouilles de Carter cessèrent. La malédiction de la momie punissait les profanateurs de la sépulture de Toutankhamon.

Le conteur se renverse sur son siège, pour mieux vider son verre.

Le grand blond s'impatiente :

— c'est un beau conte enfantin, mais je ne vois toujours pas le rapport avec notre équipe balayée par la dengue.

— C'est qu'il te manque un détail, mon grand. L'infection qui tua Carnarvon fut causée par une piqûre de moustique.
— Piquante coïncidence, glisse Léa.
— Une malédiction qui traverse les millénaires se moque des distances. Pourquoi ne tomberait-elle pas sur ceux qui s'apprêtaient à piller le casino pharaonique de Lyon ? Le décor égyptien venait juste d'être mis en place.
— Allons, Tintin, tu dérailles. Où est ton sens critique ?, proteste Vitodi.
— Tu n'as rien publié là-dessus dans tes clapotons ?, demande sa compagne.
— Comme je vous l'ai dit, l'affaire a été étouffée. D'autant plus facilement que cela se passait au mois d'août… Je l'ai connue par une personne qui m'a réclamé le secret. Sa place en dépendait. J'étais lié par ma parole.
— Et puis, tu as eu peur d'attirer sur toi le mauvais sort, n'est-ce-pas ?

Abandonnant son insinuation taquine, Simon enchaîne sur un ton sérieux :
— en ne se laissant pas abuser par la superstition, on pourrait penser que le coup du moustique est l'œuvre d'un esprit machiavélique, un personnage de l'ombre visant la recette du grand casino.

Léa devance Justin en s'écriant :
— Tanas ?

Le détective amateur élabore sa thèse, en s'appuyant sur les commentaires de ses auditeurs. Le mystérieux parrain lyonnais aurait parasité les travaux de construction du nouveau casino en faisant réaliser un accès secret à ce dernier. L'argent peut tout. Une petite équipe opère en marge du chantier. Leur travail exécuté, les ouvriers le sont. Tanas s'assure ainsi de leur silence définitif. Il a la ruse de choisir une méthode d'élimination qui fait vite classer l'affaire. D'abord, la cause des décès paraît naturelle, à savoir une maladie. Ensuite, la piqûre de moustique rappelle la mort de Lord Carnarvon. Il suffit d'amorcer la rumeur dans l'entourage des promoteurs de l'établissement de jeux. La malédiction de la momie est un spectre à écarter de toute urgence. Le casino doit naître sous une aura bénéfique, celle de l'or des pharaons, qui attirera les joueurs. L'importance des intérêts financiers en jeu, l'attrait économique et le souci politique, créent un consensus spontané qui fait avorter l'affaire dans la torpeur du mois d'août.

Pourquoi forer le souterrain en deux temps ? Parce que mener les travaux jusqu'au lac aurait étonné l'équipe qui les effectue. D'où risque immédiat de fuite. Tandis que le premier tronçon est un cul-de-sac qui ne fait pas penser à un accès. Il est présenté aux ouvriers comme une extension de l'hôtel, un abri, une réserve qu'il faut garder secrète. Bien payés, les hommes ne parlent pas, puis sont rendus muets. Plus tard, c'est une seconde équipe qui creuse à partir du lac, sans connaître l'existence de la première galerie. Le secret des travaux est facilité par leur situation : dans le parc vide la nuit. Les explosions souterraines et subaquatiques ne sont pas audibles de l'extérieur du vaste enclos. L'équipe taupière était sans doute promise au même sort funeste que le premier groupe de sapeurs...

Le couple a gagné la cuisine, où il s'active pendant que son invité médite sur l'affaire du Hilton, en achevant de siroter son second verre d'apéritif.
À table, les commentaires vont bon train. Le trio s'essaie à la conjecture, pour cerner les souterraines visées de Tanas en direction du grand casino.
Le détective amateur interroge son ami :
— on a pensé au truquage des tables de jeux. C'est réalisable ?
— Comme à Charbonnières ?

Le couple échange un regard interloqué. Leur soupçon serait déjà vérifié ? Fouilleret informé ? Pourtant, nul écho dans la presse d'une telle affaire. Notant leur surprise, *La fraise* s'explique :
— suis-je benêt ! Ça remonte trop loin pour vous. C'était en 85. Un gang international avait truqué trois tables de roulette, avec une technique avant-gardiste : un ingénieux système de tige métallique radiocommandée, couplé à l'un des premiers ordinateurs de poche.
— Et depuis quinze ans, pas d'autre tentative contre le Lyon vert ?, s'étonne l'infirmière.
— Rien d'avéré. Mais, le juge Feri a déclenché une enquête en 95. Il a fait examiner les tables de jeux. Rien d'anormal.
— Pourquoi ce contrôle ? Des soupçons ?, interroge le grand blond.
— Il avait eu vent de gains faciles sur le tapis vert. Il en a parlé au procureur, qui a contacté la direction du casino. Celle-ci a reconnu que depuis quelques mois, la courbe des profits avait décroché d'un cran. Pas de quoi s'inquiéter. Une mauvaise passe dont ces gens guettaient la sortie. L'inspection surprise n'a rien donné. Par la suite, les bénéfices sont remontés, sans toutefois retrouver leur niveau ancien. Mais peu importait, car les *bandits manchots* avaient débarqué. Actuellement, le casino réalise 95% de sa recette avec ses 400 machines à sous.
— Ce pactole peut masquer une anomalie sur les gains aux tables de jeux, suggère la jeune noire.
— Possible. La direction tolère une baisse de profit sur les jeux traditionnels, car ils les gardent juste pour l'image de marque de l'établissement. Le tapis vert n'est plus qu'un folklore.
— Léa et moi avons décidé d'aller faire un petit tour au Lyon vert.
— Pour enquêter ou par vice ?
— On veut renifler les lieux, à la recherche de l'odeur sulfureuse de Tanas.

— Si vous fouinez là-bas, vous risquez de vous faire éjecter.
— On se présentera en banal couple de joueurs. Puisqu'une perquisition n'a pas mis au jour de matériel de truquage, on observera le comportement des joueurs et des croupiers, pour tenter de coter la frouille.

♪ ♪ ♪

Leur arrivée au Lyon vert ne passe pas inaperçue. L'apparition de la 2CV verte en ces lieux huppés s'apparente à l'atterrissage d'une soucoupe volante.
Des regards amusés guettent la sortie des occupants de l'antique tacot. Miséreux fourvoyés ? Marginaux débraillés ? Modestes retraités versant dans la débauche ? La curiosité cède à la surprise, l'envie, la concupiscence.
Vitodi a jailli de son carrosse fleurant la citrouille. Il l'a contourné en trois enjambées, et ouvert galamment la portière à la passagère. Touléza lui tend une dextre alanguie, sur laquelle il courbe sa haute taille pour un baisemain. Elle sourit en l'observant. Un passage au salon de coiffure, suivi de la fouille d'une zone oubliée de sa garde-robe, permirent sa mue. Le costume blanc exalte le hâle de sa peau. Le camaïeu de la cravate bleu nuit sur la chemise lavande trouve un écho lumineux dans le lapis-lazuli des yeux. Son chevalier servant n'a rien perdu à se déguiser ainsi.
Simon peste *in petto*. Il se sent scalpé, à la merci du mauvais rhume des foins, coincé dans cette enveloppe vestimentaire standardisée, mis au pas étriqué d'une morne norme petite-bourgeoise. Sa consolation lui vient de la vue de sa compagne, dont le corps ondule sans se désaccoupler de la robe feu sur fond noir qui la moule à la louche lumière des lampadaires. Le nacre des perles du collier tente de lutter contre l'émail lactescent des dents.
Elle lui donne le bras lorsqu'ils s'engagent sous les propylées du sanctuaire consacré à la déesse Fortune. Le portique à colonnes est sobre, comparé à l'entrée du grand casino de la cité internationale, laquelle est flanquée de reproductions des statues ornant l'accès du temple d'Abou-Simbel.
Le couple se dirige vers l'accueil, scruté par le regard d'entomologiste d'un homme préposé à l'admission dans les salles de jeux. Smoking noir, chemise blanche et nœud papillon, René le "physio" a pris en charge visuelle les nouveaux venus. Il analyse les caractéristiques de leur apparence physique.
Les arrivants présentent leurs papiers d'identité à la secrétaire, qui inscrit leur nom dans le registre informatique des clients. Pendant ce temps, René synthétise son étude morphologique en griffonnant dans le cahier posé sur son pupitre : « g. blond, b+m, avec Pérec ». Le physionomiste a réussi à vivre sans avoir vent de l'existence de l'auteur de « La disparition ». Son inscription

sibylline signifie : grand blond avec barbe et moustache, en compagnie d'une femme rappelant l'athlète Marie Josée Pérec. Au comptoir du secrétariat, le journaliste acquitte les droits d'entrée. La secrétaire a vérifié que le couple ne figurait pas au répertoire des *interdits de casino* fichés par le ministère de l'Intérieur, et des personnes cataloguées par la maison "ANPLR" : À Ne Plus Laisser Rentrer. Elle les photographie à l'aide d'un appareil numérique qui lui permettra d'enregistrer les portraits dans la mémoire de l'ordinateur.
Dans celle de René, s'inscrivent l'allure et le visage du couple qui s'avance. Il les accueille d'un large sourire, en gravant dans un repli du lobe temporal droit de son cortex cérébral les invariants tracés par l'ossature de leur face. Avec quelques mots aimables, il leur ouvre la porte donnant sur le mirage de la fortune facile. De retour à son pupitre, il ajoute sur son registre la mention « b.p. » signifiant « bon pourboire ». Employé comme physionomiste par le casino, René est rémunéré par les dons de la clientèle. Il mémorise d'autant mieux les traits d'un joueur, que celui-ci se montre généreux avec lui.
Plus il lui est reconnaissant, mieux il le reconnaît.

Touléza et Vitodi plongent dans l'aquarium, où un menu fretin genre poisson-lune court après celle-ci, possédé par des rêves de piranhas, tout frétillant sous l'œil blasé du requin tenancier. Sur une trame de sourdine musicale, se tisse un brouhaha feutré de bon ton, perlé de rares éclats de rire nerveux.
Sous une constellation de sources lumineuses, virevoltent une escouade de jeunes gens en habits noirs : chasseurs, valets de pied, et ravitailleurs.
Plus lente, la clientèle gravite entre les tables de jeux ourlées de grappes de joueurs. Le grand blond promène un regard panoramique sur le décor très *vieille France* : hautes fenêtres, tentures, boiseries et dorures. Un tripot logé dans une salle de conférence d'un palais de la République, songe-t-il.
Sa compagne revient vers lui. Le sourire lumineux de la jeune noire s'est froissé en une moue de dépit. Le chef d'une table de stud poker l'a refoulée poliment hors du recoin protégé abritant la partie. Incrusté dans l'évidement d'une table ovale, le croupier menait la danse des paires, brelans, pokers et quintes. Pas de spectateur pour guigner la sortie d'un full ou d'une quinte flush. C'était la règle. Léa grince à mi-voix :
— la noire commet un impair et passe... son chemin.

L'enquêteur lui sourit, pose sur sa taille une main consolatrice, et l'entraîne vers une table en arc de cercle. Le maître d'autel salue un joueur quittant la partie, puis leur adresse un sourire engageant accompagné d'un signe de tête les invitant à prendre le siège vacant. Mais le couple s'insère dans le groupe de bipèdes debout derrière les joueurs. Ils préfèrent assister en spectateurs au jeu, dont ils ne connaissent pas les règles.
Installé au centre de l'éventail du tapis vert, le croupier est une femme

grande au chef doré, dont le gilet noir s'ouvre sur un chemisier à l'aveuglante blancheur. Elle manipule avec dextérité un sixain, comptant et vérifiant ses 132 cartes, qu'elle dispose en une série de tas. Sans mollir, elle *fait la salade* : raflant les paquets, elle en mélange les cartes, les plaque sur la table pour les couper deux fois. Après avoir coupé le sixain reconstitué, elle le présente à une joueuse, qui le coupe à son tour. La meneuse de jeu glisse une carte d'arrêt rouge vers la fin du paquet, qu'elle engage dans le sabot. L'appareil cliquette sous l'action des doigts nerveux aux ongles vernis d'un rose argenté, qui en extraient cinq cartes. Lesquelles, *brûlées*, disparaissent du jeu, qui peut débuter.

— Faites vos jeux, invite l'employée à la flavescente chevelure.

Jetons et plaques multicolores s'empilent devant chacun des six joueurs. Les pièces d'acétate de cellulose brillent de toutes leurs défenses anti-fraude. Les derniers modèles, fabriqués par une entreprise spécialisée sise à Beaune, sont armés d'une inviolable puce électronique. Une blanche manche survole le tapis vert pour servir à chaque joueur une première, puis une seconde carte à découvert. Une brunette boulotte se trémousse en voyant un as venir couvrir sa dame. La blonde croupière lui sourit en lançant :
— Black Jack pour madame !

Déjà, la banquière cueille la mise des joueurs qu'elle a battus. Puis, elle paie les points dépassant son propre score, et le jeu reprend.

L'infirmière observe un homme boudiné dans sa veste. La lippe gourmande, il réclame carte sur carte. Sa face poupine blêmit, et il expire un lugubre :
— crève !

Touléza se tourne vers son compagnon, en étouffant un rire. Elle lui souffle :
— tu as entendu comment il la traite ?
— Le terme s'adresse à lui-même. Il a passé la fatidique barre des 21 points. Viens, ce n'est pas à cette table que nous découvrirons l'arnaque du siècle, lui chuchote Vitodi, en l'entraînant vers *la grande faucheuse*.

Avec ses six tableaux, le Lyon vert s'enorgueillit du titre de « première boule de France ». Le couple s'approche d'une grande table carrée comportant deux tableaux chargés d'enjeux.

— Rien ne va plus !, prévient d'une voix de fausset le croupier bouleur.

Il s'apprête à lancer la boule. Les flambeurs cessent de miser. Les regards convergent vers le cylindre, où la pâle main de l'officiant s'engage. La sphère fuse et entame sa folle ronde dans la prison enchâssée au centre du plateau. Léa et Simon sont surpris par le silence enveloppant cette danse. Les joueurs retiennent leur souffle, de peur d'effaroucher la fée Chance. De la taille d'une balle de tennis, la boule de caoutchouc bondit telle un chaton follet sautant après sa queue, et tapotant de ses coussinets plantaires les numéros couvés par des yeux fiévreux. Un ultime rebond la cloue dans un trou du cylindre.

— Le 3 noir, impair et manque !, claironne le bouleur, en claquant du bout de son râteau l'emplacement du tapis vert portant le numéro gagnant.

La tablée bruisse. Déjà, le croupier ratisse sans pitié les mises perdantes. Puis, il paie les gains par ordre croissant, et la partie reprend :

— messieurs, faites vos jeux !

— Quel macho, glisse la jeune noire à son compagnon, qui sourit en retour.

Le couple assiste à plusieurs parties, et change de table, avant d'abandonner la bondissante boule, dont la course allègre ne semble entachée d'aucune anomalie. Sa grande sœur, la roulette, est plus attrayante par le niveau des gains accessibles. Son truquage s'est déjà produit. Le détective amateur y pense en scrutant la course dans le cylindre de bois de la bille d'ivoire poli.

— Rien ne va plus !

L'avertissement du croupier lanceur annonce la plongée de la petite boule ronronnante vers le fond de la cuvette. La spirale de sa trajectoire se brise à la rencontre du premier obstacle. La bille heurte l'un des quatorze losanges de laiton semés sur son parcours, tels les doigts du dieu Hasard. Les ricochets la freinent, l'écartent, puis la précipitent sur le fond du cylindre, qui tourne à contresens. Elle y tressaute, fouettée par les rebords de cuivre séparant les alvéoles, qui lui promettent le repos. L'une d'elles accueille la voyageuse à l'énergie mourante. Le calot apaisé s'y niche.

Le croupier stoppe le mouvement du plateau, et scande le résultat.

Le journaliste caresse sa barbe, pensif. Le spectaculaire aspect aléatoire de la fin de course de la bille peut-il être efficacement faussé ?

Mécaniquement, c'est ardu. Une tige télécommandée bloquant la sautillante sphère sur le numéro souhaité ? Il faudrait que le hasard fasse plonger la boule dans la zone du mécanisme d'arrêt. Plusieurs tiges réparties sur les 37 alvéoles du plateau ? Le tricheur devrait miser sur tous les numéros truqués. À moins qu'une équipe de tricheurs se partage la tâche ?

Le mouvement des tiges secrètes, aussi vif soit-il, passerait-il longtemps inaperçu ? Le croupier découvrirait tôt ou tard le pot aux roses.

La complicité d'un lanceur est envisageable. Mais, un spectateur amateur ou professionnel pourrait déceler l'anomalie de l'arrêt du globe d'ivoire.

Comment pallier ces défauts du procédé frauduleux ?

Un chuchotis de sa compagne tire le détective amateur de sa cogitation :

— difficile à truquer.

— Oui. J'y réfléchirai au calme.

Le couple quitte la petite réserve pour joueurs à l'ancienne, fragile enclave accrochée au passé. Du pont supérieur, il plonge dans la salle des machines qui ont propulsé le paquebot Lyon vert en tête des casinos de France.
Là, dans un concert de cliquetis et d'exclamations, une foule de gogos étreignent leurs rêves mécaniques ou électroniques. Impressionnant !
Mais peu séduisant pour qui gravite loin de l'attraction psychique des vidéo pokers ou des bandits manchots. Les enquêteurs ne s'attardent pas dans l'empire des machines à sous, auquel ils préfèrent leurs modestes pénates.

Le lendemain, le grand blond usine son problème de roulette sur son établi cérébral. Il n'a qu'une certitude : si Tanas est l'auteur d'un détournement de recette opérant depuis plusieurs années, la méthode doit en être très fiable.
À lui d'imaginer le meilleur procédé de truquage du jeu.
Une action mécanique stoppant la course de la bille a pour défaut majeur de s'offrir aux regards. Et tout examen inopiné du plateau mobile révélerait la présence des trous de passage des tiges télécommandées. Cette tare est rédhibitoire. Le chercheur décide d'éliminer cette solution fruste.
Il tente d'imaginer un procédé invisible. Le mieux serait d'éviter tout contact avec la petite boule. Comment agir à distance sur un globe d'ivoire ?
Son esprit fécond concocte une réponse : au grossier choc mécanique, substituer une discrète action magnétique. On truffe l'ivoire de particules métalliques, pour attirer la bille sur un numéro aimanté. L'aimant est posé secrètement durant la fermeture du casino…
Mais, cette technique de truquage présente le grave inconvénient de sauter aux yeux : le numéro aimanté sortirait trop souvent. L'aimant ne peut être déplacé qu'une fois par jour.
Le Rouletabille de la roulette aboutit à une conclusion : le défaut du procédé magnétique ne pouvant être pallié en agissant sur les numéros, la solution est dans le calot truqué. Ce dernier ne doit être utilisé que sporadiquement.
Corollaire : la nécessaire compromission d'un croupier indiquant aux joueurs complices le moment où il leur sert sur le plateau la boule aux œufs d'or.

♪ ♪ ♪

Deux autres soirées au Lyon vert ne permettent pas à Léa et Simon de confirmer la thèse du truquage. Le couple renonce à détecter un mouvement suspect : arrêt brusqué de la sphère d'ivoire, ou changement de celle-ci suivi d'un signe du croupier. Supposer qu'une telle fraude se perpétue depuis plusieurs années, sous l'objectif des nombreuses caméras filmant les parties, et malgré la surveillance des deux membres de la police des jeux affectés à l'établissement, conduit à reconnaître au compère croupier une habileté consommée. Les signaux secrets envoyés aux joueurs complices peuvent être aisément codés. Une main passée dans les cheveux, une joue frottée de l'index, etc. ; riche est la palette des petits gestes anodins passant pour des tics. On peut même, pour plus de prudence, exclure cette communication, en convenant des horaires d'apparition de la bille faussée. Dans ces conditions, comment repérer les tricheurs ?

Le journaliste continue à raisonner en se glissant dans la peau de Tanas.

Il ne fait pas gagner exagérément ses acolytes. Lesquels se relaient pour emporter régulièrement des gains raisonnables. Ils sont donc nombreux, renouvelés, afin de n'éveiller aucune suspicion. Ils empochent l'argent et le remettent à leur patron.

Filer tous les gagnants ? Il y faudrait une équipe assez fournie pour assurer la surveillance des cinq tables de roulette, et les filatures. Or, l'aventurier ne peut pas faire appel à la police. Car, comment mobiliser une unité policière sur la foi de vagues supputations ? Dans l'immédiat, Vitodi ne veut pas confier son intuition à Borniquet. Il n'a pas apprécié la façon sournoise dont le commissaire l'a livré en pâture à la professionnelle curiosité des confrères, qu'il a bien fallu satisfaire.

L'ami Fouilleret, à qui il décide de s'ouvrir du problème de roulette qui le met sur les dents, va lui en offrir une pittoresque solution.

Mercredi matin, 12 juillet de l'an 2000. Les deux journalistes organisent leur traque de truqueurs à la solde de Tanas.

Pendant ce temps, sur le quartier lyonnais de la Part-Dieu se profile l'ombre du fantomatique parrain. Elle s'esquisse rue du général Mouton Duvernet. Un 4x4 noir aux vitres teintées démarre au passage d'un fourgon cellulaire sorti de la maison d'arrêt de Montluc. À l'avant droit du *panier à salade*, un regard vigilant scrute l'un des rétroviseurs surnuméraires. Aux aguets, le garde armé a perçu le mouvement du fuligineux véhicule. Mais il se rassure sur-le-champ en constatant que le 4x4 s'éloigne en sens opposé.

L'arrière du fourgon est occupé par un gardien et un détenu. Lequel masque sa nervosité. Jean Amoyllard se prépare à l'action. Il sait que bientôt, sur le trajet du palais de justice, sa geôle mobile sera arrêtée par un commando de Tanas. Il va s'évader. Le prévenu fut prévenu. Son avocat, appointé par le parrain lyonnais, s'en chargea. Le prisonnier prit peur, ayant été menacé de mort s'il trahissait : serait-ce une évasion vers l'au-delà ? Mais l'avocat lâcha avec cynisme qu'il ne visitait jamais un client perdu. Non, il devait pendre cela pour une seconde et ultime chance, avec pour contrepartie une fidélité désormais absolue à celui qui lui tendait à nouveau la main.

Le traître ne cesse de regretter de s'être *déboutonné* face au commissaire Borniquet. Il pense au juge Feri, qui veut l'entendre. Mais le nouveau shérif sera marron, se dit le comptable de même couleur. Il va lui faire faux bond. Au lieu de retourner moisir derrière les barreaux, il se rangera sous la bannière du puissant roi de la pègre lyonnaise. Et l'argent facile viendra à lui, comme le Rhône va à la mer, en un irrésistible flux, d'une sereine abondance.
Tendu, Il analyse le mouvement de sa prison motorisée. Elle tourne à gauche, sur l'avenue Félix Faure : le bienheureux président de la République, qui à l'instar du cardinal Daniélou, périt d'un ultime élan vital.
Le fourgon passe sous le pont de chemin de fer, emprunte à droite le boulevard Vivier Merle, qu'il remonte vers le nord.
Il est furtivement pris en chasse par le 4×4 noir aux vitres teintées, qui a rejoint le boulevard Vivier Merle par le sud, via le cours Gambetta.

Place Guichard, Pierre Grouès émerge de la bouche de métro. Il s'arrête pour contempler la grande mosaïque plaquée sur la façade de la Bourse du travail. Réalisée en 1934 par Fargeot, l'œuvre figure le conseil municipal réuni autour de l'inamovible maire de Lyon un demi-siècle durant : Édouard Herriot.
Face à l'image de l'illustre édile à la pipe, qui fut président de la République à trois reprises, le piéton branle tristement du chef. Il se rappelle la stupeur des Lyonnais à la nouvelle du service religieux commandé pour les obsèques de son maire. Passant de l'incrédulité à la déception, l'électorat laïque du tribun athée voyait sa confiance trahie. Le vieux lion anticlérical avait tremblé au seuil de la mort, au point de s'abandonner aux bras de l'église.
Rude coup... Mais coup fourré ! Bassesse d'une éminence catholique.
La scandaleuse vérité mit deux décennies pour sourdre au travers de la chape de respectabilité bourgeoise pesant sur l'entourage familial du défunt. Unique témoin de la scène, la veuve du président confia à un ami le pénible secret. Catholique pratiquante, mais respectueuse des convictions de son mécréant d'époux, elle rapporta fidèlement les conditions de l'ultime visite que le cardinal Gerlier fit à Édouard Herriot. D'entretien, il n'eut que le nom, ce monologue à voix feutrée du prélat. Privé de son appareil auditif, et par ailleurs très diminué, le moribond n'entendit, ni ne reconnut son visiteur. Après des décennies de têtus duels intellectuels, la lyonnaise sommité religieuse céda à la tentation de s'octroyer sournoisement une victoire par forfait. Cette conversion tant désirée de l'adversaire fut forgée dans la ruelle du lit d'agonie. Il suffisait que le public y crût, abusé par le spectacle des obsèques religieuses, qui ne pouvaient décemment pas avoir été décidées sans l'assentiment du mourant. Las ! Soumise à l'autorité du cardinal, et redoutant un scandale, la veuve laissa faire.

Désenchanté, Pierre Grouès abaisse machinalement son regard sur le 4×4 noir aux vitres teintées, qui longe la Bourse du travail. Il esquisse un sourire, tant couleur et lenteur funéraires du véhicule ponctuent opportunément sa désolante évocation de la diabolique farce cardinalesque.
Laissant la rue de Créqui avaler le semblant de corbillard, le piéton morose retrouve son allant en approchant la fontaine ornant la place. Créée par Geneviève Bohmer, la rafraîchissante sculpture offre au passant la plaisante vision de ses têtes, mains, tétons et croupions ruisselants.
Ragaillardi, Pierre Grouès cingle vers l'angle nord-est de la place Guichard. Son regard accroche le magnifique aigle sculpté en pignon, au 67 rue de la Part-Dieu. Sous les balcons du cinquième étage, entre les consoles, les carreaux de faïence sont décorés de feuilles de marijuana.
Mais le sourire béat du spectateur s'effiloche. Maculant la base de son champ de vision, la masse sombre du 4×4 aux vitres teintées quitte la rue de la Part-Dieu, pour tourner dans la rue de Créqui. Toujours agacé par la vue de ces "tanks" si peu adaptés à la circulation urbaine, le piéton bougonne :
— encore cet oiseau de mauvais augure.
Il suit du regard le véhicule lugubre, qui parcourt à nouveau en direction du nord la rue de Créqui, vers laquelle il porte ses pas.
Est-ce un présage ? Le sinistre mastodonte, en virant à gauche dans la rue Servient, continue à le précéder, lui qui se rend à l'ancienne manufacture de vêtements abritant aujourd'hui le Centre des archives départementales. Pierre Grouès veut savoir s'il a le malheur de compter parmi ses proches ancêtres un ensoutané, un corbeau noir comme ce satané corbillard qui bourdonne autour de lui ce matin.
Au carrefour, remarquant le fourgon cellulaire qui contourne le palais de justice, il soliloque :
— tiens, voilà des clients pour les chats fourrés.
Un ronflement de moteur en accélération attire son attention. Survenant du côté de la Part-Dieu, le 4×4 noir aux vitres teintées s'engage vivement dans la rue de Créqui, sur les traces du panier à salade. Le piéton s'étonne :
— quelle mouche le pique ?
Le commentaire vise le conducteur du funèbre engin, que Pierre Grouès vit partir lentement sur la gauche, et qui revient à vive allure par la droite.
Mais un second 4×4 noir aux vitres teintées jaillit de la rue Lenoir, et barre la route du fourgon cellulaire. Tout va vite, sous le regard des témoins ébahis. La paire de 4×4 jumeaux prend en tenaille la prison mobile. Surpris par l'audace de cette embuscade au pied du palais de justice, le garde armé assis à l'avant du véhicule bloqué écarquille les yeux. Il n'a pas le temps de réaliser que sa dernière seconde arrive.

Crachés depuis le 4×4 stoppé en travers de la voie, les projectiles perforants traversent sans coup férir le pare-brise à l'épreuve des balles. Le conducteur et le garde se tassent sur leur siège, occis.
À l'arrière du panier à salade, surveillant et détenu sont alertés par l'arrêt brutal du fourgon. Amoyllard couve son gardien du regard. Il est frustré de ne pouvoir participer à sa libération. Les menottes lui lient les poignets dans le dos. Ainsi métamorphosé en manchot, il ne peut maîtriser le garde. Il voit l'homme qui se lève, et va poser les mains sur le système de verrouillage de la large porte. La visible inquiétude du surveillant lui fait plaisir. Il ne sait pas encore comment les hommes de Tanas s'y prendront pour le délivrer, mais il est certain de leur réussite. Ces gens-là ne ratent jamais leur coup.
Soudain, la tôle de la geôle résonne sous le choc de la crosse d'une arme. À ce signal, le cerbère se mue en portier servile.
L'ancien comptable, qui n'y comptait pas, n'en croit pas ses yeux.
Complice de ses sauveurs, le gardien ouvre sa cage.
Le paiement de sa compromission lui est délivré sur-le-champ (de bataille), en espèces sonnantes qui le font trébucher. La rafale de pièces métalliques alourdit sa carcasse mais allège son esprit de tout souci pour son avenir… Fatal jackpot !
Dans le rôle du bandit manchot, Amoyllard demeure interdit. Au-dessus de l'arme fumante, la cagoule laisse filtrer un regard glaçant. Toute de noir vêtue, la camarde scrute attentivement le visage du détenu. Elle brandit en guise de faux un pistolet-mitrailleur, dont la gueule noire crache incontinent sa brûlante semence.

Un peu plus tard, dans le palais de justice tout proche, un poste téléphonique se fait entendre sur le bureau du juge Feri. Dans le combiné, la voix de sa secrétaire annonce au magistrat :
— un homme insiste pour vous parler, monsieur le juge. Il refuse de décliner son identité.
— Passez-le moi.
L'écouteur distille une voix goguenarde :
— oh, shérif ! Compte plus sur le comptable. On lui a réglé son compte !

Chapitre 7

*« Écoute, petit ! Pour faire son chemin,
il faut de l'honnêteté et de l'habileté.
L'honnêteté, c'est de tenir ses engagements.
L'habileté, c'est de jamais en prendre. »*

Assurément, *La fraise* était habile à suivre son petit bonhomme de chemin grâce à la boussole de son honnêteté. Lorsqu'il s'engageait, c'est qu'il avait l'habileté de savoir qu'il pourrait tenir parole.
Il tint donc son engagement d'offrir au grand dépendeur d'andouilles le concours des membres les plus dynamiques de sa bande des *"clapotons* dans la marmite". Parmi les correspondants sur le front des bistrots et les lecteurs fidèles associés pour soutenir la publication du journaliste retraité, ils furent une dizaine à se laisser tenter par l'aventure ; tous des copains qui sauraient garder secrète l'enquête au casino de Charbonnières.
Sur leur trente et un, les détectives amateurs emmenés par Fouilleret et Vitodi vinrent au Lyon vert. Chaque soir, les joueurs chanceux à la roulette furent repérés et filés par les têtes chenues de la bande des *clapotons*. Chaque après-midi, chez Justin, les rapports de filature furent commentés.
Simon jubilait : les résultats étaient au rendez-vous. Parmi les joueurs gagnants, une équipe de sept habitués se réunissait dans un bistrot en fin de soirée. Celui qui semblait être le chef ne rentrait pas chez lui sans avoir fait un crochet par la boutique de fleurs sise en face du vieux cimetière de Loyasse. Fermée à cette heure tardive, la porte du magasin s'ouvrait au discret signal du visiteur nocturne aux allures furtives. Il ressortait quelques minutes plus tard, en jetant un regard méfiant alentour.
L'étape suivante de l'enquête consista en une surveillance assidue de la boutique de fleurs, qui n'était probablement qu'un secret relais dans le transit des fonds détournés au casino. Il fallait continuer à suivre l'argent, afin de remonter jusqu'à Tanas. Le grand blond rejeta l'hypothèse d'un placement direct en banque. D'inexplicables dépôts d'espèces sur le compte du petit établissement, et les traces des virements, seraient dangereux pour les fraudeurs. Le trésor de guerre devait s'amasser dans l'ombre boutiquière, avant d'être périodiquement récupéré. Pour repérer le collecteur de recettes illicites agissant à l'échelon supérieur, il convenait d'observer les bagages des personnes sortant du magasin : de la mallette à la valise ou au sac de sport. Les deux journalistes et des amis des *clapotons* se relayèrent, embusqués

chacun à tour de rôle dans sa voiture garée rue du cardinal Gerlier. Les jours et les nuits s'écoulèrent, sans qu'un bagage suspect fût détecté.

Lorsque Vitodi reprit son tour de guet, samedi après-midi, la petite équipe d'enquêteurs était gagnée par le découragement. Tous balançaient entre croire que l'argent leur filait sous le nez sans qu'ils s'en aperçussent, et se résigner à admettre que leur surveillance était éventée.

Tout en balayant de fréquents coups d'œil les abords du commerce de fleurs, le guetteur parcourt la presse, en étalant les journaux contre le volant de sa 2CV. L'enquête sur le tunnel du parc de la tête d'or piétine. L'assassinat de Jean Amoyllard a scellé les bouches du quatuor de taupes.

L'avertissement était aussi clair que brutal, se dit le lecteur.

16 h 50. Il suspend sa lecture d'un article sur Citadis, le nouveau tramway de Lyon, en rodage depuis le début de la semaine. Cette fois, son intérêt ne va pas à la clientèle, mais à la fleuriste. Tirant une petite charrette à bras emplie de fleurs, elle traverse la rue et marche vers l'entrée de la partie ancienne du cimetière de Loyasse. Il s'attendrit à la vue de la carriole surannée.

Soudain, une pensée émeut et meut le grand blond : si l'argent était derrière les brancards ? Quittant son tacot, il va à la nécropole, où il entre à la suite de la marchande de fleurs. Il s'écarte de l'allée 1, empruntée par la dame au charreton fleuri. Prenant à droite par l'allée 3, il se dirige vers le buste de Édouard Herriot, à qui le sculpteur a donné un air très *petit père des peuples*.

Il suit sa cible en zigzaguant par les allées radiales ou concentriques. De loin, il observe à la dérobée la fleuriste, qui change les fleurs de certaines tombes. Il la voit caler sa charrette contre la grille d'un enclos, dans lequel elle entre. En renouvelant les fleurs de la sépulture, elle paraît aux aguets.

Masqué par la débauche de monuments funéraires, l'aventurier se félicite d'avoir mené sa filature avec prudence. La dame semble vouloir agir en secret. Dans le clos, elle se coule à l'abri du sépulcre. En quatre enjambées, il gagne un abri avancé. Il perçoit un claquement de serrure. L'huis du caveau s'ouvre. Dissimulé derrière les colonnes encadrant le buste de la plus belle allongée du cimetière : Lya Aulagnon, l'espion ne perd pas un détail de l'étrange chorégraphie. « J'irai danser sur vos tombes », murmure-t-il.

La marchande revient du tombeau au tombereau. Après un méfiant regard circulaire, elle saisit une mallette cachée dans la carriole. Puis, elle retraverse vivement l'enclos, entre dans l'antre, pour en ressortir presque aussitôt, sa valisette à la main. Elle la cache au fond du charreton, sous les fleurs fanées. Toujours sur le qui-vive, elle va refermer à clef la sépulture. Elle quitte le clos, et achève tranquillement sa tournée de fleurissement.

En la voyant ressortir aussi vite du caveau avec la mallette, il crut que la convoyeuse s'était ravisée. A-t-elle perçu sa filature ? Mais le regard exercé

de l'enquêteur a noté les gestes plus légers à la sortie qu'à l'entrée. Il devine que la fleuriste remporte un bagage vide. Et la dame a visité si brièvement la dernière demeure, que le détective amateur parie pour un simple échange de mallettes. Toujours à distance, il gravite autour du tombeau tirelire.
Tout en guettant la venue de la personne qui prendra le butin, il observe les tombes. Son impression confirme la réputation de « cimetière des riches » attachée à Loyasse. Les sépultures y disputent un concours de pompe.
Du mausolée au sarcophage, en passant par le temple et la pyramide, les monuments matérialisent moult styles : roman, grec, néo-byzantin...
Surpris, amusé, puis gavé, il ressent un vague dégoût. Tel la culminante pleureuse, qui chapeaute le sépulcre pyramidal de Jean-Baptiste Pleney, et dont les canaux lacrymaux sont bouchés par les feuilles mortes, il ne versera pas une larme sur cette assemblée de macchabées prétentieux. Il lui vient même un sourire à la vue des rames, plastron et lances du monument aux 33 jouteurs de Saint-Georges ; curieuse sépulture collective de sportifs unis dans la mort comme dans la vie. Que sont devenus leurs femmes et enfants ?
Sur cette question, la méditation du vivant parmi les morts est interrompue par l'arrêt d'un visiteur auprès du caveau tirelire. Mais une fois de plus, la déception est là. Comme les autres touristes funéraires, l'homme passe son chemin sans pénétrer dans l'enclos tombal.
Vient 17 h 30, heure de fermeture du cimetière. Le journaliste note l'identité de l'occupant du tombeau fortuné : Nizier-Anthelme Philippe. Puis, il enterre sa frustration, et quitte cette section du *boulevard des allongés*.
Consulté, Fouilleret plonge dans ses archives, afin de renseigner son ami.
Ils apprennent que l'argent est caché dans le caveau de "Maître Philippe". Mort en 1905, cet ancien garçon boucher guérissait par le magnétisme et la parole. Sa réputation internationale lui valut deux invitations à la cour de Russie, pour soigner la tsarine. Le "mage Philippe de Lyon" y fut supplanté par un robuste concurrent : un certain Raspoutine.
Au repas vespéral, Léa et Simon cogitent de concert. Il est vraisemblable que les gains resteront dans la tombe du mage Philippe jusqu'à la réouverture du cimetière. Le dimanche est propice à la récupération matinale de la mallette. Mais un doute s'invite au débat : et si la nuit venait dévorer la galette ?
Tanas est un homme de l'ombre. Sera-ce lui, le prochain et ultime maillon de la chaîne ? Cela expliquerait l'absence de contact entre passeurs au-dessus du niveau de la boutique de fleurs. La fleuriste, qui dépose la mallette, ne voit pas le personnage qui se l'approprie. Ces précautions indiquent que le parcours de l'argent touche à sa fin. Le parrain occulte garderait l'incognito en agissant de nuit. Le scénario se tient. La décision du grand blond est prise. Le fragile fil d'Ariane qui le guide sur la piste du caïd lyonnais ne doit pas lui

75

glisser des mains. Cette nuit, il s'invitera en catimini dans le cimetière ancien de Loyasse. Il vérifiera la présence du butin dans le tombeau du mage. Puis, il se livrera aux délices d'une surveillance nocturne de la cache tombale.

Dans le survêtement et sous le bonnet noirs, le noctambule apprécie l'air frais de la colline, au pied du mur d'enceinte du cimetière, en cette douce nuit d'été. L'endroit étant sombre, il doit s'aider de sa torche électrique pour repérer un agencement d'aspérités propice à l'escalade. Il éteint et empoche la lampe, puis grimpe avec un plaisir enfantin.
Juché sur le faîte du mur, il hume les lourds effluves exhalés par les fleurs mortuaires. Après avoir éclairé sa route d'une brève projection du pinceau lumineux de la torche, il entame sa descente au domaine du repos éternel.
Au bas de la muraille, il prend le temps d'accommoder, et vérifie l'absence de bipèdes en surface du champ d'os. Dans le ciel dégagé, le lumignon sélène diffuse sa douce nitescence, qui permet au discret visiteur de se passer de lampe, dans le dédale radioconcentrique des allées.
Grâce au souvenir de ses observations diurnes, il localise la tombe du mage Philippe, qu'il observe de loin. Aucun mouvement, nulle forme suspecte se dessine sous la clarté lunaire. Il avance prudemment, prêt à s'effacer derrière un monument funéraire, à la moindre alerte. Un dernier regard alentour, et il saute par-dessus la grille défendant le lopin ultime du mage. Contre la porte du tombeau, il écoute. À l'intérieur, comme à l'extérieur, il règne un silence… de mort. Se traitant à voix basse de profanateur de sépulture, il crochète la grosse serrure, qui cède sans façon aux avances du hardi *rossignol* : l'outil de cambrioleur qui le suit dans les expéditions grosses de discrets crochetages.
Les gonds pivotent sans grincer. Il en induit que la cache sert régulièrement. Il se glisse dans l'antre macabre, et referme le battant. Il ne doit pas traîner, pour réduire le risque d'être découvert. Le faisceau lumineux furète.
Quelques secondes plus tard, il voit la mallette, posée contre l'un des murs, tout près de l'entrée. L'argent est là, car en entrant dans le cimetière dès la nuit tombée, il est sûr d'avoir devancé Tanas.
Pour ne pas aller à tombeau ouvert, il le rend à l'obscurité, en ouvre l'huis, vérifie que les abords sont déserts, puis s'enferme à l'aide du *rossignol*.
Torche rallumée, il inspecte l'ultime demeure du boucher guérisseur. Il est satisfait d'y trouver une encoignure pouvant former cachette. S'il entend une clef pénétrer la serrure, il bondira vers le recoin. Pour se libérer les mains, il troque la torche contre une lampe frontale. Il s'accroupit près de l'objet de sa curiosité, et se dit en souriant que la fleuriste a peut-être porté du courrier ou des effets personnels à feu Nizier-Anthelme Philippe.
Il teste les fermoirs métalliques. Surprise : la valisette n'est pas fermée à clef. Il est vrai qu'elle est destinée à un échange secret entre complices. Elle est à

l'abri dans le tombeau. De plus, ces serrures miniatures sont aussi farouches qu'une péripatéticienne ménopausée. Alors, à quoi bon risquer d'égarer leur embryon de clef ? Simon couche la belle convoitée sur le sol, afin de n'en pas répandre le précieux contenu. Ce faisant, il s'étonne de la légèreté de l'objet. Cette sensation imprévue ajoute un zeste de fébrilité à son geste d'ouverture du couvercle. Son intuition ne l'a pas trompé : le bagage est vide.

♪ ♪ ♪

Vitodi grogne son dépit. Trop tard ! Tanas, ou l'un de ses affidés, a pris le risque de venir avant la nuit. Avait-il une clef du cimetière ? L'homme a échangé les mallettes : une vide contre une pleine. La fleuriste pourra renouveler l'échange inverse : une pleine contre une vide. Sur le rythme d'une valse à trois temps (trois valisettes), l'argent peut s'écouler gentiment, au fil des dépôts recueillis dans la boutique de fleurs.
L'enquêteur lâche une bordée de jurons assourdis, qui le soulage un peu de sa frustration. Puis, fermant et replaçant le bagage, il reprend sa réflexion.
Il faudra guetter la prochaine livraison de la convoyeuse. La surveillance prolongée du magasin risquant d'être éventée, il est plus judicieux de se mêler aux visiteurs du cimetière, en se relayant pour garder un œil sur le tombeau du mage... L'œil était dans la tombe et regardait dans le vague.
Pensif, notre Rouletabille flaire l'air confiné de la mortuaire chambre close. Aucun relent de putréfaction. Le squelette de l'habitant est débarrassé des ultimes lambeaux de chair corrompue, et la sépulture fut aérée par les fréquentes ouvertures de la porte. Le visiteur ne se décide pas à quitter le frais séjour du trépassé. Un souvenir flou le chiffonne : un détail anodin mis en réserve dans le débarras de sa mémoire visuelle. Une image recueillie il y a peu... ici. Il tourne la tête. La lumière de la frontale éclaire une somptueuse couronne mortuaire, posée sur le sol, dans le fond du réduit. Voilà la chose. Aperçue lors de sa rapide quête d'un éventuel refuge, elle l'a vaguement troublé. Sans doute a-t-elle été posée là dans l'attente d'un usage futur.
Elle lui sert à retarder le moment d'accepter la perte de cette première manche. Il s'en approche, et en palpe la texture. Les fleurs artificielles sont de bonne qualité. Mû par une intuition, le détective amateur saisit l'offrande mortuaire, pour voir ce qu'elle couvre. Surpris par la résistance de sa prise, il en arrache involontairement des fleurs. La gêne d'avoir légèrement défloré le funèbre ornement se dissipe sous une rafale de questions. Pourquoi avoir fixé la couronne ? Ce traditionnel hommage au défunt se place normalement à l'extérieur de la sépulture, car il est destiné au regard du public. Est-il

réservé aux "privilégiés" qui entrent ici ? En ce cas, pourquoi avoir choisi le sol, plutôt qu'un mur ou bien le cercueil, pour l'accrocher ?

Intrigué, le journaliste examine la bouée florale lancée au noyé dans l'au-delà. Il farfouille, tâte, puis étouffe une exclamation. La floraison en plastique cache une plaque métallique ronde. Un égout dans la dernière demeure du mage Philippe ? Il sourit de cette incongruité. Puis, ses traits se crispent.

Une sensation familière lui titille les cellules grises. En ce tombeau délesté de tout relent cadavérique, flotte le parfum de l'aventure.

Ses doigts crochent un anneau lové au centre de la rondelle masquée par la parure funéraire. Le grand blond soulève le couvercle, dégageant l'orifice d'un puits, dont la paroi cylindrique est appareillée d'une échelle de fer.

Il devine que l'argent a fui par là, à l'abri de son regard. Sa surveillance extérieure du tombeau était vaine.

Le faisceau lumineux ne porte pas jusqu'au fond du conduit. Sans hésiter, l'aventurier entame la descente. Il se meut avec prudence, car les barreaux sont mouillés de condensation. La bouche fraîche et humide est longue à le déglutir. Des bribes de soliloque ponctuent sa plongée :

— l'échelle du diable… Vers les antipodes… Combien de pas pour la Chine ?

La semelle de ses chaussures touche une surface plane cimentée. Le fond du puits s'ouvre sur un souterrain, à la pente raide. L'explorateur s'y engage. Une succession de volées de marches accélère sa descente. Des passages maçonnés alternent avec les zones taillées dans la roche. En s'enfonçant sous Fourvière, Simon évoque une lecture de jeunesse. Le voici embarqué dans le voyage au centre de la Terre imaginé par Jules Verne. Jusqu'où descendra-t-il ? Le diable gîterait-il sous la colline qui prie ?

Un cul-de-sac ! L'enquêteur peste. L'aventure tourne court. Le fond de la galerie est bétonné sur deux mètres, et muré. Il palpe la paroi plane obturant le tunnel. Elle a le grain du ciment. De dépit, il la claque du plat de la main. Sous le choc, elle résonne. Vibration consolatrice. Il s'accroupit, et passe la main à la base de l'obstacle. Ses doigts glissent dans une profonde entaille. Avec une exclamation jubilatoire, il se redresse et commente sa trouvaille :

— oui !, que voilà une fente bonne à tâter… On est en pays de connaissance. J'ai idée que le diable de Fourvière se nomme Tanas.

Il hoche la tête, pour balayer les murs avec la lumière de la frontale. Son chef se pétrifie. Le cône lumineux découpe dans le ciment une cavité de section circulaire. Le découvreur en connaît le mode d'emploi. Il y plante le cul de sa torche allumée, éteint la frontale et pivote pour aller scruter le disque éclairé sur la paroi opposée. Ses doigts pressent le placage de ciment. Un déclic annonce la sortie d'un tiroir semblable à ses frères du Hilton. Vitodi glousse.

Il volte en allumant la frontale et reprend la torche, qu'il éteint et empoche. Un nouveau demi-tour l'amène au clavier craché par la muraille. Le code signé Tanas remonte à sa conscience. Ses doigts pianotent sur les touches. Tout se déroule comme en un rêve familier. Ce qui le porte à poétiser :
— je fais souvent ce rêve étrange et pénétrant... chez le prince des ténèbres.

Le doux ronronnement de moteur électrique est au rendez-vous. Le panneau barrant le souterrain s'escamote dans le sol. Au-delà, la galerie se poursuit. Le journaliste décide de laisser le passage ouvert, afin de se faciliter le repli. Qui sait vers quel danger il s'aventure ? La prudence est une vertu utile à qui aime la vie. En se félicitant de ne pas souffrir de la fâcheuse claustrophobie du camarade Roger, il s'enfonce plus loin dans les entrailles de la colline aux corbeaux. Il note l'accroissement de l'humidité ambiante. Bientôt, ses pas éveillent un écho lointain. Il raccourcit et assouplit ses enjambées. Quel est ce lieu sonore vers lequel il s'avance ? Grotte ou bien salle artificielle ?
Le boyau tourne et plonge par un nouvel escalier sur une masse noirâtre, qui miroite à la lueur de la lampe. Une rivière souterraine ? Un réservoir d'eau ? Il n'est pas assez descendu pour être au niveau de la Saône. Mais il sait que la colline est une éponge. Ce pourrait être une retenue d'eau de pluie.
Les marches aboutissent à un quai donnant sur une nappe phréatique aux dimensions difficiles à apprécier dans l'obscurité qui noie le lieu. La lumière de la frontale se perd entre le liquide et l'irrégulière voûte rocheuse de la caverne. L'explorateur pense aux avens des Causses. Saisissant ! Ainsi, la légende était fondée : il existe bel et bien, l'improbable lac sous Fourvière !

Immobile, il écoute le chant du lac caché. D'innombrables gouttes d'eau égrenées par les stalactites animent l'étendue lacustre d'un concert de minuscules clapotis, comme autant de notes pincées sur les cordes d'une myriade de harpes, violons, violoncelles et contrebasses.
Mais le charme musical est rompu par un son qui détonne sur la moquette du friselis aquatique. Est-ce une vibration ? Ce grondement est difficile à identifier. Que se passe-t-il dans cette grotte ? L'auditeur éteint sa lumière. Le bruit insolite pourrait signaler la présence d'un danger. Il garde à l'esprit que la porte coulissante lui a ouvert un royaume de Tanas. Une prudence accrue s'impose. Tendu, il tente en vain d'analyser le mystérieux ronflement, qui s'amenuise. Le concert des gouttes d'eau reprend toute sa place.
Dans la paix revenue, lassé d'attendre la répétition de l'étrange phénomène sonore, il rallume la frontale, et reprend son investigation.
Le quai fut taillé dans le roc et couvert d'un dallage de pierres grossièrement équarries. L'ouvrage antique semble ceinturer la retenue aquatique. Au droit de l'escalier qui le mena là, est une moderne jetée bétonnée. Il devine que

cet ajout récent est une autre marque de la mainmise de Tanas sur ce lac sorti tout droit de la légende. Dans quel but ?

Ce môle sert à la navigation. La retenue doit communiquer avec une rivière souterraine, suppute l'enquêteur, qui entreprend de vérifier son hypothèse.

Fuyant le torticolis, il éteint la frontale, et marche en balayant de sa torche le quai, la paroi et la voûte de la caverne, ainsi que la masse liquide. Tous sens en alerte, il repense au bruit capté à son arrivée. Sa cause était-elle naturelle, du genre éboulement ? Ou venait-il de travaux humains ? Si une machine était à l'œuvre, il l'eût entendue plus longtemps. Il abandonne ce sujet de réflexion, qu'il juge stérile. La réponse lui viendra de l'exploration des lieux.

Sa curiosité s'affûte à mesure qu'il avance. Il presse le pas en voyant le quai former un pont qui enjambe le lit d'une petite rivière. Lequel ne recueille qu'un filet de liquide, en cette période estivale de basses eaux. Après examen de la trouée dans la paroi rocheuse, il conclut qu'il s'agit d'un boyau servant de déversoir au lac. L'observateur réfléchit. Le goulet d'écoulement n'est pas haut. Quand le niveau de la nappe phréatique monte assez pour rendre la rivière souterraine navigable, le manque d'espace libre sous le plafond du tunnel interdit le passage. À moins d'imaginer un homme allongé dans un petit canot pneumatique. Entreprise aléatoire. Le détective amateur rejette l'hypothèse, qui ne cadre pas avec la longueur de la jetée lancée sur l'étendue lacustre. Pour une circulation en bateaux gonflables, un simple escalier plongeant dans l'eau suffirait.

Il reprend sa déambulation souterraine. Éprouvant des difficultés à estimer la courbure de la rive, il se demande où il en est de son périple. Le légendaire lac semble mériter son nom. C'est de la poche de géant.

La lumière accroche une avancée cimentée sur la nappe aquatique. Le môle ! L'escalier est là, qui monte vers la galerie. Ainsi, il a terminé son exploration de la rive, sans découvrir l'ombre d'une embarcation. Bizarre ! À quoi sert cette jetée ? Déception, insatisfaction ? Il s'interroge sur cette sensation d'inachevé qui s'incruste. Ses cellules grises s'activent, donnant une intuition qui le pousse vers les marches. Il grimpe vers la réponse à son interrogation, qu'il obtient très vite, au terme de la volée de degrés.

Au lieu de monter, la galerie est d'abord plane, puis descend. Ainsi, il foule le sol d'une deuxième voie d'accès au lac, semblable à la première.

Après quelques minutes de marche, le souterrain cimenté finit en cul-de-sac.

— Et rebelote, murmure le grand blond, en s'accroupissant.

La rainure est là, signant l'artifice des murs escamotables signés Tanas. Sur sa lancée, l'aventurier ne résiste pas à la tentation d'effacer l'obstacle. Détection du tiroir secret, jeu du mécanisme boutant le clavier hors de sa cachette, frappe du digicode : les actions s'enchaînent avec aisance.

— Je serai bientôt un vieil habitué de ce truc du magicien des ténèbres, se dit-il, en observant l'ouverture de la porte coulissante.

La descente du panneau instille dans l'esprit du visiteur une tension dictée par la prudence. Il n'est pas armé. Au devant de quel danger avance-t-il ?

Dès la porte franchie, la spacieuse galerie bétonnée se resserre en un goulet rapidement démuni de toute maçonnerie. Irrégulier et glissant, le sol en est incliné vers une rigole médiane qui recueille l'eau suintant de la voûte et des parois rocheuses. L'ouvrage est de facture ancienne. Simon s'arrête pour mieux écouter. Nul bruit singulier. Il rebrousse chemin, remettant à plus tard la visite de ce souterrain, dont le probable intérêt principal est de mener au lac. Ce dernier focalise son attention. En barrant ses voies d'accès, Tanas montre qu'il s'est approprié le réservoir aquatique. Achever le tour de ce dernier est une priorité pour l'enquêteur, qui doit trouver quel usage en fait le parrain lyonnais. Il referme la porte secrète, et regagne la grotte.

Constatant que la musique des gouttes d'eau jouant du balafon aquatique n'est troublée par aucun couac, il reprend son examen de la rive lacustre.

Sa première découverte est la présence d'une troisième galerie aboutissant à la caverne. Teintée, moussue, la maçonnerie consolidant le boyau est vieille. Après une amorce d'inspection, il fait demi-tour. L'absence d'aménagement récent indique que Tanas ne s'est pas intéressé à ce tunnel suintant. L'a-t-il condamné, ou bien le passage est-il barré par un affaissement naturel ?

À voir plus tard, s'est dit le journaliste, qui arpente de nouveau le quai, persistant dans sa volonté de percer le mystère du lac.

Il découvre ainsi le lit d'une rivière souterraine. À l'opposé de la première, elle alimente la retenue, vu le sens du maigre écoulement d'eau passant sous le quai. L'ouverture dans le rocher étant de faible hauteur, la possibilité de navigation est à chercher ailleurs. L'explorateur passe son chemin, toujours à l'affût d'un mouvement, ou d'un son insolite. Rien. Il a l'intuition que la fin de la boucle approche. Bientôt, voici la jetée et l'escalier.

Il monte s'assurer qu'il ne s'agit pas d'une autre voie d'accès au lac.

Parvenu au seuil de la porte coulissante escamotée dans le sol, il tourne les talons et redescend vers la nappe phréatique. Le mystère du lac de légende l'aimante. Sa montre dit 23 h 40. Il s'assoit sur une marche, éteint sa lampe par souci d'économie, et réfléchit. L'absence de bateau le trouble. Qui dit môle, dit embarcation. Mais que faire sur cette étendue d'eau ? Pourquoi la traverser, alors qu'elle est contournable par le quai ?

L'affaire est dans le lac, murmure-t-il.

Si Tanas en défend l'accès, c'est que le lieu lui est précieux. Le parrain occulte ne vient pas y pêcher... Nulle trace d'activité secrète. Pas de laboratoire, ni de petite usine utilisant de l'eau. Le visiteur pense à l'étrange bruit entendu à son arrivée. Dans l'obscurité, sa capacité de perception auditive s'est accrue. Il écoute longuement le semis serré des notes saturant la portée aquatique.

Sa patience est récompensée. Son ouïe aiguisée capte un enrichissement de la partition musicale. Aux cordes, vient de s'ajouter un instrument à vent.
Le souffle, au rythme régulier, s'amplifie. Il couvre le ténu tapis d'ondelettes sonores crocheté par les gouttes d'eau. L'auditeur devine l'origine de ce bruit nouveau. Il renonce à rallumer la frontale pour vérifier son idée. Il ne tient pas à révéler imprudemment sa présence. Le grand blond n'est pas homme à tergiverser au cœur de l'aventure. S'allongeant sur les pierres humides, il rampe jusqu'au bord du dallage. Il plonge le bras vers la surface liquide, que la longueur de son membre lui permet de tâter. Le contact sur sa main confirme son hypothèse. Il sent les vaguelettes qui lèchent le mur du quai.

♪ ♪ ♪

Dans les ténèbres, il se relève, pivote et se dirige lentement, au jugé, vers l'escalier. Il se courbe, et sa main tendue rencontre une marche. Il contourne l'obstacle, pour s'abriter dans l'encoignure formée par la paroi de la caverne et les degrés de l'escalier. Quelle que soit la cause de l'agitation aquatique, naturelle ou artificielle, il veut l'observer à la dérobée.
Lorsque son rythme respiratoire se calme, il perçoit de nouveau le clapotis. Que diantre se passe-t-il sur cet insolite lac ? Dans le noir ! Un canot portant un ou plusieurs bipèdes ne se déplacerait pas sans lumière… À moins que l'équipage soit muni de systèmes de vision par infrarouge. Auquel cas, sa présence pourrait avoir été détectée. Doit-il quitter la grotte sans tarder ?
La fuite déplait à son tempérament d'aventurier. Il la repousse en dernier recours, bien décidé à assouvir sa curiosité d'enquêteur. Accroupi, il guette l'approche d'une embarcation. Mais d'où viendrait-elle ? Pas d'une rivière souterraine : son exploration des rives du lac lui en a montré l'impossibilité. Du centre de l'étendue d'eau, que la portée insuffisante de sa lampe ne lui a pas permis d'inspecter ? Le lac abriterait-il un îlot ? Les idées se bousculent dans l'esprit du guetteur immobile. Il imagine des hommes-grenouilles surgissant des profondeurs lacustres.
Mais, hors le clapot, nul bruit pouvant signaler une présence humaine.
Un animal ? Il sourit, à l'idée d'un monstre aquatique lové dans les entrailles de la colline qui prie. En son for intérieur, il se moque de lui-même :
— après le merveilleux monde de Jules Verne, voici le folklore du Loch Ness. Je prends Nessie pour une lanterne.

Son évocation d'une lanterne semble accoucher d'une lumière, tout au fond de la caverne. Par delà la surface liquide, se découpe dans la paroi rocheuse l'orifice d'une galerie éclairée. La lueur jetée sur la jetée et l'escalier indique à l'observateur qu'il s'agit du point d'accès jumeau de celui auprès duquel il se tient. Il fixe la bouche lumineuse du tunnel. Il sait que là-bas, quelqu'un va paraître d'un instant à l'autre. La tension aiguise ses sens. À l'affût d'un écho de pas ou de voix, il note que le clapotis s'estompe. Bientôt, le champ sonore n'est plus occupé que par la trame des accords complexes plaqués sur l'eau par les gouttes tombant de la voûte. Envoûtant...

Une ombre dansante envahit sans bruit la zone éclairée. L'apparition se fige sur le seuil du souterrain. Éclairée de dos, sa silhouette se découpe en ombre chinoise. Ses contours n'ont rien d'humain. Saisi, Vitodi croit voir un oiseau : aigle ou vautour géant. Sa raison vacille. Il sent le regard acéré de la bête qui fouille les ténèbres, et se fixe sur lui. Le gigantesque rapace a perçu une présence étrangère sur son territoire. Il va prendre son lourd envol pour chasser sa proie. Il planera au-dessus de ce lac naguère bizarrement agité... par quelle étrange créature venue d'un autre âge ?

Tapi dans son recoin obscur, Simon se demande en quel monde suburbain cauchemardesque il a plongé en cette douce nuit d'été. Au fil des secondes, il se ressaisit. Il chasse de sa conscience les visions fantasmatiques. Sa raison reprend la barre de son esprit ballotté. Fût-il géant, un animal ne maîtriserait pas la lumière électrique.

Comme par enchantement, son évocation de la fée électricité déclenche un bain de clarté. La lumière a jailli de partout sur les eaux, dispensée par des sources d'éclairage régulièrement réparties sur le pourtour du lac.

Il se tasse dans l'encoignure. Puis, il se félicite du choix de son abri, en retrait du quai, dont les pierres luisent. La chance lui sourit, car la lampe la plus proche se situe de l'autre côté de l'escalier, dont les marches lui offrent une ombre protectrice. Habillé en noir, blotti dans la pénombre de son recoin, il se sent en relative sécurité.

La curiosité prend le pas sur la prudence. Il veut vérifier que les interrupteurs furent actionnés par un être humain. Le maître du monstrueux rapace ?

Il risque un regard au ras des marches. L'apparition a franchi les quelques mètres qui la séparaient du quai. Rayonnant de toutes parts, la lumière métamorphose la bête en un homme de taille moyenne, cagoulé, tout de noir vêtu, enveloppé d'une ample cape : vêtement flottant qui masquait la silhouette humaine, l'enrobant d'un semblant d'ailes fuligineuses.

Le journaliste frémit d'excitation. Il devine que l'homme en noir est le secret prince des ténèbres lyonnaises : Tanas !

Tanas, forcément Tanas… Celui que la rumeur affuble d'un déguisement à la Fantômas. Tanas, qui hante le circuit souterrain de l'argent détourné à la roulette du Lyon vert.

L'homme à la cape regarde dans sa direction. Le détective amateur pense avoir déclenché à son insu un système d'alarme. Alerté par l'ouverture d'une porte coulissante, le maître des lieux est venu identifier l'intrus.

Rien ne se passant, l'aventurier est tenté de prendre l'initiative. Se montrer, aller au devant de l'homme en noir. Un entretien avec le parrain occulte serait édifiant. Mais, quelle en serait l'issue logique ? Tanas peut-il laisser vivre un enquêteur ayant pénétré clandestinement au cœur de son royaume souterrain ? Il aura compris que le passe murailles détient la clef chiffrée de son domaine secret. Pourquoi risquer de laisser ce curieux professionnel en liberté ? Le grand blond regarde alentour. Il sent le piège se refermer sur lui. Le prince des ténèbres est posté au centre de sa toile. Il attend les renforts, qui vont traquer sa proie et la lui livrer.

Mais le son que perçoit l'assiégé n'est pas l'écho multiple de pas convergeant sur lui. Il décèle un bouillonnement venant du milieu du lac.

Soudain, il réalise que Tanas ne porte pas son attention sur lui, mais sur cette zone centrale, mal éclairée car éloignée des lumières de la rive. Dans la pénombre, vient d'émerger un corps noir qui bouge lentement sur l'eau.

L'observateur caché pressent ce qui se passe. La source de la mystérieuse agitation aquatique notée naguère paraît sous ses yeux. Il devine sous quelle forme incongrue va se présenter le secret du lac de légende. Mais sa raison regimbe devant la déconcertante intuition.

Un mouvement se produit dans son axe de vision, qui l'amène à accommoder autrement. Sur la rive opposée, des ombres s'étirent sur l'écran de la paroi éclairée. Deux hommes surgissent de la galerie empruntée par l'homme à la cape. Ils descendent l'escalier, pour rejoindre sur le môle le caïd de la pègre lyonnaise. Ils esquissent tous deux une révérencieuse inclinaison du chef vers leur chef. Des affidés, se dit l'espion, en tentant de mémoriser leurs traits, qui contrairement à ceux de Tanas ne sont pas masqués. Mais la tentative est rendue difficile par la distance, le jeu des ombres, et le miroitement des lumières sur la surface aquatique. Celle-ci est crénelée de remous, qui s'amplifient à mesure que la masse sombre approche de la rive.

La chose accapare l'attention du témoin. Il reconnaît l'image, mais la trouve déplacée. L'idée est trop baroque. Elle doit naître d'une illusion d'optique. Mais son incrédulité se dissout dans le ruissellement de l'eau sur les flancs courbes du corps noirâtre qui avance pesamment vers la jetée. Il ne rêve pas. Loin sous l'historique cimetière lyonnais de Loyasse, enfoui au sein de la colline aux corbeaux, le lac de légende abrite un sous-marin.

Selon la vieille expression lyonnaise évoquant l'âne de Buridan, Vitodi se sent « comme un miron entre deux melettes » : « comme un chat entre deux couilles de mouton ». Il balance entre la stratégie de l'attente et l'action.
Il a vu Tanas et ses deux lieutenants disparaître dans le sous-marin de poche. Le submersible s'est immergé vers le centre du lac.
Impossible de savoir ce qui se trame là-dessous.
Frustré, il caresse l'idée d'avancer son projet de filature du parrain lyonnais. Pourquoi ne pas profiter de la disparition du trio dans les profondeurs lacustres ? Il pourrait gagner par le quai la galerie par laquelle la bande est venue. Il effacerait le handicap de la porte coulissante, en se postant au-delà de celle-ci. Puis, il guetterait la sortie des truands.
Mais il mesure les aléas de la tentative. L'étroit boyau lui offrira-t-il une cache ? Jusqu'où devra-t-il aller pour se dissimuler efficacement, à l'affût du passage de l'homme en noir ? Filer une personne en la précédant est une ruse classique. Applicable en surface, la méthode devient ardue et risquée dans un réseau souterrain. Comment devancer celui qu'il ne verra pas ? Est-il sûr de parvenir à le situer à l'oreille ? Il courra le risque de se trouver piégé par un obstacle, comme une porte difficile à ouvrir, ou bien d'être pris entre deux feux, si un homme de Tanas attend son patron à la sortie. En outre, il n'est pas assuré que l'homme à la cape reparte par où il est venu.
Réfrénant son impatience, Simon décide de rester dans son recoin.
L'humidité commence à traverser ses habits. Il effectue une série d'exercices sur place, pour se réchauffer et dégourdir sa musculature.
Puis, il consulte sa montre : minuit dix. L'horaire de la réunion secrète fut fixé à minuit. Heure ô combien mythique. Le prince des ténèbres paraît agir tel un conspirateur romantique, un vieil adolescent. Tenir une réunion à minuit, en un endroit secret... Et quel lieu ! Un sous-marin tapi sous la basilique de Fourvière. Ce choix extraordinaire doit frapper l'imaginaire des participants, resserrer leurs liens d'appartenance à un clan unique appelé à détenir une puissance souterraine magique sur l'ex capitale des Gaules.
Après l'aspect symbolique, le détective amateur envisage le côté pratique. Captif de la colline, le petit submersible fut monté sur place. Quel caprice de nabab ! Cette excentricité souligne la mégalomanie du caïd lyonnais.
Ce personnage original, côtoyant la démence, n'est pourtant pas dénué de rationalité. En témoignent sa tactique sophistiquée pour s'introduire au cœur du plus grand casino de France, cette façon de manipuler clandestinement ses équipes, ce déguisement qui le dissimule aux yeux de tous, y compris de ses fidèles ; de même, l'organisation efficace du truquage de la roulette du Lyon vert, avec sa filière passant par le singulier truchement d'un tombeau.
L'idée du sous-marin de poche marque la dualité de l'homme en noir : un

grain de folie maîtrisé par le sens pratique. Ainsi, le suppositoire aquatique enfoui sous les fesses de la basilique est un coûteux jouet. Mais il forme aussi une parfaite cellule d'isolement assurant le secret des réunions du parrain. L'engin ferait-il aussi office de coffre-fort ? L'enquêteur pense à l'argent livré dans la tombe du mage Philippe. Il imagine le submersible accostant à la jetée toute proche. Un homme de l'équipage en sort, qui monte procéder à l'échange de mallettes, et rapporte l'argent à bord. À minuit, rejoint par deux lieutenants, le patron vient effectuer le partage du butin. Il en profite pour tenir conseil et distribuer ses ordres.
Sur un hochement de tête approbateur, le grand blond délaisse la cogitation, pour effectuer un exercice de mémorisation visuelle des contours du quai.
Si ce dernier est plongé dans le noir au départ de Tanas, il devra le parcourir très vite, sans que sa filature tombe à l'eau.

Vers une heure, il arrête sa gymnastique, car le lac frémit. Le clapot annonce la remontée du monstre métallique. Il s'accroupit dans l'ombre de l'escalier, et guette. Bientôt, il distingue le périscope, qui pivote au ras de la surface.
Le sous-marin de poche va flirter avec le môle opposé. Les lieutenants du caïd sortent les premiers, et repartent par la galerie éclairée. Le journaliste est frappé par leur mutisme. Le comportement des deux hommes, à l'arrivée comme au départ, évoque celui d'adeptes d'une secte suivant un rituel dont le caractère sacré impose gravité et silence.
Une dizaine de minutes s'écoulent avant que leur chef émerge à son tour du kiosque luisant. Après avoir pris pied sur la jetée, il attend que sa petite folie nautique réintègre les profondeurs aquatiques. Puis, il gagne l'escalier, qu'il gravit lestement. Au sommet des marches, il marque une pause, consacrée à un ultime examen de son domaine lacustre.
Bigrement prudent, le bougre, bougonne le guetteur impatient, cloué dans sa cache. L'avance de Tanas sera un lourd handicap pour la filature.
Sur un geste du prince des ténèbres, les lumières du tour du lac s'éteignent. L'aventurier se dresse, dégaine la lampe torche et s'élance sur le quai obscur. Là-bas, le souterrain éclairé engloutit la silhouette flottante de l'homme à la cape. Son poursuivant allume la torche, qu'il braque sur le sol pavé, pour se déplacer vite sans incident. Il la préfère à la frontale, car il en contrôle mieux le faisceau lumineux. Il l'éteint à l'abord de la zone lumineuse englobant l'escalier, dont il avale les marches. Soudain, l'écho d'un bruit le stoppe.
Reconnaissant le ronronnement de la porte coulissante, il repart. Mais, un doute ralentit sa course : le bruit feutré signale-t-il la fermeture ou bien l'ouverture du panneau ? Il tient à ne pas être repéré. S'il veut en savoir plus sur le mystérieux parrain, sa filature ne doit pas échouer. Garder la bonne distance sans voir sa cible est un exercice de haute voltige.

Brutalement, l'obscurité se fait dans le souterrain. Il a sa réponse. Mais, il est passé de l'aveuglette à l'aveugle. Il rallume sa lampe, et se rue. La porte est là, fermée. Il s'active pour effacer l'obstacle. Après avoir regardé le tiroir secret coulisser avec une lenteur exaspérante, il est prêt à pianoter le code. Mais, ses doigts restent suspendus au-dessus du clavier. Il hésite. Il doit faire vite s'il veut garder une chance de rattraper Tanas. Mais, ce dernier risque d'être alerté par le bourdonnement du moteur électrique. L'homme semble particulièrement sur ses gardes. Le boyau est un bon conducteur d'écho.
Aux aguets, Vitodi perçoit un bruit ténu. Il s'agit d'un claquement bref, lointain, assourdi par la traversée de la porte. Il tend l'oreille. Les secondes s'égrènent, dans un silence sépulcral. Il se décide. Advienne que pourra.
Au cœur de l'action, il faut savoir courir des risques. Ils pimentent cette vie d'aventure librement choisie. Il promène ses longs doigts sur les touches, et jette un regard aigu par l'ouverture naissante. Pénombre au-deçà du seuil, obscurité au-delà. Le prince des ténèbres est-il à l'affût dans celles-ci, ou bien déjà hors d'atteinte ? Simon va chercher la réponse à sa question. Sur le qui-vive, tentant d'escamoter la cible formée par son corps, en écartant le bras qui tient la torche, il se hâte. La surface inégale et glissante du sol le ralentit. Aucun écho de pas, aucun bruit ne lui parviennent. Impossible d'estimer la distance le séparant de l'homme en noir.
Un nouvel obstacle stoppe sa descente par le goulet. Jurant entre ses dents, il voit se dresser sur son chemin une épaisse grille de fer tapissée de rouille.
Il devine que le claquement perçu naguère au travers de la porte coulissante provenait de la fermeture de cette barrière métallique.
Saisi par la crainte que Tanas lui échappe, il sort vivement d'une poche son *rossignol*. De géométrie variable, ce passe-partout peut épouser l'intimité des serrures de modèle courant. La grosse boîte oxydée ne lui résistera pas longtemps. Courbé, le crocheteur joue en virtuose. Entre ses mains expertes, l'outil magique cliquette gaiement.
Mais, les minutes s'écoulent. Vient un grognement d'impatience, puis un juron étouffé. L'aventurier constate avec surprise que son *rossignol* s'égosille en vain. Il finit par admettre son échec. Contrairement à celle du tombeau du mage Philippe, cette serrure refuse de rendre gorge.
D'une rusticité trompeuse, la grosse chose rouillée recèle un mécanisme sophistiqué. À la fois dépité et admiratif, l'enquêteur conclut :
— signé Tanas !

♪ ♪ ♪

Le bras passé entre les barreaux de la grille, le grand blond promène le pinceau lumineux de la torche électrique sur les parois du tunnel. Il constate que le boyau poursuit sa descente droit devant. Rien de notable.
En rebroussant chemin, il examine la partie du souterrain dévalée sur les traces de l'homme à la cape. Le cône de lumière cisèle de curieuses dentelles suspendues à la voûte. Ces stalactites de calcite d'un blanc nacré sont tels de fins macaronis. Ensuite, l'explorateur découvre d'énormes champignons blanchâtres accrochés à la paroi. Il commente à mi-voix :
— macaronis aux champignons. Je suis bien dans le ventre de Lyon.

Parvenu à la porte coulissante, restée sagement baissée, il découvre, qu'il n'avait pas vu à l'aller, le second clavier, en saillie sur le mur. Il en déduit que le mouvement des tiroirs secrets de part et d'autre de la porte est couplé ; ce qui simplifie et accélère le passage. À côté de ce second boîtier, est encastré un interrupteur. Il renonce à l'actionner, car l'éclairage de la galerie risquerait d'attirer l'attention des habitants du lac. Il doit aussi se méfier de l'éventuelle survenue d'un membre de la bande, via le cimetière de Loyasse.
Le problème de l'acheminement de l'électricité en ces profondeurs lui vient à l'esprit. Il pense à l'intérêt de situer le parcours des lignes qui alimentent les lampes et les moteurs des portes secrètes. Localiser l'installation de surface à laquelle se raccordent les câbles pourrait conduire à un repaire de Tanas.
Il inspecte les abords de la cavité recelant le clavier de digicode. Notant que les lignes électriques sont noyées dans le ciment garnissant l'amorce du goulet, et que rien n'apparaît au-delà de la zone bétonnée, il se dit que le parrain occulte a fait soigneusement dissimuler l'installation.
Après avoir frissonné dans ses vêtements humides, il décide de rentrer au bercail. Il passe le seuil et pianote le code sur l'autre clavier. Puis, braquant la torche au-dessus du panneau qui s'élève, il repousse le tiroir. Il vérifie ainsi que les claviers jumeaux sont avalés de concert par les murs.
En débouchant dans la grotte, il s'arrête, pour mieux écouter. Il serait idiot de se laisser surprendre au moment de quitter les lieux. À l'ouïe, la caverne paraît déserte. Le sous-marin de poche est au fond de la poche... d'eau.
Il parcourt le quai, en évitant à nouveau de projeter un éclat lumineux sur le lac. Avant d'entamer la remontée, il examine le recoin qui lui servit de cache. Assuré de n'y pas laisser trace de son passage, il s'engage dans la galerie.
En arrivant à la porte coulissante, il trouve le second tiroir, qu'il n'avait pas vu. Il ferme derrière lui, et continue à chercher trace du câblage électrique.
À la fin de la zone cimentée, il renonce : rien n'apparaît des lignes enfouies.
Au fil de l'ascension, il s'étonne de l'importance du nombre de marches à gravir. Mieux qu'à l'aller, il apprécie le fort dénivelé de la plongée vers le lac de légende. L'excitation née de ses découvertes nocturnes le porte. Mais, si

sa réserve d'énergie n'est pas épuisée, il ne peut en dire autant de la torche, dont l'intensité lumineuse faiblit graduellement. L'accumulateur électrique de l'appareil a fini de se décharger durant ses spéléologiques pérégrinations. Il l'éteint, la range dans une poche, et rallume la frontale. Il apprécie l'usage de celle-ci dans l'escalade de l'échelle du puits terminal, puis lorsqu'il replace le couvercle fleuri du conduit secret, et enfin quand son *rossignol* se venge sur la brave serrure du tombeau de son échec souterrain.

Il éteint la lampe avant d'entrouvrir la porte du logis de feu Maître Philippe. Le cimetière est désert. Pas de rodéo macabre. Nulle messe noire servie sur les tombes. En sortant à l'air libre, le spéléologue urbain est surpris par deux sensations. D'une part, le bain d'air chaud est un réconfort après la fraîcheur humide des profondeurs. D'autre part, succédant aux ténèbres intestines de la colline, la pénombre enveloppant les sépultures lui semble un demi-jour. La nuit est claire. Sans recourir à la frontale, il rebouche les restes du mage, et retourne faire le mur du marmoréen dortoir, où durent les tristes squelettes de quidams ayant désiré mourir plus haut que leurs os.

— Que d'os, que d'os, Mac Mahonne le discret noctambule.

Le lendemain, en fin de matinée, Fouilleret ne répond pas au téléphone. Vitodi ne s'en émeut pas, connaissant l'accès misanthropique qui marque les matins dominicaux du vieux bourlingueur de bistrots. Du haut de la colline qui travaille, il dégringole vers l'antre de son confrère retraité.

La porte d'icelui résonne vainement des coups qu'il y porte crescendo. Il sait que l'habitant des lieux fait le mort. Mais s'il l'était pour de vrai ? Le visiteur ne peut se défendre d'un soupçon d'inquiétude. Le camarade a pris de l'âge. Les libations en seraient-elles venues à bout ? Simon s'avise que le mot camarade cache la camarde. Méchante idée, qu'il écarte, comme on chasse la bourdonnante menace d'un dard de guêpe.

Il sort d'une poche un objet fraîchement offert. La belle panoplie, qu'il avait prévu d'étrenner la nuit à venir, va lui servir à effacer l'obstacle, en toute discrétion. Il déplie l'étui de cuir, et caresse les instruments qui y sont accrochés. Alain ne s'est pas moqué de lui. Les conseils du serrurier émergent de sa mémoire. Le ton passionné de Passe vibre encore en son esprit. D'abord, examiner le modèle de la serrure. Puis, choisir le crochet idoine. Ensuite, faire preuve de méthode et de doigté. Enfin, y ajouter la patience dans les cas difficiles...

Résolu à passer la grille qui permit à Tanas de filer à la barbe de son suiveur, ce dernier partit plus tôt à la chasse au *rossignol*. Il en connaît un nid bien garni : chez le serrurier attitré de Borniquet. Le commissaire fait appel à cet homme de l'art pour ouvrir en douceur les portes entravant son irrésistible progression. Passe est un curieux personnage. Ayant recouru à ses talents au cours d'une enquête, le détective amateur a deviné l'ambiguïté du bipède. Toujours vêtu de noir, l'artisan laisse percer une causticité mêlée de réparties fleurant l'anarchisme ; disposition qui ne cadre pas avec le zèle déployé au service du chef de la PJ de Lyon. Un anar travaillant sans rechigner pour un flic, le paradoxe intriguait. Roger avait-il barre sur l'homme de pênes ?

La solution de l'énigme s'avéra tout autre. L'enquêteur la découvrit à l'issue d'une discrète et tenace investigation. Le fidèle auxiliaire de police opère de juteux cambriolages au sein de la bourgeoisie lyonnaise. Sa collaboration avec Borniquet lui rapporte une documentation régulièrement mise à jour sur les techniques modernes d'effraction. Il est en contact avec toutes les grandes sociétés du marché de la sécurité. De la modeste chaîne de sûreté au système d'alarme de pointe, en passant par le modèle dernier cri de coffre-fort, aucun secret de fabrication ne lui échappe. Recommandé par l'obligeant patron du SRPJ, il obtient renseignements et mécanismes à tester, qu'il s'empresse de désosser. Intelligence et habileté font le reste.

Le journaliste n'a pu se résoudre à le dénoncer, car il le trouve sympathique. Par ailleurs, le cambrioleur ne s'en prend qu'au trésor de riches privilégiés. Une question d'éthique personnelle, revendiqua Passe, quand il fut percé à jour. Non sans fierté, le talentueux serrurier détailla son double jeu. Au cours de l'entretien, les deux hommes passèrent un marché. Le grand blond garderait le secret sur la délictueuse activité parallèle du lascar, recevant en échange les *rossignols* qui enchanteraient ses clandestines expéditions.

Le crocheteur a débloqué en un tournemain la bonne grosse serrure à clef ronde. Il replace dans la trousse le gros oiseau qui n'a guère eu le temps de vocaliser, et saisit un *rossignol* plus petit. D'un modèle courant, le verrou à clef plate oppose une brève résistance. C'est à regret qu'il range sa panoplie de monte-en-l'air, déçu d'interrompre son travail de familiarisation avec ses joujoux de passe muraille. Il se console en pensant au morceau de choix qui l'attend à la prochaine nuitée, au royaume de Tanas.

Avachi dans un fauteuil aussi fatigué que lui, une vessie de glace calée sur son crâne dégarni, *La fraise* est désagréablement surpris par l'irruption du visiteur indiscret. Ses quinquets proéminents s'exorbitent vers l'intrus. Stupéfait, il tente de dominer sa migraine pour saisir comment le grand dépendeur d'andouilles a pu se matérialiser subitement dans son salon bureau. Il grogne :

— *cré nom d'un rat*... Comment t'es entré ?

— J'ai appliqué la recette magique des crêpes au sésame... Ouvre-toi.

— Prends-moi pour une crêpe ! Te moque pas, je suis pas d'humeur... Tu as forcé ma porte ? Je suis sûr de l'avoir bien fermée.

— Tu as raison, et plutôt deux fois qu'une. On peut dire que tu joues à huis clos. De quoi as-tu peur pour te boucler ainsi ?
— De me faire violer, pauvre *claqueposse* !
Justin a hurlé sa rogne. Son interlocuteur adopte un ton apaisant :
— tout doux, Tintin. Tu pars comme un pet... Tu ne répondais pas au téléphone, ni à mes coups sur ta porte. Alors, j'ai craint pour ta santé. Il fallait que je vérifie ton état de décrépitude. Apparemment, le cœur tient le coup. Je ne me prononcerai pas sur l'état du foie.
Les grandes mains de l'arrivant bloquent la poche de glace projetée sur lui par son vis-à-vis. Le jet de vessie dissipe la mauvaise humeur du journaliste retraité. Son regard à couper un clou s'adoucit, et un sourire retrousse son épaisse moustache crayeuse. Le vieil homme n'a jamais su résister au sentiment affectueux qui le lie à son jeune confrère. Lequel tente de faire pardonner son entrée en force, en annonçant :
— je te promets un gueuleton au café des Fédérations.
L'œil globuleux de Fouilleret chatoie aux lueurs de gourmandise allumées par l'évocation de ce haut lieu de la gastronomie lyonnaise.
Le café des Fédérations, institution au cadre immuable située près de la place des Terreaux, est le roi des *bouchons* de Lyon. Bertrand Tavernier lui rend hommage en y tournant des scènes de son film intitulé « L'horloger de Saint-Paul », dans lequel l'acteur Philippe Noiret excellait à honorer les copieux menus de ce conservatoire de *lyonnaiseries*.
La fraise cligne ses lourdes paupières. Sa mine se fripe, et il balbutie :
— mais... C'est fermé le dimanche.
— Exact. Pour aujourd'hui, j'ai réservé chez Chabert. Vu les excès qui t'ont fait prendre une vessie pour une casquette, ça suffira amplement. Mais je n'ai qu'une parole. Tu choisis ton jour. D'ici là, tu ménages ta tuyauterie, et tu tâches de ne pas tomber en agueusie.
La migraine du vieux briscard de la chopine s'estompe à la perspective des plaisirs de bouche. Vitodi en profite pour s'installer, et dit en préambule :
— il faut bien fêter le succès des filatures menées par ton équipe des clapotons. Elles m'ont conduit à décrocher le jackpot.
Il conte par le menu son aventure nocturne, non sans noter le scepticisme qui envahit son auditeur. Lequel finit par s'écrier :
— arrête tes *gandoises*. Tout ça, c'est de la *couyonnade en bâtons* !
Pourtant, le *gone* lui paraît sérieux. A-t-il perdu la tête ? Passe pour l'entrée secrète au fond du caveau. Le vieux journaliste a connu plus bizarre. Il serait même prêt à croire à l'existence du lac mythique. La légende pourrait être fondée. Il se souvient avoir, une nuit, ouï des membres de l'association

« Lugdunum de profundis » parler de navigation sous la colline de Fourvière. Il avait souri à ces propos de bistrot. Mais les initiés du petit club de spéléologie urbaine ne plaisantaient peut-être pas. Par contre, le sous-marin était dur à avaler, même avec une dalle en pente comme la sienne. À coup sûr, le grand *godiviau* avait décidé de se payer son *coqueluchon*.

Justin fut bien plus difficile à convaincre que Léa. Simon dut déployer toute sa force de persuasion pour venir à bout de la résistance de son confrère retraité. L'intermède du repas dominical à trois l'y aida, grâce au jus de la treille arrosant les mets. Les deux amis convinrent d'un partage des tâches : au plus jeune l'action sur le terrain, à l'ancien la recherche documentaire. Fouilleret devait récolter des informations sur les boyaux de la colline aux corbeaux ; avec pour consigne stricte de garder secrètes les découvertes de l'aventurier. Ils se quittèrent sur une promesse à la lyonnaise de *La fraise* :
— je vais tâcher moyen de faire en sorte.

♪ ♪ ♪

Au cours de la nuit de dimanche à lundi, l'enquêteur reste à guetter en vain, dans sa cachette au bord du lac de Fourvière. Cette fois, Tanas ne paraît pas. Minuit passe, sans que le sous-marin de poche émerge pour accueillir une nouvelle réunion de la bande.
Vers une heure, le guetteur quitte son affût, et traverse la grotte pour gagner l'escalier d'en face. Aucune surprise ne l'attend dans la galerie. La porte coulissante s'efface gentiment. Et voici l'obstacle de la barrière métallique.
Bientôt, il oit avec joie le chant de victoire que cliquette l'un de ses nouveaux *rossignols*. La lourde grille de fer pivote sans grincer. Il devine que, comme pour la porte du tombeau, la partie interne des gonds a été décapée de sa rouille et graissée.
Après quelques mètres, la déclivité du boyau s'accroît. Le piéton profond ne s'en étonne pas, comprenant que le souterrain épouse la rude pente de la colline qui prie. Il se rapproche encore du niveau de la Saône.
Bientôt, le goulet débouche sur une galerie transversale.
Au croisement, l'explorateur fait le point. L'altimètre logé dans sa montre marque 235 mètres, soit 15 mètres en-dessous de la cote du lac. Sa boussole indique qu'il doit quitter l'orientation nord / nord-est, pour choisir entre l'est et l'ouest. Dans la masse molle nichée sous son crâne, s'imprime l'image mentale d'une carte de Lyon. À gauche, le tunnel s'enfonce profondément

sous la colline, vers l'ouest. À droite, il pointe vers le flanc est, c'est-à-dire le Vieux Lyon, tout proche. Le spéléologue urbain choisit cette seconde option, pensant trouver rapidement une sortie. Il explorera l'autre voie plus tard.

Au fil de sa marche, il note dans la maçonnerie vétuste des apports récents qui renforcent les passages en terrain friable. Le souterrain est antique, mais on a veillé à en assurer la sécurité. L'ombre de Tanas hante les lieux.

L'embranchement se termine par une porte en fer dont l'artisan n'a plus mal aux dents. Le crocheteur amateur choisit le plus gras de ses *rossignols* pour titiller la bonne serrure joufflue, qui ne fait pas de manières.

L'issue donne sur un palier d'escalier. Le journaliste observe le panorama urbain à ses pieds. Lyon nocturne est éclaboussé de lumière. Normal, pour la ville natale des frères Lumière, songe-t-il. Les quais illuminés dessinent les méandres de la Saône. Tout proche, « la Tour rose » domine les toits sombres. Son éclairage en fait un gros sucre d'orge pour géant gourmand.

Abandonnant sa contemplation, il grimpe les marches, et découvre un jardin suspendu flanquant une petite maison accolée à un imposant mur de soutènement qui fait de cette voie un cul-de-sac.

Revenant sur ses pas, il descend vers l'atour rose du Vieux Lyon.

Via une terrasse intermédiaire, l'escalier le mène à une cour intérieure, qui correspond au numéro 16 de la rue. Laquelle est une voie étroite, pavée, creusée d'un caniveau médian qui jadis charriait les excréments des bêtes et des humains. Le bas peuple s'y crottait, laissant le "haut du pavé" aux riches. En quelques enjambées, le grand blond est place Neuve Saint-Jean. Il peut ainsi vérifier qu'il a bien identifié le lieu. Sculptée au XVIe siècle dans la pierre d'angle, l'enseigne surmontant « le comptoir du Bœuf » est un taureau bien fourni. Le mâle emblème a pourtant servi à baptiser la rue du Bœuf.

En revenant, le détective amateur est pensif. Il imagine Tanas, débarrassé de son déguisement, qui disparaît dans le quartier du Vieux Lyon. Où va-t-il ? Une voiture garée sur le quai ? La proche station de métro ? À moins que l'homme en noir loge dans les environs ? Le rose et le noir, sourit le piéton nocturne, en pensant à *la Tour rose*, sise au n° 16 de la rue du Bœuf.

Regagnant la cour intérieure, il aperçoit, par l'échappée des terrasses étagées entre la rue du Bœuf et la montée Saint-Barthélémy, les superstructures illuminées de la basilique de Fourvière.

Le parrain occulte lève-t-il un regard vers l'édifice religieux, avant d'entrer en son royaume souterrain ? Le prince des ténèbres éprouve-t-il de la jubilation à tisser ses plans diaboliques sous la haute *maison du Bon Dieu* ?

Sous ses habits noirs de suppôt du démon, le mécréant cite Jacques Prévert :
— les jeux de la foi ne sont que cendres, auprès des feux de la joie.

Lundi après-midi, après avoir écouté son jeune confrère, *La fraise* lui expose les premiers résultats de ses recherches documentaires :
— j'ai rapproché ton histoire d'eau sous Fourvière avec la catastrophe de 1930. Ça m'a donné un point d'attaque. J'ai pêché quelques articles dans mes archives, que j'ai complétés grâce à un copain du journal. Voici le topo. Le 13 novembre 1930, à 0 h 55, dans la montée du Chemin-neuf, un mur de soutènement cède. Plusieurs maisons s'écroulent, dont le plus vieil hôtel de Lyon, qui avait inspiré Rabelais : le Petit Versailles, rue Tramassac. Une heure et demie plus tard, survient un second éboulement, qui décime les secours. Au total, 39 morts, dont 19 pompiers... Cette tragédie présente un intérêt pour ton enquête, par les travaux qu'elle a engendrés. Il fallait prévenir la reproduction d'un tel drame. La cause fut bien établie : le terrain avait bougé sous l'action de l'eau accumulée au cours de fortes pluies. Le phénomène se répétait au fil des siècles, depuis le glissement du forum romain, en passant par l'effondrement qui faillit tuer le pape Clément V, dans le Gourguillon.
— Pauvre bête !
— Sois clément ! C'était quand même un homme, c't'animal là.
— Mais Tintin, je parlais de sa mule.
— Cesse tes âneries, et écoute la suite. Le professeur Longchambon, doyen de la Faculté des Sciences de Lyon, réalisa une analyse géologique pointue de la colline de Fourvière. Comme sa jumelle Croix-Roussienne, elle repose sur un socle granitique, qui formait les falaises dominant la mer Miocène. Ce qui explique les fossiles d'animaux marins trouvés lors du percement des tunnels de la Croix-Rousse et de Fourvière. Sur cette base solide, s'est déposé au quaternaire un empilement de placages alluvionnaires. Ce sont ces couches instables, que l'eau fait glisser. Le millefeuille est couronné par un glaçage à base de moraine glaciaire. Une bonne illustration en est notre *Gros caillou* Croix-Roussien, exhumé en 1891 lors des travaux de terrassement de la *ficelle* Croix-Paquet. Il fut apporté par un glacier... La basilique de Fourvière est plantée dans la moraine. Mais sous ses fondations, s'étale une énorme éponge constituée de gros graviers et de sable agglomérés par de l'argile. Plus bas, une couche de marne retient le gros de l'eau vers la cote 230 mètres. Ton lac étant à la cote 250, il a dû se former dans une poche argileuse de l'éponge sableuse.
— Oui, et je pense que la couche d'argile s'est déposée sur une plaque solide, puisque le souterrain d'accès inférieur est taillé dans la roche, dans sa partie jouxtant la grotte.
— Dans les années 30, les scientifiques n'étaient pas à même de percer, si j'ose dire, tous les secrets du sous-sol.
— Et pourtant, le lac a été exploité en des temps reculés. Son vieux quai en

atteste... Des éboulements ont pu en couper l'accès. La peur, la superstition, peut-être une condamnation des autorités religieuses, en auront fait perdre la mémoire.

— Pas totalement. Au long des générations, le souvenir est devenu légende... Mais j'en reviens à mon histoire. Suite aux études de terrain, un plan de drainage a été soigneusement concocté. En 1932, une galerie a été percée à la cote 225. Bel ouvrage de 1,176 km de long, pour 1,85 m de haut, et 1,20 m de large. Elle s'ouvre dans la montée Saint-Barthélémy, s'enfonce vers l'ouest jusque sous la rue Roger Radisson, puis bifurque vers le sud pour se terminer à l'aplomb de la place du Trion. Elle recueille l'eau amenée par neuf drains verticaux de cinquante centimètres de diamètre.

— Intéressant, mais rien à voir avec le souterrain de Tanas, qui part dix mètres au-dessus.

— D'accord, mais je n'en suis qu'au début de ma recherche. J'ai noté les références de plusieurs livres qui devraient nous faire un peu plus de lumière sur les boyaux de la colline aux corbeaux.

Fouilleret tint sa promesse. Chaque après-midi, Vitodi glanait auprès de lui sa moisson quotidienne d'informations. La nuit, il plongeait sous terre, dans l'espoir de croiser le chemin de Tanas. La semaine s'écoula sans que se tînt une réunion à bord du sous-marin. Entre deux séances d'affût en bord de lac, Simon arpentait les galeries.

Le prolongement vers l'ouest du souterrain d'accès inférieur au lac le mena à une cave du n° 1 de la rue du Greillon, à Gorge de Loup. Justin lui apprit qu'il venait de mettre ses pas dans ceux de Mandrin, le fameux contrebandier du XVIIIe siècle. Le hors-la-loi au grand cœur, qui périt sur la roue, aurait utilisé ce passage pour introduire des marchandises dans Lyon, sans payer l'octroi.

Dans la branche est du souterrain de Mandrin, près du point de connexion avec la galerie desservant le lac, s'ouvre un étroit passage. Courbé pour ne pas buter de la tête, le spéléologue urbain suivit le goulet jusqu'à une fosse béante. Sa lampe lui montra que le boyau débouchait dans la paroi d'un tunnel de bonnes dimensions. Courant le risque de se jeter dans un piège, il sauta en contrebas, d'une hauteur de trois mètres. Puis, il descendit la rampe abrupte semée de cailloux pointus. Au bas de la pente, le tunnel était fermé par un grand portail métallique, dans lequel se découpait un panneau mobile. Ce dernier grinça sinistrement quand le *rossignol* eut chanté.
La porte rouillée donnait accès à la gare Saint Paul.
Il apprit ensuite que le tunnel désaffecté était celui de l'ancien funiculaire de Loyasse.

Samedi 15 juillet après-midi, le dialogue des journalistes est interrompu par le téléphone. C'est l'ami des « clapotons dans la marmite » préposé au tour de guet qui annonce que la fleuriste vient d'embellir à nouveau la tombe du mage Philippe. Vitodi lâche une exclamation exprimant joie et soulagement. Fini de piétiner. Le rituel de fleurissement de l'enclos mortuaire du guérisseur ne s'est pas répété depuis le précédent samedi. La récolte financière pourrait être hebdomadaire.

Le guetteur n'a rien remarqué. Mais, il ne s'est pas risqué à épier tous les gestes de la marchande de fleurs, de peur d'être repéré par icelle. Simon a pu apprécier le tour de main de la dame. Elle a probablement réussi à déposer discrètement dans le tombeau une mallette bourrée de billets. Il est fort probable que l'argent s'engloutisse dans les entrailles de la colline, et que s'ensuive cette nuit une réunion au fond du lac de Fourvière, pour le partage du butin, un compte-rendu d'activité, et la distribution des consignes.

L'aventurier pressent que s'offre à lui une deuxième occasion de pister le prince des ténèbres.

Chapitre 8

*« C'est pas tout de commencer
que d'arriver au bout. »*

Le grand blond s'extrait de sa vieille 2CV verte, en murmurant :
— c'est pas tout de commencer une enquête que d'arriver au bout.

Il est 22 h, et il vient de garer sa guimbarde en bord de Saône, dans un parking sur berge situé au niveau des "24 colonnes". Il longe l'ancien palais de justice au nord, traverse la place Neuve Saint-Jean, et par l'allée du 16 rue du Bœuf gagne l'escalier menant au souterrain de Mandrin. Lorsque l'ombre s'épaissit, il braque la torche électrique sur les marches. Devant la porte d'accès à la galerie, il pose la torche, pour déplier et revêtir une combinaison légère en tissu imperméable noir. Il en rabat la capuche, et coiffe par-dessus la frontale, qu'il allume. Il ramasse la torche, l'éteint et l'empoche. Puis, il sort sa panoplie de passe-muraille, et observe l'obstacle. La lumière éclaire l'avertissement apposé sur le battant en fer :

**INTERDIT AU PUBLIC
DANGER D'EBOULEMENT** !

Il incline le disque lumineux vers la serrure, qui ne tarde pas à succomber au chant nocturne de son rude amant, le hasté *rossignol* d'acier. Le crocheteur referme à double tour derrière lui, et s'enfonce dans la colline aux corbeaux.
Au passage, il fait une brève incursion dans le goulet communiquant avec le tunnel de l'ancien funiculaire de Loyasse. Puis, il bifurque et s'élève, avec l'idée de tenter sa chance en marchant dans la grotte.
Vers 23 h, il atteint le lac, s'arrête et réfléchit. Caressant l'espoir de distinguer le visage des affidés de Tanas, et de capter des paroles, il décide de changer de cachette, pour se rapprocher du lieu d'embarquement. Il se glisse sous l'arche formée par le quai enjambant le lit de la rivière qui absorbe le trop-plein de la retenue. En cette période de basses eaux, le filet liquide qui y serpente ne le gêne pas. Il s'accroupit, et commence à guetter. Privé de la vision par l'obscurité épaisse, il concentre sur l'ouïe toute son attention.
Une demi-heure plus tard, allongé sur la roche, à côté du maigre écoulement d'eau, bercé par la symphonie des gouttes piquetant le lac, il tressaille.
Un grondement résonne sous la voûte de la caverne. Il reconnaît le bruit perçu lors de sa découverte des lieux. Il en connaît à présent la source : le sous-marin de poche manœuvre dans sa poche. Il s'apprête à refaire surface.

L'heure de l'action approche. Le guetteur s'étire, se redresse au ras du quai, et se livre à une séance d'exercices musculaires. Puis, il s'accroupit à l'abri du pont. Le chant des vaguelettes signale un mouvement au sein de l'onde.
La séquence visionnée une semaine auparavant se déroule à l'identique.
Une tache de lumière s'inscrit dans la souterraine nuit. Le polygone lumineux est bientôt mangé par l'ombre dansante de l'homme à la cape. Le pourtour du lac s'éclaire. L'homme en noir descend sur la jetée. Le périscope fend la surface aquatique. Alors que le kiosque noir émerge, le parrain occulte est rejoint par ses deux lieutenants. Le journaliste tente de graver leurs traits dans sa mémoire visuelle. Mais, après la longue attente dans l'obscurité, il est ébloui par la profusion de lumière, qui scintille sur l'eau. Il doute de pouvoir reconnaître les deux hommes en d'autres lieux, vêtus différemment. Brouillé par la réverbération sonore, le bref échange verbal lui échappe.
Le trio monte à bord du submersible, qui plonge dans la profondeur lacustre.

Vitodi passe sur sa déception et à l'étape suivante de son plan.
Un rétablissement l'amène sur le quai, qu'il parcourt en courant, sous la débauche lumineuse. Il gravit vivement les marches, et se précipite dans la galerie éclairée. À l'abri, il ralentit. Il n'est pas pressé d'aller s'embusquer, et doit éviter de se jeter dans les bras d'un guetteur aux ordres de Tanas.
Sans incident, il passe la porte coulissante et la lourde grille : deux handicaps de moins pour la filature qui s'annonce. Il descend jusqu'au souterrain de Mandrin, tourne à droite, et s'arrête quelques mètres plus loin, au niveau du goulet menant au tunnel de l'ancien funiculaire de Loyasse. C'est là qu'il a décidé d'attendre. Il éteint la frontale, qu'il décide après réflexion de ranger dans une poche. Ce luxe de précautions le rassure.

Périodiquement, il effectue sur place des exercices d'assouplissement.
Il est occupé à méditer à croupetons, quand il perçoit enfin un son. C'est un bruit de pas mêlé de paroles déformées par l'écho. Dans le noir, il se redresse et se décale pour se cacher à l'entrée du boyau menant au tunnel désaffecté. Des éclats lumineux percent les ténèbres du souterrain de Mandrin.
L'un derrière l'autre, les lieutenants de Tanas surgissent, et tournent à gauche. Ils s'éloignent vers la sortie de Gorge de Loup.
L'enquêteur reprend son affût. Il est tendu, car il pense que le fantomatique parrain ne va pas tarder. Il a remarqué que l'homme en noir se déplace en souplesse. Il sera difficile à détecter.
Le pas est imperceptible. Ce sont les froissements de la cape qui l'alertent.
Il n'attend pas de voir la lumière de la lampe de l'arrivant. En se guidant de la main sur la paroi, il s'enfonce à pas de velours dans l'étroit affluent de la galerie principale. Il sait que sans la plus extrême prudence, sa filature serait vouée à l'échec. À bonne distance de l'entrée, il se retourne et s'accroupit.

Devant lui, le pinceau lumineux d'une torche électrique troue l'obscurité du souterrain de Mandrin. Il se contracte. Dans le halo de clarté, la silhouette de l'homme à la cape s'immobilise. Le cône de lumière pivote brusquement, pour plonger dans le boyau où se terre l'espion.
Le grand blond a le réflexe de courber la tête entre les genoux. La capuche lui masque le visage. Il a bien fait d'ôter la frontale, dont le verre risquait de réverbérer un éclat lumineux. Figé, il voit la vague de lumière diffuse venir lui lécher les pieds. Il se réjouit d'avoir pensé à se chausser de noir.
Pourquoi Tanas éclaire-t-il ce passage ? Cet être diabolique a-t-il senti sa présence ? À cette distance, le faisceau de sa lampe est trop affaibli pour qu'il distingue le guetteur accroupi. Mais, s'il avance sur lui ?
Simon a choisi sa cachette en pensant que le caïd lyonnais n'emprunterait pas cette voie pour sortir. Le saut dans le tunnel de l'ancien funiculaire de Loyasse comporte des risques inutiles. S'est-il trompé ? L'homme en noir a-t-il à faire de ce côté ?
La rafale de questions a crépité dans l'esprit du détective amateur. Mais déjà, retombent les ténèbres, dont le prince est passé.
Diablement méfiant, Tanas a dû prendre l'habitude d'éclairer chaque recoin sur son passage. Son suiveur loue sa propre prudence, qui le fit se retrancher à l'écart de la galerie principale. Assez pour se fondre dans l'obscurité.
Il se dresse à demi, braque sa torche sur le sol et l'allume. Puis, il avance.
Il retrouve avec plaisir sa complète verticalité dans le souterrain de Mandrin. Pas de lueur, nul bruit, l'homme à la cape semble déjà loin. Après s'être hâté, le journaliste ralentit. Ses enjambées se réduisent. Il raccourcit la portée du faisceau de sa torche, et guette un écho. L'issue de la galerie est proche, et le silence épais. Celui qu'il piste s'est-il embusqué ? Vêtu et cagoulé de noir, lampe éteinte, il peut le surprendre. Le renard ailé de corbeau a-t-il éventé la filature, décelé la présence de l'intrus caché dans le goulet ?
Un double claquement métallique le rassure. C'est le bruit du pêne qui joue.
Il éteint la torche, et s'immobilise, à l'écoute. Le bruit se répète, signant la fermeture du panneau de métal. Il échange la torche contre la frontale, et se rue vers la sortie en dégainant son *rossignol*. En crochetant la serrure, il retient prudemment la course du pêne. Puis il éteint la lampe, et entrouvre la porte. Il imagine le prince des ténèbres tapi, un poignard brandi.
Mais rien de tel. Dans la nuit paisible, la rumeur de la ville monte à lui.
Tanas grimpa-t-il à la maisonnette, ou descendit-il vers la Tour Rose ?
Il va quérir la réponse hors de l'abri obscur du palier d'escalier. Un regard en bas le renseigne : un pointillé lumineux trace la piste de l'homme en noir.
Il se tourne, rallume la frontale, et revient à la porte en fer, qu'il verrouille en un tournemain. Il range *rossignol* et frontale, ressort la torche, puis se lance

dans la descente. En éclairant les marches, il se garde de semer un éclat de lumière vers le bas. Lors de sa traversée de la cour intérieure, il entend refermer la porte d'allée. Il se jette sur le panneau massif, l'entrouvre, et coule un regard dans la rue du Bœuf, vers la gauche.

Deux noctambules déambulent en devisant. Aucune silhouette solitaire de ce côté. Il agrandit l'ouverture de la porte pour y passer la tête. Sur la droite, de l'autre côté de la rue, il voit Tanas entrer dans une allée. L'homme à la cape glisse un regard derrière lui. Il ne porte plus sa cagoule. Son suiveur entrevoit la tache claire du visage un instant tourné vers lui. Il rejette la tête en arrière, espérant ne pas avoir été repéré.

Après un bref délai de prudence, il regarde de nouveau vers la droite. La rue est déserte. Il se risque sur les pas du parrain, au n° 27 de la rue du Bœuf.

L'allée donne accès à une traboule de quatre étages semée de six cours intérieures. Torche tournée vers le sol, il progresse avec une prudence de Sioux dans le dédale inconnu, marquant des pauses pour mieux écouter. Il ne parvient pas à déceler la présence de l'homme en noir. Une sourde anxiété le gagne. Cette traboule est trop longue. Elle va signer l'échec de sa filature. Dans la nuit, une fois de plus, le prince des ténèbres lui file sous le nez.

Soudain, ses pensées s'émiettent sous le choc. Surgie d'on ne sait où, une matraque a brutalement rencontré son occiput.

♫ ♫ ♫

Au terme d'une perte de conscience due à l'ébranlement de sa masse cérébrale, l'aventurier se redresse en position assise. Il ramasse sa lampe et inspecte les lieux. Il est seul. Il tâte l'arrière de son crâne. N'y découvrant pas trace de sang, il espère en être quitte pour une simple enflure. La bosse du commerce… avec Tanas, songe-t-il en grimaçant.

Il se hisse au ralenti sur ses longues jambes. Après avoir essuyé un léger vertige, il vérifie le contenu de son portefeuille. Rien n'y manque. Le fait de ne pas être victime d'une rapine confirme son intuition : le chasseur fut assommé par son gibier.

D'un pas flageolant, il achève la traversée du pâté de maisons. La traboule débouche au 54 rue Saint-Jean, sur l'arrière des "24 colonnes".

Promenant des yeux brouillés sur l'ancien palais de justice, il proteste d'un ton bougon :

— y'a pas d'justice !

Le lendemain, après un repos agité, Vitodi tente de faire le point. Au milieu des élancements qui pulsent sur son occiput, il bat le rappel de ses idées. À présent que Tanas l'a repéré, il lui semble inutile et dangereux de persister dans son projet de filature. L'homme va redoubler de prudence. À quel moment a-t-il remarqué son suiveur ? La question est cruciale. S'il craint une menace sur son royaume souterrain, le parrain prendra ses dispositions. A-t-il déjà ordonné l'évacuation de l'équipage du sous-marin ? Ira-t-il jusqu'à faire saboter le submersible ? Simon se raccroche à une hypothèse rassurante : si le truand ne l'a pas tué, alors qu'il le tenait à sa merci, c'est qu'il l'a pris pour un curieux inoffensif. S'il savait que l'homme gisant inanimé à ses pieds avait découvert son repaire lacustre, l'aurait-il laissé en vie ? Quoi qu'il en soit, fini de jouer en solo. Il est temps de faire donner la cavalerie.

En cette fin de matinée dominicale, Borniquet reçoit à son domicile la visite du journaliste. Il l'écoute relater sa mésaventure nocturne. Après l'effet de surprise, le policier se croit victime d'une blague. Il va de l'agacement à l'irritation, devant l'insistance du pisse-copie. Têtu, il le renvoie dans les cordes chaque fois qu'il revient à la charge : « les meilleures sont les plus courtes ! »… « Arrête ton cinéma ! »… « Tu ne vas pas à me faire prendre des vessies pour des lanternes ! »…
À bout d'arguments, le grand blond se plie en deux pour présenter au flic sceptique la protubérance violacée ornant son crâne. Il souligne :
— frappant, non ?
— Justement, t'es frappé, j'te l'ai assez dit ! Bon, je veux bien croire qu'un malfaisant t'a cogné dans un quelconque souterrain de Fourvière. Mais le lac et le sous-marin, non ! Tu as l'air de bonne foi, alors je pense que tu me racontes tes hallucinations. C'est le pain que tu as encaissé sur la calebasse. Ton esprit est confus. Tu devrais te reposer.
Après un soupir, le détective amateur déclare d'un ton calme et déterminé :
— le coup du parc de la tête d'or était difficile à croire, non ? Et pourtant, je t'ai apporté là une affaire fumante. Alors, je te demande une seule chose : mets-moi en contact avec le mousquetaire de Lyon, et laisse-moi lui parler… Si tu refuses, je me débrouillerai pour le joindre, mais plus question que tu récoltes les lauriers de mon enquête, en cas de réussite.
— Bon, ça va, ça va ! Je t'appelle Feri, mais tu me laisses en dehors du coup.

Dès qu'il entend le nom de Tanas, le magistrat coupe son correspondant :
— n'en dites pas plus ! Retrouvons-nous dans une heure à la cité judiciaire…

Le juge est de taille moyenne, solide, séduisant. Il accueille son informateur à l'entrée du nouveau palais de justice, et le conduit à son bureau. En ce jour férié, il se passe de son greffier. Abandonnant les façons guindées derrière

lesquelles il s'abrite en temps ordinaire, l'homme de loi se montre souriant et décontracté. Le stylo en main, il précise :
— cet entretien officieux a lieu parce que vous nous avez révélé l'affaire du parc de la tête d'or. Je suis prêt à écouter votre nouveau scoop. Allez-y !
Le regard acéré, le geste vif, il prend des notes, et ne coupe le récit que pour des questions précises indiquant qu'il prend le témoignage au sérieux.
Quand ce dernier est fini, il relit les mots jetés sur une feuille, qu'il fixe d'un regard absent, les sourcils froncés. Vitodi apprécie ce temps de réflexion, qui illustre le portrait tracé par Roger : homme d'action, le nouveau shérif sait aussi user en temps utile de son intellect.
Mais que produira cette cogitation ? Une aide à son enquête, ou bien une bienveillante neutralité, ou encore des bâtons dans les roues ?
L'espoir le gagne à voir le magistrat se frotter les mains en se renversant dans son fauteuil. Le ton de Feri est passionné. Mais ses premières paroles glacent son interlocuteur :
— vos méthodes d'enquêteur amateur sont condamnables. Outre les risques personnels courus de façon irresponsable, vos gesticulations ne peuvent que renforcer la méfiance de notre ennemi de l'ombre… Néanmoins, j'aurais mauvaise grâce à vous reprocher une conduite qui nous a mâché le travail. Depuis longtemps, je suspecte un truquage au Lyon vert. Les contrôles que j'ai ordonnés furent négatifs. Cependant, j'accorde du crédit à ma source d'information. Par ailleurs, la direction du casino a reconnu du bout des lèvres que le niveau des profits à la roulette était décevant. Une mauvaise passe qui dure un peu trop à mon goût. Je suis satisfait que vous confirmiez mes soupçons. Si de plus, cette affaire est l'occasion de faire tomber Tanas, je suis preneur… Mais votre histoire de sous-marin dans un lac mythique me fait douter de vous… Cela dit, j'irai voir, car je m'attends à tout venant de ce diable de parrain de la pègre lyonnaise. Il est mon objectif prioritaire, un défi que je me suis lancé. Avec le chef du SRPJ, nous n'aurons de cesse de mettre la main sur lui. Alors, je vais battre le fer pendant qu'il est chaud…

Après la douche écossaise infligée par le juge, Simon part rasséréné. Pour un peu, il oublierait la douleur obsédante toquant à son crâne. Tranchant sur la défiance bornée de Borniquet, l'intelligence et la volonté du mousquetaire de Lyon le tonifient. Il soliloque avec gaîté :
— il me réconcilierait presque avec la caste des chats fourrés, le bougre !

Énergique, le juge Feri obtient sur-le-champ le feu vert du procureur, mais il ne parvient à mobiliser l'équipe de la police des jeux que pour le lundi matin. Sans attendre, pressé d'en découdre avec son ennemi de l'ombre, il entraîne l'après-midi même à Fourvière le patron du SRPJ, en invitant son témoin direct à leur servir de guide. Le grand blond, qui apprécie l'allant du nouveau shérif, les conduit au souterrain de Mandrin, par le 16 de la rue du Bœuf. Il a préparé le bon *rossignol*, qu'il sort discrètement et manœuvre à l'abri de son corps. Dans son dos, le duo émet des toussotements expressifs.

Derrière la porte en fer, l'attend sa première surprise. Entre le goulet menant au tunnel de l'ancien funiculaire de Loyasse et l'embouchure de la galerie d'accès au lac, les piétons du sous-sol se heurtent à un obstacle de taille : le passage est obstrué par un éboulement.

Sans désemparer, l'amateur mène les enquêteurs professionnels vers Gorge de Loup. Cette deuxième tentative échoue sur le même éboulis, qui s'étend au-delà de l'embranchement visé. Le souterrain de Mandrin est coupé en deux. L'accès au lac par cette voie est provisoirement condamné.

Le policier remet le témoignage en doute, et conclut de façon alarmante :
— ce passage est connu pour être devenu impraticable depuis belle lurette. Nous courons un danger mortel. Tout peut s'effondrer d'un instant à l'autre.

Le ton rauque de sa voix trahit l'angoisse du commissaire. Il s'évertue à dominer sa claustrophobie, sans réussir à en soustraire les symptômes à la sagacité de son ancien camarade de lycée. Lequel se dit que le chef de la PJ est mal armé pour lutter contre le prince des ténèbres. Heureusement, son coéquipier du palais est d'une autre trempe, qui tranche :
— tu as raison, Roger. Partons d'ici. Nous enverrons un spécialiste inspecter l'éboulement. S'il s'avère récent, nous ferons sécuriser les lieux et déblayer. S'il est ancien, je conseillerai à notre ami de consulter en traumatologie.

Le rire goguenard de Borniquet donne à Vitodi l'envie de retrouver au plus vite le sous-marin pour y enfermer le cogne moqueur en compagnie de sa claustro. Toujours efficace, le mousquetaire de Lyon décide :
— en attendant, si la cave est bouchée, il nous reste une chance de pouvoir passer par la cheminée. Allons visiter le fameux tombeau.

L'allant du juge ne suffit pas à réconforter le journaliste, qui ne croit pas à l'affaissement naturel de la galerie et devine que Tanas a fermé tous les accès à son royaume souterrain. Tenter de pister seul l'homme en noir fut une lourde erreur. Pour une filature efficace, il eût fallu quadriller le quartier de la rue du Bœuf, afin d'éviter le piège des traboules. La tâche était à la portée d'une équipe policière en liaison radio. Les guetteurs pouvaient se mêler aux noctambules, nombreux dans le Vieux Lyon. Ah, s'il avait eu plus tôt l'idée de court-circuiter Roger. Mais comment deviner que Feri était prêt à lui faire confiance, tant il rêvait de faire tomber le caïd lyonnais ?!

L'espoir renaît chez Maître Philippe. Si la couronne mortuaire le masquant a disparu, le couvercle du puits est là. Le policier écarte l'aventurier, qui n'ose y

croire, pensant trouver le passage comblé et cimenté. Tanas aurait-il commis l'imprudence de croire inviolé le secret de la tombe du mage ?
Le commissaire soulève la lourde rondelle métallique, tandis que le nouveau shérif, impatient, braque sa torche électrique dans le trou.
Une note de surprise dans la voix, le juge lance à l'adresse du guide :
— c'est bien un puits. Mais vous y êtes descendu en homme-grenouille ?
Mieux que sa propre lampe, la question éclaire Simon. L'estomac serré, il va se pencher sur l'orifice. L'eau miroite sous les feux croisés des trois torches. La vision lui arrache un juron. D'abord agenouillé, puis à plat ventre, il plonge toujours plus l'un de ses longs bras dans le liquide. Palpant en vain la paroi, il constate la disparition de l'échelle en fer.
Il se relève et rabaisse sa manche, tout en donnant priorité à la réflexion sur sa déconvenue. Ainsi, le parrain a bien condamné le passage. Mais, il ne s'est pas contenté de faire murer la galerie communiquant avec le puits. Laisser le conduit tel quel était compromettant. Le combler nécessitait l'apport d'une grande masse de matériau, compte tenu de sa hauteur. Impossible de mener secrètement de tels travaux dans le cimetière. Employer des explosifs était dangereux pour le tombeau. Par ailleurs, il fallait éviter qu'une maçonnerie récente trahisse le camouflage. L'astuce consista à banaliser le puits.
Le grand blond serre les poings en entendant le sarcasme de Borniquet :
— oh, mon grand, on peut dire que ton affaire tombe à l'eau !

♪ ♪ ♪

Les paroles du magistrat mettent du baume sur sa blessure d'amour propre :
— eh, Roger, un puits dans une tombe, c'est peu ordinaire. Cette découverte est à porter au crédit de notre ami journaliste. Nous ferons examiner le fond. S'il a été obturé récemment, nous poursuivrons les investigations.
— Merci. Il me paraît évident qu'en me voyant sur ses talons, Tanas a fait condamner tous les accès à son domaine souterrain.
— Admettons. Mais, il se peut qu'il ne sache pas que vous avez découvert son escroquerie du Lyon vert. C'est par là que nous le ferons tomber.
— À condition que la fleuriste ne s'aperçoive pas que nous sommes entrés ici. Un appel téléphonique, et le réseau de tricheurs se met en sommeil.
— Certes, mais arrêter la dame reviendrait à donner l'alerte. Il faut que le circuit fonctionne encore quelque temps, pour que nous gardions une chance de pincer ce petit monde. Nous sommes venus en petit comité, au milieu des visiteurs du dimanche. Le risque est réduit. Mais ne traînons pas ici.

Lundi, la descente de police au casino de Charbonnières fut infructueuse. L'examen matinal des tables de roulette s'avéra stérile. Pas d'aimant sous le cylindre. Nulle boule truquée. De strictes consignes de secret entourèrent le contrôle. Quand vint le soir, une équipe renforcée de la police des jeux s'appliqua à filer tous les gagnants importants. Chacun regagna directement son domicile. La bande des sept était là, qui jouait innocemment. Leur chef ne passa pas par la boutique de fleurs. Les jours suivants virent se répéter l'échec de la traque aux tricheurs du Lyon vert.

Vitodi accepte les faits : la réaction de Tanas allia fulgurance et radicalité. L'inondation du puits montre que l'ennemi de l'ombre a pensé que cet accès pouvait avoir été découvert. Il se devait donc de faire surveiller la tombe du guérisseur. La perquisition du tombeau confirma ses craintes, dont celle que le circuit de l'argent dérobé au casino fût grillé. Par mesure de sécurité, il mit en chômage technique sa petite entreprise de détournement de fonds.

L'adversaire est de taille : organisé, intelligent et méfiant, il tranche sur le milieu des truands ordinaires. Cette constatation, loin de l'abattre, revigore l'aventurier, qui apprécie la difficulté. Le défi est stimulant. Enquête délicate, aventure semée de chausse-trapes... À lui de se montrer le plus rusé.

En attendant, les nouvelles tombent, frustrantes.

L'expert qui a inspecté le chaos pierreux barrant le souterrain de Mandrin déclare que les matériaux ne semblent pas rapportés. N'ayant pas trouvé trace d'explosif, il conclut à un éboulement naturel, récent.

Dans la tombe du mage, on a pompé l'eau du puits. Le fond de ce dernier est obstrué par un empilement de pierres ayant séjourné longtemps dans l'eau.

Le détective amateur en déduit que la parade de Tanas fut d'autant plus rapide qu'elle était mûrement préparée. Le bougre sait anticiper.

Au téléphone, le patron du SRPJ finit par adopter un ton acerbe :
— ça va, Simon, on a assez perdu de temps avec tes élucubrations. Le juge et moi, on laisse tomber. On croule sous de la besogne autrement plus sérieuse. Oublie ton délire de sous-marin, et soigne ta tête. Elle en a bien besoin !

L'impatience gagne le grand blond. Son mal de crâne s'estompe. Il finit de recouvrer tout son potentiel de réflexion, et décide de renouer avec l'action.

Au cours d'une réunion chez *La fraise*, les tâches sont réparties. Les amis des *clapotons dans la marmite* se relaieront pour surveiller de nuit les issues de la traboule du Vieux Lyon où le journaliste fut assommé.

Ce dernier a résolu de s'intéresser aux habitants du pâté de maisons traversé par ladite traboule. Notant leur nom d'après les boîtes aux lettres, il les visite. Sa fausse carte d'enquêteur de l'INSEE fait merveille, mais les entretiens ne donnent rien. Il ne parvient pas à flairer la sulfureuse odeur de Tanas.

Étendant ses recherches au 16 de la rue du Bœuf, il y découvre, apposée sur la porte d'un local en sous-sol, une plaque indiquant « Institut des sciences clavologiques ». La dénomination énigmatique lui fait penser à une secte.
La position enterrée s'accorde à la prédilection du prince des ténèbres pour les lieux souterrains. Ce mystérieux institut niché dans une cave pourrait être une couverture pour les activités du parrain lyonnais. L'enquêteur sent qu'il renoue avec la piste perdue. Il imagine l'homme à la cape décelant sa filature à la sortie du souterrain de Mandrin. A-t-il perçu la lumière de sa torche dans l'escalier menant à la cour intérieure du 16 ? A-t-il repéré son suiveur plus tôt, dans le goulet débouchant sur le tunnel désaffecté ? Quoi qu'il en fût, il décida de continuer, pour éloigner l'importun de sa cache. Il l'attira dans la traboule du 27 rue du Bœuf. N'a-t-il pas tourné la tête pour vérifier que son ombre le suivait ? Après s'être défait du curieux, il put revenir sur ses pas, pour gagner son repaire au pied de la Tour Rose.

Fouilleret écoute son ami exposer son idée. Puis, il part d'un grand rire. Quelque peu vexé, le visiteur lui demande la cause de son hilarité. Les gros yeux de Justin luisent de malice. Il lâche une phrase sibylline :
— ton hypothèse est pointue comme un clou, du latin clavum.
— Mon pauvre Tintin, tu as fondu un plomb. Avec ce que tu biberonnes, ça devait arriver.
— Silence, grand *patiflet*. Écoute plutôt l'érudit. Je reprends à clavum, qui donne la clavologie. L'Institut des sciences clavologiques est la dénomination pataphysique de l'Ordre du Clou... Attends !
Pêchant une fiche dans son inépuisable fonds documentaire, il précise :
— l'Ordre du Clou a été fondé il y a un demi-siècle. Il siège dans cette cave historique du Vieux Lyon depuis 1959. Ses dignitaires sont choisis pour leur humour. Je te lis un article de ses statuts, pour te situer l'état d'esprit de ses fondateurs : « l'Ordre du Clou, de couleur moutarde, se porte avant les décorations militaires, avec priorité à droite sur l'Ordre du mérite agricole ». Derrière la porte de leur cave, tu trouverais une statue de deux tonnes tirée des eaux du Rhône, sous le pont Poincaré. Ils l'ont reconnue comme la matérialisation du dieu Clavologos, patriarche de la clavologie.
— Je vois. Ils donnent dans la loufoquerie à la façon du regretté Pierre Dac. Ton histoire de clou me rappelle le célèbre apophtegme zeugmoïde de notre *Maître soixante trois* : « il vaut mieux s'enfoncer dans la nuit, qu'un clou dans la fesse droite ! »
Après avoir rit de bon cœur, *La fraise* repique sur sa fiche le fruit lui servant de renifleur, pour égrener avec gourmandise un florilège cueilli parmi les noms de la pléthore d'associations lyonnaises :

— je ne résiste pas au plaisir de te citer *le Gubernatorat des Barons de l'île Barbe, les Compagnons de la Galère, les Frères du Quatrième* (qui assistent ensemble aux opéras depuis le quatrième balcon), *l'Ordre du Mérite de Gnafron, les Boyaux rouges, l'Académie du Tablier de sapeur, l'Ordre de la Quenelle, les Frères de Mâchecroûte, les Francs-mâchons, l'Académie du Merle blanc,* celles *du Lapin, de l'Éléphant, de la Raie,* et cœtera. Je garde pour la bonne bouche *les Cénobites tranquilles.*

Aucun des noms de la liste d'habitants qu'il a établie dans le Vieux Lyon ne trouve un écho sur les écrans du SRPJ lyonnais. Après avoir remercié du bout des lèvres, et quitté un Borniquet à l'ironie féroce, Vitodi décide de replonger dans les entrailles de la colline aux corbeaux. Il veut chercher une autre voie d'accès au lac enfoui. Il y a ce vieux boyau à l'abandon aboutissant à la grotte lacustre, dont il ajourna l'exploration, et qui peut arriver en surface. La rivière souterraine coupée par la retenue est une autre possibilité. Par où attaquer ? Après avoir passé en revue les informations glanées par Fouilleret, il choisit une première porte d'entrée dans la colline aux corbeaux.
Justin tente de le dissuader. La voie est trop périlleuse. Ne parvenant pas à convaincre l'obstiné, le vieux journaliste décide de l'accompagner :
— je pourrai au moins appeler les secours, si tu dévisses.

La nuit venue, deux ombres furtives se glissent sur la terrasse de la basilique de Fourvière. Elles s'arrêtent, échangent des paroles à voix basse. Le plus grand des deux hommes pose son sac-à-dos. Il s'arc-boute sur une plaque, qu'il soulève et décale. Par l'ouverture ainsi dégagée, il braque une torche électrique. Satisfait de son inspection, il murmure à son compère :
— ça ressemble à ce que tu m'as décrit. J'y vais.

Sur ce, il déballe posément son sac. Il coiffe un casque de mineur avec lampe frontale. Puis, il fixe solidement autour de son abdomen une épaisse bande garnie de boucles métalliques. Tirant à lui un rouleau d'une corde d'escalade de cent mètres de long, il en passe une extrémité dans les anneaux à sa taille. Il forme une boucle, qu'il clôt à l'aide d'une poignée autobloquante, et noue le bout de filin restant après une lourde barre de fer. Son ami tient la pesante tige de métal, pendant qu'il se coule dans la bouche obscure. D'une main, il se retient au bord cimenté du conduit. De l'autre, il aide son vieux complice à placer le barreau en travers de l'orifice. Il allume la frontale, et empoigne la corde, qui se tend. La barre retient la masse du grand blond. Manœuvrant la poignée autobloquante, il s'enfonce dans le ventre de la colline.

Saisi de vertige, le témoin renonce à observer l'exploit du grand dépendeur d'andouilles jouant à l'andouille pendue. Se détournant du gouffre, il déplie sa chaise toilée, et s'y installe. Il voit près du puits le serpent de cordage se dérouler par saccades. *La fraise* jettera un œil de temps à autre pour vérifier que le casse-cou n'est pas en mauvaise posture. En attendant, il sort d'une musette un précieux flacon, et commence à descendre son remontant.

Sous les pieds du *chopineur*, le voltigeur descend en tournoyant pour mieux inspecter la paroi. Sachant que ce puits profond de 80 mètres est relié à sa base avec la grande galerie drainante de Fourvière, il espère que cette longue cheminée communique aussi avec la grotte lacustre par un réseau de boyaux. À trois mètres sous la surface, il a croisé une plateforme. Il fait des pauses régulières dans sa descente, afin de consulter son altimètre.

C'est avec déception qu'il franchit la cote 250 sans avoir trouvé de passage débouchant dans le puits. Mais il garde l'espoir de découvrir une galerie lui permettant de remonter vers le lac.

La cote 240 marque le début des hostilités. Il ressent une brusque traction sur la corde, et se retrouve plaqué contre la paroi. Que se passe-t-il là-haut ? Ce n'est certes pas le brave vieux Tintin qui joue.

En surface, deux mains gantées de noir levèrent un bout de la barre de fer. Celle-ci fit levier par le point d'appui qu'elle gardait au sol. Ainsi, l'inestimable charge suspendue une soixantaine de mètres plus bas, fut moins difficile à hisser. L'attache de la corde coulissa brusquement vers le bas.

Simon plie les jambes pour tenter de se carrer contre la paroi circulaire.

Dans un effort bref et intense, l'homme à la cape tire à lui le lourd barreau, qui ripe dans le vide, entraîné par la charge. Le métal échappe aux criminelles mains gantées.

La victime n'a pas le temps de se caler dans le conduit. C'est l'inévitable chute d'une quinzaine de mètres.

Le prince des ténèbres s'esquive dans la nuit. Renversé sur sa chaise, la tête en arrière, Fouilleret ronfle. Les secours n'arriveront pas.

♫ ♫ ♫

Justin est réveillé par une main qui le secoue. Il entend murmurer à son oreille une maxime de *la plaisante sagesse lyonnaise* :
— les vrais bons *gones*, c'est ceux qu'ont des défauts qui font tort qu'à eux.
Il grogne, puis s'étonne :
— c'est pour moi que tu dis ça ? De quels défauts tu parles ? Mais... t'es déjà remonté ?
— Primo, tu ronfles depuis deux bonnes heures. Deuzio, je n'ai pas refait surface comme tu le penses, parce que l'ascenseur est en panne.

Vitodi brandit sous les grosses moustaches de son ami le filin enroulé autour de la barre, et précise :
— je n'ai pas voulu laisser ça au fond. Pendant que tu montais la garde dans les bras de Morphée, un passant prévenant m'a aidé à descendre plus vite. Avec la corde, il m'a jeté sur la coloquinte la barre, pour que je garde le cap.
— Oh, c'est pas vrai ! T'es blessé, mon grand ?
La voix de *La fraise* se brise. Ses yeux globuleux s'humectent. Son compagnon le rassure, et raconte :
— non, mon vieux Tintin. Mais je devrais être occis. Je suis tombé de haut. Heureusement, le fond du puits est ensablé et noyé sous environ un mètre d'eau. Ma chute a été amortie par le matelas aquatique et par la vase. Je me suis planté d'au moins cinquante centimètres dans le sable, et une grande gerbe d'eau fétide m'a trempé. Je commençais à peine à me remettre de mes émotions, quand j'ai entendu dégringoler le barreau. Les chocs du métal contre la paroi ont eu deux avantages : ils ont ralenti la descente du gourdin, et leur barouf m'a alerté. Sans même avoir réalisé ce qui me tombait dessus, je me suis vite désembourbé, et je me suis collé contre la paroi. Je comptais sur la protection du casque. J'ai serré les miches. Ma lampe s'était éteinte. Elle ne marchait plus. Je n'ai rien vu de ce qui se passait. Il y a eu un plouf, et j'ai été à nouveau éclaboussé. Ensuite, le silence. J'ai trouvé à tâtons le pieu planté tout près de mes arpions. La corde était encore attachée après. Ce qui m'a confirmé que ce n'était pas un accident. C'est un malfaisant qui m'a expédié par le fond.
— T'es sûr ? Tes mouvements ont peut-être fait glisser le bidule ?
— Non. J'ai été brusquement soulevé, et puis tout a lâché. On a voulu me trucider. Imagine les dégâts qu'aurait pu causer sur ma carcasse une ferraille de plusieurs kilos tombée de 80 m de haut.
— C'est de ma faute. J'ai rien vu. Quel abruti a pu faire ça ?
— Tu n'y es pas, Tintin. On n'a pas eu affaire à un taré. Sinon, tu m'aurais rejoint en chute libre. C'est une chance que tu te sois endormi. Si tu étais resté éveillé, tu *chopinerais* sans doute avec le diable, à l'heure actuelle.
— Mais... Je comprends pas ce qui m'est arrivé. Je n'avais pas sommeil. J'étais inquiet pour toi. Et maintenant, j'ai un sacré mal de coqueluchon.
— Tel que je te connais, tu as dû tutoyer quelque biberon. Attends, que je te renifle de près... Tiens, tu es passé à l'alcool à 90 ? Merde, du chloroforme !
— On m'a drogué ?
— Oui, et c'est un coup signé Tanas !
— Mais comment il a su que nous venions ici ?
— C'est bien ce qui m'inquiète. On est surveillés. L'adversaire a l'œil sur mes faits et gestes, et il a une dangereuse capacité de réaction. À peine m'a-t-il

entrevu à ses basques, que c'est le coup de merlin dans la traboule, suivi de quelques judicieux éboulements nous barrant l'accès au lac. Lorsque nous opérons une discrète descente au tombeau tirelire, c'est tout le dispositif de truquage de roulette du Lyon vert qui s'évapore. Maintenant, j'ébauche un mouvement vers le royaume souterrain de notre ennemi de l'ombre, comme le nomme le mousquetaire de Lyon, et je me retrouve jeté au bouillon.

Le journaliste retraité tend son flacon de remontant au rescapé, et l'invite :
— tiens, mon *gone*. Ça te changera de l'eau bénite d'en bas. Bois, et raconte-moi comment tu t'es sorti de cette mare au diable.

Le spéléologue urbain éprouvé saisit la sainte burette, en souriant :
— mare au diable, l'expression est bien choisie. Le malin rôde autour de la basilique. J'aurais dû me méfier. Flirter avec les corbeaux est dangereux... Humm, pas dégoûtant ton cordial... Bon, je t'explique. Ta documentation est fiable. Cette cheminée est bien reliée à la grande galerie drainante. Un boyau débouche cinquante centimètres au-dessus de l'eau. C'est un goulet bien suintant orné de jolies concrétions. En période de pluies, l'eau captée dans le puits doit s'écouler par là. J'ai trouvé la grande galerie spacieuse ; à peine besoin de me courber. Ça glougloute de toutes parts. Dans les parois, ce sont des barbacanes qui crachotent. De temps à autre, c'est la voûte qui te pisse dessus par un drain. Et tout ça ruisselle gentiment au milieu du radier.
— Attends, tu m'as dit que ta lampe ne marchait plus. Alors, tu n'y voyais goutte, si j'ose dire.
— Alors là, Tintin, tu m'épates ! Je ne dirai plus que la chopine a transformé ton cortex en *claqueret*... Quand j'ai pêché la barre et la corde, j'ai su que je ne partirais pas par où j'étais venu. Alors, j'ai cherché la voie d'écoulement du puits à tâtons, en m'insultant copieusement pour avoir négligé de prendre la torche électrique. J'ai vite trouvé le chemin vers la sortie. Mais l'explorer à l'aveugle était risqué. Je me suis assis au début du souterrain, et j'ai tâté la lampe frontale. Je croyais qu'elle s'était cassée dans ma chute. Mais elle semblait intacte. Alors, j'ai pensé que cette merveille certifiée étanche était noyée. Je l'ai ouverte. Mais comment ôter l'eau, comme eût dit Shakespeare, et la vase qui y avaient pénétrées, alors que j'en étais couvert ? Même mes sous-vêtements étaient mouillés. Devine comment j'ai opéré.
— Je sais pas, moi. Tu t'es essuyé les mains sur la paroi ?
— Non. Elle était trempée : la condensation et les éclaboussures.
— Tu as soufflé sur les éléments de la lampe ?
— Ça n'aurait pas suffi. Sache que tu n'aurais pas pu utiliser ma méthode.
— Pourquoi ? Je suis trop bête, sans doute ?
— Nenni, Tintin, mais il te manque la particularité physique qui m'a servi.
— La force ? La taille ?

— Non, les cheveux ! Ma tête n'avait pas plongé dans le bouillon. L'eau avait juste ruisselé sur le casque. Quand j'ai enlevé celui-ci, il a libéré une éponge capillaire suffisamment sèche. J'ai frotté contre mon *coqueluchon* chaque pièce de cette foutue lampe. Et l'étonnant, c'est que ça a marché !
— C'est le trop-plein d'électricité de tes neurones qui aura passé dans la loupiote... Mais dis-moi, tu as pu trouver un passage vers le lac ?
— Hélas non... Juste un truc incongru. Dans la branche nord sud de la grande galerie drainante, au bout d'une ramification, j'ai ouï une musique céleste.
— Mon pauvre *gone*, je me doutais bien que la chute t'avait secoué.
— Un peu de respect, l'ancêtre. J'ai dit céleste, parce qu'elle tombait du ciel. La production orchestrale m'arrivait par un conduit s'ouvrant dans la voûte. Je me suis rappelé un détail de ta documentation : il existe un puits proche de l'Odéon. Et j'ai pensé aux concerts donnés en plein air pour les nuits musicales de Fourvière... À part cet intermède, rien de notable. Je suis sorti par la porte en fer de la montée Saint-Barthélémy, et je me suis offert la grimpette par le chemin du Rosaire. À présent, j'irais volontiers prendre une douche, avec si possible de l'eau non croupie.

La nuit suivante, l'aventurier reprend sans mollir son exploration des boyaux de la colline aux corbeaux.
Dans les jardins du Rosaire, sous les ruines de "la maison du jardinier", s'ouvre "la galerie de la Vierge". Ce souterrain pénètre jusqu'à l'aplomb de la basilique, 40 m en dessous de la haute maison du Très Haut. À 20 m de son entrée, se greffe une minuscule salle en forme de croix, qui contient une statue de la Vierge. Ce petit oratoire fut commandé par Pauline Marie Jaricot (1799-1858), fondatrice de *l'Ordre du Rosaire vivant*. Issue d'une riche famille lyonnaise, cette mystique dépensa sa fortune pour les pauvres. Elle aggrava son cas en soutenant les canuts dans leur révolte de 1834. Choquée par cette trahison de classe, la bourgeoisie locale renia l'illuminée, qui mourut dans la misère, réduite à la mendicité. En 1834, lors de l'insurrection canuse, sa maison sur la colline de Fourvière fut prise sous la canonnade soldatesque. Elle se réfugia avec des proches dans le souterrain de *la maison du jardinier*. Égrotante, on l'y porta sur un brancard. Là, elle passa plusieurs jours, confite en prières. Survivant à l'épreuve, elle décida de marquer sa reconnaissance à l'idole de sa vie, en faisant aménager le petit oratoire souterrain dédié à la Vierge, qui donna son nom à la galerie.
Le grand blond visite le lieu, et rêve que tous les mystiques partagent la fibre sociale de la damoiselle Jaricot, trop généreuse pour être un jour béatifiée.
La galerie de la Vierge est située à la cote 260, soit seulement 10 m au-dessus du lac. L'explorateur espère y trouver une communication avec la grotte lacustre. Vers l'extrémité du goulet, il presse le pas. Il a noté que le terrain

est un conglomérat friable à dominante sableuse. L'absence de maçonnerie rend le passage périlleux. Il est sûr de ne pas avoir été suivi. Mais il imagine l'homme à la cape, mystérieusement informé de son expédition, se glissant à sa suite. Il suffirait à Tanas de jeter une grenade dégoupillée dans le fragile boyau, pour que sa victime s'y trouve enterrée vivante.

En s'appliquant à chasser la sinistre vision, il revient vers un embranchement. Laissant *la galerie de la Vierge*, il emprunte un souterrain sinueux orienté nord sud. Il parcourt quelques ramifications, sans résultat. Le réseau exploré oscille autour de la cote 260. Le lac est hors d'atteinte. Le tunnel principal serpente jusqu'à une cave, dans laquelle l'enquêteur découvre le départ d'une autre galerie. Avant de s'y risquer, il refait surface pour situer sa position. Il sort des profondeurs d'une maison édifiée à l'angle de la rue Cléberg et de la place de l'Antiquaille. Après avoir respiré quelques minutes à l'air libre, il replonge dans les intestins de la colline aux corbeaux.

L'orientation du nouveau souterrain le satisfait. En pointant vers le nord-est, il le ramène vers le sous-sol du cimetière de Loyasse. Le pisteur se rapproche ainsi du repaire secret du parrain occulte. Il chemine dans un vieil aqueduc. Canalisée dans une rigole entrecoupée de petits bassins de décantation, l'eau y coule dans le sens inverse de sa marche. En poursuivant son exploration, il ne peut donc que s'élever, s'éloignant inéluctablement de la cote du lac.

Pourtant, il persévère, avec l'espoir de découvrir un passage lui permettant de redescendre. Quelques brèves volées de marches accentuent la montée. Le clair liquide chantonne en son canal. Il s'accumule dans deux réservoirs successifs. Le tunnel, voûté et maçonné, opère maints détours, puis se divise en deux branches. Après avoir visité le souterrain fourchu sans parvenir à ses fins, le journaliste redescend. Il s'arrête auprès de l'une des deux retenues d'eau. La frontale éclaire une mention portée en noir sur la pierre blanche dominant le bassin. Il parvient à déchiffrer l'inscription bicentenaire :

CE RESERVOIR A ETE FAIT
ET L'EAU I CONDUIT
SOUS MME DE NERVO SUPERIEURE
MME LOUISE ECONOME, MME DUMAREST SOUS-ECONOME
ÉTIENNE BREILLON, ENTREPRENEUR ARCHITECTE.
1775

Ainsi, il est dans la galerie d'adduction d'eau du couvent des Visitandines. Cette institution religieuse perdura, à l'emplacement de l'actuel hôpital de l'Antiquaille, du XVIIe au XVIIIe siècle. La légende de Saint Pothin, contée par un Justin devenu expert en histoire du sous-sol de la colline qui prie, revisite Simon. Il pense aux innocentes sœurs de la Visitation tricotant allègrement

une fable fructueuse autour de l'ancien cachot situé sous l'une des cours de leur couvent. Elles imaginèrent le premier évêque lyonnais enchaîné à l'un des anneaux fichés dans le pilier central de la geôle. Elles virent le prisonnier y rendre l'âme, après moult tortures. Inspirées, les Visitandines grattèrent le pilier, qu'elles se représentaient imprégné du sang de leur saint martyr. Elles en tirèrent une poudre miraculeuse... pour les finances de leur maison. Leur pieuse industrie s'étendit aux autres pierres de la souterraine prison...
On sait aujourd'hui que l'évêque Pothin périt de l'autre côté de la Saône, sur la colline qui travaille. Agé de 90 ans, il fut sacrifié, à l'instar de la jeune esclave chrétienne Blandine, dans l'amphithéâtre des trois Gaules. Il ne mit probablement pas les pieds dans ce que les sœurs de la Visitation baptisèrent « le caveau de Saint Pothin ». Et, forte de la puissance de son effet placebo, la merveilleuse poudre des Visitandines ne fut que de perlimpinpin.

Le boyau se resserre sur lui. L'air saturé d'humidité l'étouffe. L'eau suintant de la voûte et des parois forme des flaques de boue, dans lesquelles Vitodi enfonce toujours plus à chaque pas. Le sentiment du danger l'oppresse.
Il réalise son imprudence. Mieux vaut renoncer à s'aventurer plus avant dans cette ramification. Il fait péniblement demi-tour. La glaise le leste de semelles de plomb. Soudain, une petite plaque sableuse lui tombe sur l'épaule.
Il regrette de s'être risqué en ce goulet, qui fut creusé dans une couche friable, sans le renfort d'une once de maçonnerie. La lumière de la frontale faiblit inexorablement. Il l'éteint d'un geste rageur, et palpe ses poches, à la recherche de la torche. Merde !, il l'a une fois de plus oubliée. Il force l'allure. En pleine course à l'aveugle, un obstacle le fait trébucher et s'affaler.
Une cascade de jurons le soulage. Il tâtonne pour déceler la cause de sa chute. À genoux sur une coulée de terre, il ne peut réfréner la montée de l'angoisse. Le souterrain va s'effondrer sur lui d'un instant à l'autre.
Les bras tendus, il se rue, tangue, et se cogne aux parois, y piochant des blocs de terre à coups d'épaule. L'une de ses chaussures reste prisonnière du sol boueux. Il l'abandonne à sa gangue argileuse, poursuivant son mouvement sans marquer un temps d'arrêt. Le temps presse. L'urgence vitale gomme toutes les sensations. À l'affolement, succède la griserie. Il a l'impression de voler dans l'obscurité. Il va s'échapper de ce piège mortel.
Le choc est brutal. Ses mains heurtent un obstacle. Sur sa lancée, il vient cogner du visage contre des barreaux. Mais que fait cette grille ici ? Il ne se rappelle pas l'avoir franchie à l'aller. Elle est verrouillée. Il fouille fébrilement ses poches. Qu'a-t-il fait de sa panoplie de *rossignols* tout neufs ? Il est sûr de l'avoir emportée... Perdue !
Elle a dû tomber lors de sa chute sur la coulée de terre.

Il rebrousse hâtivement chemin. Vite, courir jusqu'à buter à nouveau sur le monticule, et le labourer, en quête du précieux sésame.

Un grondement tout proche le cloue au sol. Il sent un souffle sur son visage. Pétrifié d'effroi, il devine.

De pénibles secondes s'égrènent. Il se décide enfin à tenter d'éclairer le lieu. À la lueur mourante de la frontale, il constate que le boyau s'est effondré.

Hurlant sa peur, il fait demi-tour et empoigne la grille. De toute sa puissance, il l'ébranle. Une pluie d'éclats de roche tambourine sur son casque et lui meurtrit le corps. Il se fige, attendant l'ensevelissement causé par sa bêtise. Mais l'averse pierreuse se calme. Il doit faire de même…

Creuser ! Puisque le terrain est fragile, il va en profiter. Il s'agenouille et croche dans le sol, pour se forer un passage sous la barrière en fer.

Un gémissement lui échappe. Sous une mince couche de boue, il a rencontré la résistance du roc. Sans désemparer, il se redresse et gratte frénétiquement la paroi. Après avoir foui tout autour de la grille, il s'arrête, les doigts en sang. Il doit se résigner à l'échec de sa tentative : le châssis métallique est scellé dans un encadrement de pierre. Il demeure prostré.

Une sensation pénible le tire de son abattement. Il halète. Deviendrait-il claustrophobe, à l'instar de ce pauvre Roger ?
Non, c'est l'oxygène qui se raréfie. Il va mourir d'asphyxie !

Dans un sursaut de révolte, il saisit les barreaux, et secoue longuement la grille, avec l'énergie du désespoir. Sous l'effet des vibrations, un bloc rocheux se détache de la voûte. Le choc sur son casque le contraint à la génuflexion. Un genou en terre, il s'accroche aux barres de métal, pour résister au flux de sable caillouteux qui se déverse sur lui.

Son mouvement de panique est suivi d'un grand calme. Il sait qu'il va périr enseveli. Il attend la fin, surpris du plaisir dispensé par la caresse de la mort.

♫ ♫ ♫

La caresse de la mort se fait insistante. Il ouvre les yeux, avec une expression populaire sur les lèvres :
— chante, merle, ta cage brûle !
Il meurt heureux…

Mais, dans la pénombre, les longs doigts noirs, tendres et précis, ne sont pas les griffes de la grande faucheuse. Leur danse lascive sur son corps promet la petite mort.

Passé le voluptueux réconfort avec Léa, il lui raconte le cauchemar dont elle l'a tiré. La jeune femme manifeste son inquiétude :
— c'est un avertissement. Renonce à ces expéditions, ou tu vas y rester.
— Rassure-toi. J'arrête. Primo, j'ai épuisé les possibilités indiquées par la documentation de Justin. Deuzio, j'ai besoin de souffler. Tertio, je parierais que le sous-marin est vide, voire détruit. Tanas a déserté les lieux. Et comme ce type est la méfiance personnifiée, il nous faudrait un fameux coup de chance pour retrouver sa trace.

Ce « fameux coup de chance » invoqué par le Rouletabille lyonnais sera frappé dans un proche avenir. Le fil de son enquête, brisé sur la colline qui prie, se renouera sur la colline qui travaille, tout près de chez lui.
Dans l'intervalle, il flirte avec la morosité. À la fatigue due aux nuits passées à explorer les entrailles de Fourvière, succède une période de doute.
Ne s'embourbe-t-il pas dans l'échec ? Par moment, il lui semble que le coup de matraque reçu dans la traboule du Vieux Lyon, et sur la tête, a entamé ses facultés intellectuelles. Pourquoi ne parvient-il pas à trouver une nouvelle direction de recherche ?
Le gueuleton au café des Fédérations, avec Fouilleret et Touléza, est une heureuse parenthèse.
Puis, une lueur d'espoir naît au terme de cette traversée du pot-au-noir.
Le détective amateur a noté la façon insidieuse dont le juge Feri distille dans la presse des petites piques bravant son ennemi de l'ombre. Le bretteur applique une stratégie de provocation visant à pousser l'orgueilleux parrain à se découvrir. L'aventurier salue la méthode, mais il en mesure les risques. Cette témérité peut déclencher une réaction violente de Tanas. L'étoile de shérif du juge Renaud deviendrait-elle l'emblème d'un héritage mortel ?
La réponse du prince des ténèbres surprend. Fin juillet, paraît dans le journal *Le Progrès* une lettre ouverte adressée au nouveau shérif. Tanas le provoque en duel. Il lui laisse le choix des armes, en se réservant de désigner le terrain, qui sera gardé secret, sécurité oblige.
L'article est une bombe médiatique. Le public en fait des gorges chaudes.
Quant à Simon, il craint pour la vie du magistrat. Il devine que ce défi d'un autre temps séduira le mousquetaire de Lyon. Mais peut-on espérer un duel loyal, ou bien doit-on redouter un piège tendu par l'homme en noir ?
Au lendemain de sa parution, la provocante lettre ouverte de Tanas passe au second plan pour Vitodi, car l'enquête de ce dernier rebondit.
Rentrant chez lui, rue Mottet-de-Gérando, il rencontre deux gamins du quartier qui se chamaillent. En les séparant au moment où ils en viennent aux mains, il reconnaît l'un des deux protagonistes. Le petit Guy joue souvent dans la rue. Il vit seul avec sa mère, qui travaille de nuit. Cette circonstance a

rendu le grand blond attentif au sort du *gone* esseulé.
Profitant de l'intervention de l'adulte, l'autre môme s'écarte. Il ne semblait pas de taille à résister à la fureur de Guitou. Il se retire, en jetant d'une voix oscillant entre peur et colère :
— t'es qu'un sale menteur !
— Va-t-en, pauvre lâche. J'te cause plus !

Guy lève un visage crispé vers Simon, qui lui délivre des paroles apaisantes. L'enfant se calme, à mesure qu'il se soulage de son ressentiment en parlant. Ses vacances sont gâchées, parce qu'il se fâche avec ses copains. Ces crétins mettent en doute sa parole. Ils l'accusent d'avoir inventé l'histoire de la chauve-souris géante. Retenant un sourire, le journaliste interroge le gamin. Fier de l'intérêt qu'il suscite, Guitou raconte son aventure. Sa description de la noire créature ailée éveille un écho dans la mémoire visuelle de l'auditeur, dont l'esprit est traversé par l'image du sinistre oiseau des ténèbres perché sur l'escalier d'accès au lac. Il réclame des détails au jeune témoin, qui tout excité l'emmène sur le parcours traboulant du monstre nocturne.

— Elle est entrée là, m'sieur !

Le n° 1 de la rue Magneval est une maisonnette restaurée accolée aux vieux immeubles. La plaque vissée sur la boîte-aux-lettres à côté de la porte vitrée apprend à Vitodi que l'habitant des lieux se nomme Shraz.

— À présent, montre-moi d'où elle venait, la bête.

Le tandem dépareillé descend les marches de la courte rue Adamoli.
Le grand s'arrête en remarquant une porte métallique nichée sous une rampe d'escalier. Il demande au petit :
— à quoi ressemblait le bruit que tu as entendu avant de voir le monstre ?
— Euh... Clac ! Clac !
— Tu vas fermer les yeux, et bien écouter le bruit que je vais faire. Tu me diras s'il ressemble à celui de l'autre nuit.

Le môme opine, et ferme ses quinquets. L'aventurier sort sa panoplie de *rossignols*, en extrait l'outil adéquat, et crochète en un tournemain la grosse serrure antique. Le double claquement du pêne fait vibrer le panneau de fer. L'enfant, qui a pris son rôle au sérieux, rouvre les yeux en s'écriant :
— ouais... génial ! C'est le bruit, m'sieur. Comment qu'vous avez fait ?

L'adulte masque de son corps la serrure. Il esquive la question :
— on recommence pour être sûr. Ferme les yeux, et ouvre bien les oreilles.

Il referme la porte, empoche la trousse, et se retourne vers le garçon, qui confirme avec enthousiasme sa première impression. Le *gone* lorgne avec étonnement les mains vides du crocheteur. Lequel sourit et demande :
— tu as une idée de ce qu'il y a derrière cette porte ?

— Paraît qu'c'est des souterrains. Mais c'est interdit, m'sieur.

L'enquêteur cache sa satisfaction. Des souterrains, et un nocturne monstre noir ailé, voilà qui exhale l'odeur sulfureuse de Tanas.

Il avait prévu d'attendre la nuit pour se risquer sur le parcours de la chauve-souris géante. Mais il ne peut réfréner son impatience. En fin d'après-midi, du pas d'un flâneur, il s'approche du n° 1 de la rue Magneval. Les fenêtres de la maisonnette sont fermées, et voilées de rideaux opaques. Le piéton s'arrête devant la porte vitrée, et appuie d'un geste naturel sur le bec-de-cane, qui résiste. Immobile, le grand blond paraît pensif, alors qu'il scrute la serrure. Après quelques secondes, il appuie ostensiblement sur la sonnette. Mais, son doigt s'est posé juste à côté du bouton. En faisant mine de rectifier la tenue de ses habits, il saisit le *rossignol* approprié. Puis, la main gauche négligemment glissée dans une poche, il prend la posture patiente du visiteur qui attend qu'on lui ouvre. À l'abri de son corps, sa dextre trifouille du crochet dans la gorge de la serrure.

Dans l'art du toucher, la vision est inutile, voire dérangeante. Il l'utilise donc pour surveiller les alentours. On ne peut le voir d'une baie de la maisonnette sans ouvrir la fenêtre pour se pencher au dehors.

Il est surpris et déçu par la faible résistance de la serrure. Un repaire de Tanas devrait être mieux défendu. Toutefois, il ne s'agit que d'une porte d'allée, et ses sœurs en fer défendant l'accès des souterrains sont moins farouches. Le crocheteur s'introduit dans la place, et repousse avec douceur le battant vitré. Il observe le lieu. Un escalier s'enfonce à droite d'un palier qui dessert un appartement. L'huis d'icelui est pourvu d'une seconde plaque dorée au nom de Shraz. Le maître des *rossignols* est tenté par les deux serrures qui brillent dans le massif panneau de chêne. Avant d'essayer de les forcer, il lui faut s'assurer que l'appartement est vide. Il doit sonner. Mais si la porte s'ouvre, la visite risque de tourner court. Comment expliquer sa présence dans une allée dont la porte était verrouillée ?

Souhaitant agir avec méthode, il décide d'explorer préalablement les abords. S'appliquer à flairer d'éventuelles traces du parrain occulte, avant de risquer de brûler ses vaisseaux en se signalant. Il revient sur ses pas, et s'engage dans l'escalier. Au terme d'une longue volée de marches, où il recourt à la lumière de sa torche électrique, se présente une petite plateforme et un choix : aller tout droit, ou bien virer à 180° sur la gauche, pour continuer la descente par un escalier parallèle au premier. Une porte de cave donne sur le palier. Réfléchissant à la disposition des lieux, il conclut que le local s'étend sous l'appartement de Shraz. Le visiteur indiscret s'apprête à en crocheter la rudimentaire serrure, lorsqu'il perçoit un lointain bruit rythmé.

Il avance, descend d'autres marches. et parcourt une portion d'allée qui finit en cul-de-sac. Dans le rond lumineux, se dessine l'emplacement d'un passage muré. Il devine qu'il est dans une traboule condamnée.
Au travers des moellons, lui parvient, assourdie, une musique caractéristique. Jadis familière, elle s'est raréfiée au fil du temps. Sur la colline aux canuts, les métiers à tisser se comptent à présent sur les doigts d'une main. Simon a entendu l'écho de celui-ci en passant rue des Fantasques. Le désir le prend d'aller y voir de plus près. La traboule obturée frustre le passe-muraille.
Il fera le tour du pâté de maisons, quand il aura achevé sa visite des lieux.

Revenu au palier inférieur, il éteint sa lampe et guette si l'on vient.
Rassuré, il laisse son gros *rossignol* caresser la plantureuse gorge de serrure qui s'offre dans la pénombre. Il fait la lumière dans la cave, qui ne révèle rien d'étrange. Elle est garnie de casiers à bouteilles alignant des vins réputés.
Le journaliste se dit que le sieur Shraz pourrait être intéressant à fréquenter. Il éteint, et verrouille le trésor bachique.
Après écoute du relatif silence des lieux, les yeux levés vers la lueur passant la porte vitrée, il rallume la torche et s'enfonce un peu plus dans le sous-sol.
Au bas de l'escalier ombreux, une porte l'intrigue. C'est le genre de panneau fruste qui ferme une cave ou barre un quelconque passage. Banal ! Sauf que l'ouverture n'est pas sur sa droite, mais à l'opposé, dans le mur mitoyen avec la maison voisine. Le détective amateur se demande s'il s'agit d'une enclave du domaine de Shraz aux dépens du voisinage, ou bien d'un passage vers une autre propriété. Porte de sortie ? Voie condamnée ? Tanas s'est-il glissé par là, l'autre nuit ? Shraz fraie-t-il avec le fantomatique parrain ?

Le crocheteur écarte la foison de points d'interrogation lui cachant la serrure à forcer. Cette dernière ne se fait pas prier. Le battant de bois s'ouvre sur un couloir cimenté. Du seuil, le visiteur entend mieux le son du *bistanclaque*.
Ce nom populaire est formé avec des onomatopées traduisant la musique à quatre temps du métier à tisser : « bis-tan-clac – pan ! ».
Après inspection du couloir à la lumière de sa lampe, l'enquêteur repousse l'huis derrière lui. Il renonce à enclencher la minuterie. À sa gauche, une porte offre une serrure neuve à ses outils de cambrioleur. Mais l'offre n'est pas un cadeau. Le mécanisme s'avère assez coriace pour que le crocheteur bataille dix longues minutes. La difficulté le stimule. Cet accès est trop bien défendu pour ne pas abriter quelque secret.

La capitulation de la rétive serrure dévoile une déception. Sous le faisceau lumineux de la torche, s'étire une longue cave servant de débarras.
Il la parcourt en sondant de son rayon de lumière le bric-à-brac de matériels de soierie usagés qui l'encombre. Apparemment rien d'insolite. Tout au bout, un escalier le conduit à une porte derrière laquelle le *bistanclaque* scande sa

partition monotone. L'oreille près du battant, il tente de surprendre une conversation. Mais l'exercice d'écoute est rendu stérile par la mécanique, qui siffle, cogne, claque, et détone sans relâche.
Il renonce, revient sur ses pas, et referme la porte de la cave, en s'escrimant moins longtemps sur la farouche serrure. Puis, il gagne le fond du couloir, où s'amorce un escalier. Au bas des degrés, se présente sous le cône lumineux une porte en fer analogue à celle qui a pu livrer passage à la chauve-souris géante, rue Adamoli. Elle rappelle à l'aventurier les accès au souterrain de Mandrin. Aussi, n'est-il pas surpris de trouver derrière le panneau métallique dont il a crocheté la serrure, une galerie. L'ouvrage cimenté rectiligne s'étire de part et d'autre du seuil. Contre ses convictions, Vitodi hésite entre la gauche et la droite, puis décide de s'abstenir.
Son équipement de spéléologue urbain lui manque. Il reporte l'examen de cette nouvelle portion de boyaux du ventre de Lyon.
Il est remonté de trois étages. Face à la porte en chêne où brille la plaque gravée du nom de Shraz, il décide de tenter sa chance. L'appartement est silencieux. Il a une chance de pouvoir le visiter discrètement. Son index droit enfonce un bouton qui déclenche un carillon. Il patiente. En l'absence de réaction audible, il s'apprête à réitérer son geste. Mais l'obstacle s'efface. L'homme, qui n'a pas lâché la poignée, semble prêt à lui claquer le battant au nez. Mince et de taille moyenne, il est enveloppé d'une robe de chambre en satin noir. Sous le crâne chauve, son visage osseux est crispé. Au travers des verres de lunettes aux fines montures dorées, le regard est dur. D'une voix sèche, il lâche une rafale de questions :
— qui êtes-vous ? Que voulez-vous ? Comment êtes-vous entré ?
— Par la porte.

La pirouette verbale du grand blond tire une grimace à son interlocuteur, qui réplique d'un ton glacial :
— très amusant. L'auriez-vous traversée ? Je l'avais fermée à double tour. J'ai horreur d'être importuné.
— Je n'ai eu qu'à appuyer sur le bec-de-cane, dit avec aplomb l'importun, qui complète intérieurement : après avoir crocheté la serrure.
— Admettons, grince son vis-à-vis. Que me voulez-vous ?
— Eh bien, monsieur Shraz, je fais une enquête.
— Stop !, coupe le chauve revêche. Je n'ai pas de temps à perdre avec les démarcheurs et les enquêteurs. Veuillez quitter mon domicile.
Le visiteur éconduit n'insiste pas. Il salue d'une brève inclinaison du buste, et tourne les talons. En rabattant la porte vitrée, il entrevoit l'occupant des lieux qui traverse vivement le palier, un trousseau de clefs en main. La silhouette de Shraz assombrit le verre dépoli, et le pêne claque deux fois.

Le journaliste s'éloigne à pas lents, pensif. Il se dit que l'homme n'est pas commode. Son âge est difficile à évaluer. La cinquantaine ? La calvitie n'aide pas l'estimation. Vifs sont les mouvements, et ferme est la voix. Mais le bonhomme est vieilli par son aspect sévère.

Simon ressent encore le malaise causé par l'apparition dans l'entrebâillement de la porte de chêne. À la surprise se mêlait un autre sentiment, indistinct. Pour préciser sa pensée, il analyse les éléments constitutifs de l'apparence réfrigérante du personnage. Il revoit la robe de chambre, le pyjama, les mules de cuir... tous de même teinte !

Le piéton stoppe, frappé par le détail. Voilà ce qui l'a troublé. Sur le moment, embarrassé de se trouver nez à nez avec celui chez qui il était entré en hors-la-loi, il enregistra l'indice sans y prêter attention...

L'homme en noir !

Chapitre 9

« Après la cinquantaine,
soigne plus ta cave que les canantes. »

A près la cinquantaine, Shraz soignerait-il plus sa cave que ses relations féminines ? Par cette interrogation badine, Vitodi lâche la pression qui agite son esprit depuis son bref échange avec l'homme en noir. Les questions se sont bousculées au portillon de sa conscience. Shraz serait-il Tanas ? Il n'imaginait pas le parrain lyonnais sous les traits de ce personnage austère aux fines besicles dorées d'intellectuel. Ce quinquagénaire, revêche et solitaire en son appartement silencieux, se déguisant pour hanter le Lyon obscur et manipuler la pègre locale ? Passé l'effet de surprise, l'hypothèse séduit par sa façon simple d'expliquer la disparition derrière la porte vitrée de la gigantesque chauve-souris. Mais le chauve ne sourit pas !
Sur cette fausse objection enjouée, l'enquêteur se retourne pour un dernier coup d'œil à la maisonnette sise en angle des rues Magneval et Delorme. Puis, il achève la descente de cette dernière. Avant de tourner à droite, dans la rue des Fantasques, il s'arrête et perd son regard vers le bas de la pente, dans les eaux du Rhône indifférent au sort des humains qu'il côtoie. Que le 1 rue Magneval soit un repaire de Tanas, ou que le caïd lyonnais ne l'emprunte que pour gagner un secret royaume souterrain, le fleuve millénaire s'en bat les berges. Peu lui chaut que le parrain aime ou non le bon vin. Combien de seigneurs jouisseurs auront-ils insculpé l'Histoire de leur marque sanguinaire, sans que Sa Majesté fluviale leur accordât une goutte d'attention...
Le 4 de la rue des Fantasques est une maison canuse qui laisse échapper la ritournelle du *bistanclaque*. Le journaliste en pousse la porte d'allée ornée d'un heurtoir figurant une tête de lion. Très haut et sonore, le couloir retentit de l'antienne inlassablement rabâchée par la mécanique de Jacquard.
Le visiteur laisse à gauche la porte de l'atelier de canut, et à droite l'escalier qui dessert les étages. Il va au fond de l'allée, fermé par un panneau dont les vitres ternies laissent chichement passer la lumière du jour. Le battant non verrouillé s'ouvre sur un jardinet piqué de fleurs multicolores. Le curieux s'arrête, surpris et charmé par cet oasis végétal niché au cœur de la lugubre masse minérale des vieux immeubles. Puis, il longe la façade de l'atelier de soyeux, dépassant deux hautes fenêtres serrées l'une contre l'autre, dont les rideaux interceptent son regard fureteur. Dans le mur fermant le lopin fleuri, il retrouve le contour de la porte condamnée de l'ancienne traboule.

Dans son dos, une voix l'interpelle d'un ton rogue :
— qu'est-ce que vous foutez là ?

L'apostrophé se retourne sans hâte, et jauge l'arrivant. Trapu, bâti en force, l'homme attend, en serrant des poings massifs. Sous le cheveu ras, l'œil est terne, mais la lippe se tord en un rictus mauvais. Il a l'esprit brillant comme étron en lanterne, mais c'est un méchant, diagnostique le détective amateur, qui s'approche nonchalamment, et répond sans se démonter :
— je croyais que c'était une traboule, ici.
— C'est fini depuis longtemps. Domaine privé. Alors, tu dégages rapide !

L'aboiement du cerbère n'a pas l'effet escompté. Le grand blond se plante devant lui, et l'avertit :
— je n'aime pas ton ton, tata. Ôte-toi de mon chemin, ou bien j'escalade ton tas de barbaque.

La répartie a fusé sur un ton gouailleur, mais l'aventurier, qui domine le bouledogue de sa haute taille, le fixe intensément de ses yeux bleus.

La réaction ne tarde pas. Un poing énorme propulsé par un bras musculeux part à la rencontre de l'estomac de l'imprudent.

La cible se dérobe. Simon a lu sur la face épaisse du rustaud comme en un livre pour enfant. D'un pas de côté accompagné d'une courbure du corps à rendre jaloux le plus talentueux torero, il esquive l'attaque. Emporté par son coup dans le vide, l'agresseur fléchit d'un pas en avant. Il offre ainsi sa hure au matador, dont le tranchant de la dextre s'abat sèchement sur son oreille droite. Déséquilibré, il titube et va cogner durement de l'épaule gauche contre le mur de l'atelier. Le choc lui arrache un grognement de douleur. Massant son articulation endolorie, il revient lentement vers son adversaire. Il souffle à la manière d'un taureau lardé de banderilles. Vitodi propose :
— et si on arrêtait les frais, camarade ?

Le molosse gronde. Il ne veut rien entendre. Dominé par la colère, il se rue à l'assaut de ce grand emmerdeur à la langue trop bien pendue. Pressé d'en finir, il charge sans finesse, avec la volonté de plaquer sa victime au sol, pour mieux la rouer de coups. Il apprécie de trouver aisément le contact. Le grand con ne s'est pas sauvé. Il le culbute avec un plaisir rageur.

Mais l'initiative change de camp. L'agressé s'est laissé tomber en repliant ses longues jambes sous le taurillon. Dans le mouvement de basculement, ses quatre membres se détendent avec vigueur. Projetée dans les airs, la brute atterrit dans un massif floral, qu'elle dévaste.

L'aventurier s'accroupit. Guettant l'énergumène qui se relève en pestant, il se souvient de l'énorme chien qu'il fit valdinguer de la même manière, sur la terrasse de l'abbaye de Hautecombe [voir le roman « Simon, oncle en été »].

Le mâtin réincarné s'immobilise. Il regarde par-dessus la blonde tignasse.

Dans le dos du journaliste, une voix féminine proteste :
— arrêtez !, vous massacrez mes fleurs !
L'homme accroupi tourne la tête vers la porte vitrée. Il se dresse, et sourit à l'apparition. Plutôt petite, la femme arbore une luxuriante chevelure rousse, qui éclaire un visage aux lignes harmonieuses. Un semis d'éphélides pique le laiteux ovale fendu d'yeux immenses. L'émeraude des pupilles s'accorde au ton smaragdin de la robe. Laquelle épouse les courbes d'un buste ferme, d'une taille fine et de hanches rondes, avant de divorcer, à mi-hauteur des cuisses, d'avec des jambes à la peau crémeuse et au galbe d'amphore.
Les lèvres charnues modulent une interrogation inquiète :
— que se passe-t-il ?
En brossant de la main ses habits, le grand blond répond avec aménité à la petite rousse, qu'il connaît de vue :
— bonsoir. Mon nom est Vitodi... Simon. Je suis désolé pour vos superbes fleurs... J'habite un peu plus haut, rue Mottet-de-Gérando, et je pensais pouvoir rentrer chez moi en traboulant par ici. Monsieur a voulu me chasser de façon discourtoise. Je tentais de l'amadouer.
La jeune femme se détend. Un sourire précède son commentaire ironique :
— j'ai pu apprécier votre méthode d'apprivoisement. Elle s'apparente à une leçon de voltige.
Puis, s'adressant au cerbère, dont le visage rustre exprime l'humiliation :
— mon pauvre Raymond, vous pouvez retourner à l'atelier. Je connais ce monsieur. Je m'en charge.
— Oui, mademoiselle Toffer, mais... Vous m'appelez s'il vous embête, hein ?
En une vaine tentative pour recouvrer sa dignité, le « pauvre Raymond » a offert son soutien d'une voix dont la douceur laisse deviner que la bête a un faible pour la belle. Mais l'objet de son adoration ne lui fait pas l'aumône d'une réponse. Le dogue frustré se retire, non sans couler un regard haineux à l'auteur de son avanie, qui l'entend marmonner en passant devant lui.
Le visiteur constate que la pulpeuse rousse l'examine sans façon. Les regards croisent le fer. L'action de l'émeraude sur le lapis-lazuli produit des étincelles érotiques. C'est la jeune femme qui rompt la tension, en détournant les yeux vers ses fleurs. Elle propose d'un ton brusque :
— et si vous m'aidiez à réparer les dégâts ?
Sans un mot, ils s'activent à redresser les plantes, écartant les tiges brisées. Puis, ils lient connaissance en se lavant les mains à l'eau fournie par une pompe antique édifiée près d'une petite resserre. En actionnant le bras de levier tirant à petits jets le précieux liquide, l'homme apprend que la belle jardinière se prénomme Éva. À l'aide d'un arrosoir sorti de la minuscule

remise, il donne à boire aux fleurs. Lorsqu'ils ressortent rue des Fantasques, ils sont détendus. Désirant prolonger la conversation, Vitodi propose une consommation à la demoiselle Toffer, qui accepte sans manière.

À deux pas, au numéro 2, est un petit restaurant nommé « Au temps perdu ». Perdre son temps de cette manière n'est pas désagréable, songe Simon, en caressant d'un regard rêveur la voie lactée des cuisses que la courte robe verte dégage généreusement dans le mouvement d'ascension du tabouret de bar. L'intérêt de l'homme pour l'enveloppe de ses fémurs n'échappe pas à sa propriétaire, qui sourit, en femme sûre de son charme.

En passant du jardin au bistrot, la conversation gagne en intérêt pour le détective amateur. Reparlant de sa passion pour les fleurs, Éva précise :
— ce confetti de terre n'est pas à moi. Il m'est prêté gracieusement par le patron de l'atelier de soierie attenant. J'entendais le métier à tisser depuis l'appartement de mon grand-père. Comme je n'avais jamais vu ce genre de mécanique en action, la curiosité m'a poussée vers l'atelier, que j'ai pu visiter. En discutant avec le soyeux, j'ai sympathisé... et puis voilà.
— Votre grand-père habite à proximité ?
— Oui, la maison au-dessus du jardinet. C'est lui qui a fait murer la traboule, pour être tranquille. Il vit replié sur lui-même. Peu de voisins l'apprécient, parce qu'il est... disons taciturne. Mais c'est un grand-père adorable.

L'enquêteur est perplexe. D'évidence, son interlocutrice lui parle de Shraz, à qui appartient la maisonnette dominant le lopin fleuri. Or, le quinquagénaire qui l'a sèchement éconduit ne peut se situer à deux générations de la belle Éva, qui gravite autour de la trentaine. Se pourrait-il que le chauve qui ne sourit pas soit Tanas, hébergé par Shraz ? Ou bien, il se trompe sur toute la ligne : la petite rousse n'a qu'une vingtaine d'années, et la soixantaine a sonné pour l'homme au crâne d'œuf. Il se lance :
— au numéro un de la rue Magneval, j'ai vu un homme un peu austère, avec lunettes et calvitie. Serait-ce votre parent ?
— Oui ! Il a été un chercheur en immunologie mondialement réputé. Il a dirigé l'Institut Pasteur.

La jeune femme s'anime, et ne tarit pas d'éloges sur son grand-père, dont elle paraît très fière. Son auditeur saisit l'occasion :
— je suis journaliste. Pensez-vous qu'il accepterait de me parler ?
— Il refuse tout contact avec la presse. Comme je vous l'ai dit, il est devenu... un peu sauvage.
— Ce ne serait pas pour un article. Ces dernières années, je suis plus écrivain que journaliste. J'aimerais beaucoup écouter une personnalité comme lui, par curiosité intellectuelle. Pourriez-vous intervenir en ma faveur ?

Le grand blond charge son sourire de toute sa puissance de séduction. Il reste suspendu aux lèvres attirantes, entrouvertes sur une hésitation. Après un temps de réflexion, la petite rousse propose :
— nous dînons ensemble demain soir, chez lui. C'est moi qui prépare le repas. Il refuse de sortir dans les restaurants. Vous pourriez vous joindre à nous... Ne vous gênez pas pour venir accompagné. Je crois vous avoir vu en compagnie d'une belle femme noire.

L'air mutin de la demoiselle Toffer tire un sourire à Vitodi, qui reconnaît :
— bien observé. C'est Léa, ma compagne... Mais nous allons vous déranger.
— Il faut laisser la façon aux tailleurs... Je vais en parler à Père-grand.

De retour du coin téléphone, Éva confirme son invitation.
Simon la raccompagne. Ils descendent la rue des Fantasques, balcon sur la ville, et s'arrêtent devant la résidence Villemanzy. L'imposant bâtiment fut créé au XVIIe siècle pour abriter le couvent des Collinettes, dont le nom dérivait du patronyme de son mécène : Mme de Coligny. Recyclé en caserne le siècle suivant, puis en hôpital militaire, l'édifice prit le nom du général Villemanzy. Le journaliste sait que, depuis 1990, la municipalité lyonnaise en a fait une résidence hôtelière internationale pour chercheurs, universitaires et artistes. Apprenant que la belle rousse y loue un studio, il interroge :
— artiste, ou grosse tête ?
— Tête chercheuse. J'ai suivi les traces de mon grand-père. Je travaille au laboratoire P4 de Gerland. Vous connaissez ?
— De renom seulement. Félicitations ! Je suis intimidé... Il faut que je vous laisse, car votre temps est précieux.
— L'ordinateur m'attend, c'est vrai. Mais vous avez vu que je consacre du temps à mes fleurs. Ça me détend... Et ça m'a fait plaisir de bavarder un peu.

Ils se séparent sur une poignée de main. En gravissant le grand escalier de la rue Grognard, l'homme tente de se déprendre du charme de la troublante rousse. Quel âge a-t-elle ? Son statut de chercheuse dans un laboratoire de pointe indique qu'elle a de longues années d'étude derrière elle. Il en déduit qu'il avait raison de la placer dans la trentaine. Le grand-père est donc probablement septuagénaire. Remarquablement conservé, le crâne d'œuf !
Le détective amateur salue le hasard qui plaça la belle Éva sur son chemin. Par son entremise, il va pouvoir approcher et étudier le curieux bonhomme Shraz. Gentil docteur Jekyll, ou hideux mister Tanas ? Il grimace : quel sera l'accueil du chauve qui ne sourit pas, lorsqu'il le reconnaîtra ?

♪ ♪ ♪

— Ma gazelle, j'ai fait connaissance avec la belle petite rousse qui habite le quartier. Elle est chercheuse. J'ai accepté son invitation à dîner pour demain.
— Une chercheuse, cette petite rouquine vulgaire ?
— Allons, ma gazelle, tu ne vas pas te laisser aller à la jalousie.
— Arrête de me traiter de gazelle. Ces pauvres bêtes finissent toujours en pâtée pour roi de la jungle. Dis-moi plutôt ce que vous avez fricoté ensemble.
— Tu as tort : la gazelle a de longues pattes fines et de grands yeux doux.
— Oui, avec une belle paire de cornes. Et je les porterai si c'est toi qui fais les yeux doux. Elle a eu vite fait de te trouver, la chercheuse ! Je peux toujours m'accrocher, je ne fais pas le poids.
— Tu te trompes, ma gazelle écornée, elle ne t'arrive même pas à la cheville.
— Bien sûr, une naine !

Simon rit de la méchanceté du trait. Sa compagne ne se radoucit pas :
— il y a anguille de caleçon sous roche. Au premier contact, elle t'invite.
— Elle **nous** invite, et chez son grand-père. De plus, je lui ai quasiment arraché l'invitation. C'est le bonhomme qui m'intéresse.
— Tu as viré ta cuti ?
— Si c'était le cas, je jetterais mon dévolu sur plus affriolant. Ce chauve glacial tout de noir vêtu est plutôt rebutant. Mais c'est peut-être Tanas...

Surprise, Léa écoute le récit de son compagnon, aux commentaires duquel elle mêle bientôt ses réflexions. Sa jalousie s'est effacée, et elle voit le dîner du lendemain sous un jour plus attrayant.

La nuit venue, l'aventurier crochète derechef la serrure de la porte vitrée du 1 rue Magneval. Il s'enfonce sans bruit vers le sous-sol. En passant près de la cave de Shraz, il se dit qu'on peut être chercheur et avoir découvert les bonnes choses de la vie. Tanas bon vivant ? Pourquoi pas ? Un étage plus bas, il rejoue du *rossignol*, franchit le couloir, et descend l'escalier. Avant de déverrouiller la porte en fer, il revêt sa tenue noire de spéléologue urbain. Puis, à la lumière de la frontale, il entame l'exploration du souterrain.

D'interminables heures plus tard, il ressort épuisé. Nulle trace du prince des ténèbres. Aucune cache. Mais il n'a parcouru qu'une partie du labyrinthe. D'escaliers en échelles de fer, de galeries sèches ou humides en puits ronds ou carrés, de boyaux étroits et bas en passages larges et hauts, il s'est plusieurs fois cru égaré. Son sens aiguisé de l'orientation, sa boussole et son altimètre, ne lui ont pas épargné la sensation de tourner parfois en rond. Pour qui s'y risquerait sans équipement, le dédale serait un redoutable piège. Son esprit hypnotisé héberge un kaléidoscope qui projette une combinaison d'images arrachées aux entrailles Croix-Roussiennes. A-t-il rêvé la chevelure de racines d'arbre s'épanouissant au profond d'un goulet ?

L'après-midi, chez Fouilleret, Vitodi demande à son ami :
— as-tu quelque chose sur les souterrains de la Croix-Rousse ?
— Quoi ? Tu veux remettre ça ?
— Ne t'inquiète pas, mon vieux Tintin, et réponds-moi.
— Ben... Jusqu'à présent, je me suis concentré sur Fourvière. Mais j'ai bien survolé des chapitres sur notre colline. Je peux étudier ma documentation et te préparer un petit topo, si tu le souhaites. Pourrais-je savoir ce qui rôde dans ton coqueluchon de grand dépendeur d'andouilles ?
— Eh bien, figure-toi qu'une nuit, un *gone* de mon quartier a vu une chauve-souris géante. Telle qu'il me l'a décrite, la bête pourrait être un homme en noir affublé d'une cape. Tu vois à qui j'ai pensé ?
— Tanas ?
— Gagné ! Cette piste m'a mené à un dédale souterrain, que j'ai commencé à explorer. J'aimerais savoir si ce réseau de galeries est répertorié.
— Tu vas pas prendre pour argent comptant les *gognandises* d'un *mami* ?!
— Mon Guitou était sérieux. Il a vu le curieux noctambule entrer chez un certain Shraz, ex directeur de l'Institut Pasteur. Connais-tu ce personnage ?

La fraise se dresse. Ses yeux globuleux pétillent d'intérêt. Sans un mot, il se dirige vers ses classeurs, qu'il feuillette en soliloquant dans sa moustache. Une exclamation marque sa découverte satisfaite de la fiche recherchée. Il reprend place dans son fauteuil, et se rafraîchit la mémoire, en émaillant sa lecture de petits gloussements. Intrigué, l'observateur lance :
— vas-tu me laisser crever de curiosité, ganache ?
— Patience, charogne !... Voilà, écoute l'histoire de ton oiseau. Le professeur Shraz fut à la pointe de la révolution des sciences biologiques ; réputation mondiale en immunologie. Il connut la gloire et la tragédie. Pour se délasser de ses travaux de recherche, il lui arrivait de fréquenter certains circuits de plaisir réservés à la bourgeoisie locale. C'est ainsi qu'il rencontra, parmi les magnifiques jeunes femmes recrutées pour une "partie" chez un industriel lyonnais, Lisa, qu'il épousa. Artiste autant que savant, il entreprit de sculpter biologiquement sa femme, selon son idéal de beauté féminine. Le résultat fut impressionnant. Il épata le tout-Lyon durant quelques années. Hélas, la belle fut emportée par un cancer. Se jugeant responsable de cette fin prématurée, le professeur prit une retraite largement anticipée, et se fit oublier.

Le soir, Simon appréhende la reprise de contact avec le solitaire de la rue Magneval. La réaction du chauve acrimonieux, à la vue de l'intrus qu'il chassa la veille, risque de gâcher la soirée, voire de l'avorter. Shraz trouvera louche cette volonté têtue de s'introduire chez lui. Aussi, l'enquêteur a-t-il mûri sa parade, tout en doutant de son aptitude à amadouer le sévère professeur. Par ailleurs, si le chauve qui ne sourit pas est Tanas, tout peut arriver...

Il reste en retrait de sa compagne, pour retarder l'instant de la confrontation. Courbé derrière la haute silhouette de Léa, il garde la tête à l'abri de la luxuriante masse capillaire récemment coiffée façon Angéla Davis.
L'astuce marche, car la beauté de la jeune noire capte l'attention de Shraz. Figé sur le seuil, tout de noir vêtu, le professeur la contemple. Son visage sévère s'éclaire d'un sourire, son regard s'adoucit. Il tourne un compliment sincère, se courbe pour un baisemain, et s'efface devant l'invitée.
Le compagnon de celle-ci en a profité pour s'engouffrer dans la place.

L'hôte referme machinalement la porte derrière le couple, le regard fixé sur l'arrivant. Cette blonde chevelure en bataille, cette haute taille, ce visage tanné marqué par les aventures… Il ne se trompe pas. Sous le coup de la surprise, il serre la large main tendue. Puis, il étouffe un grognement agacé, et souffle à mi-voix :
— ah l'entêté, vous avez réussi à vous insinuer chez moi.
Il se tait, car sa petite-fille paraît. Elle salue ses invités, les remercie pour le bouquet de fleurs tendu par Vitodi, et les convie à la suivre. Touléza entre au salon, mais une main ferme retient dans l'entrée son compagnon. Lequel fait face au visage rechigné du maître des lieux, qui murmure son déplaisir :
— sachez que je n'apprécie pas du tout que vous utilisiez ma petite-fille pour parvenir à vos fins. Que me voulez-vous ?
— C'est un malentendu. Hier, j'aurais dû m'expliquer. L'enquête dont je vous ai parlé m'est personnelle. Je prépare un livre sur la géographie secrète de Lyon, ses souterrains et traboules. Je tente de visiter méthodiquement tous ces lieux plus ou moins cachés. Dans un vieil ouvrage, que je veux actualiser et compléter, j'ai lu qu'un passage traversait votre maison. Or, je suis tombé sur un cul-de-sac. C'est pourquoi je venais aux renseignements. Quand j'ai vu que je vous importunais, je n'ai pas insisté. J'ai fait le tour du pâté de maisons pour trouver le reste de la traboule murée. C'est comme cela que j'ai fait la connaissance de votre petite-fille, qui venait entretenir ses fleurs. Lorsqu'elle m'a appris qui vous étiez, j'ai souhaité vous connaître. Il est rare de pouvoir approcher un scientifique de réputation internationale.
— Tout cela est du passé.

Réfléchie, servie avec conviction, la tirade paraît désamorcer la méfiance du professeur. Sur son visage osseux, la crispation marquant l'hostilité cède la place à l'ombre de souvenirs pénibles. Il prévient, d'un ton subitement las :
— il y a une éternité, j'ai tiré un trait sur ma carrière de chercheur, et il est absolument hors de question que je l'évoque devant vous. J'espère que vous ne travaillez pas pour un journal.
— J'ai la carte de journaliste, mais je n'écris plus d'articles. Je me contente de commettre divers livres. Ma curiosité à votre égard est hors profession,

simplement intellectuelle. Cela dit, je puis la museler, si vous le désirez.
À cet instant, survient Éva, qui leur lance :
— alors, on tient un conciliabule ? Allez, venez... Père-grand, tu délaisses notre belle invitée. Cela m'étonne de toi.
Au salon, verre en main, le détective amateur glisse, dans le cours d'une conversation anodine, une petite question indiscrète à l'adresse de son hôte :
— malgré vos vêtements noirs, vous paraissez étonnamment jeune. J'ai du mal à croire qu'il y ait deux générations d'écart entre Éva et vous. Est-ce un miracle de la génétique ?
Shraz sourit, et répond avec une nuance de fierté dans la voix :
— j'ai 75 ans, jeune homme.
Le couple échange un regard surpris. Léa commente l'information :
— vous faites vingt de moins. J'espère que Simon se conservera aussi bien.
— Le doute m'habite, ma mie. Alors, professeur, quelle est votre recette ? Une simple hygiène de vie, ou bien une liqueur de jouvence ?
— Disons que j'ai mon petit secret.
La réponse sibylline est suivie d'un bref rire malicieux, puis son auteur lance un autre sujet de conversation, coupant court à la curiosité du journaliste.

♫ ♫ ♫

À table, l'aventurier reconnaît l'étiquette d'une bouteille de vin vue dans la cave clandestinement visitée. Il se retient de féliciter le chercheur retraité d'avoir su expérimenter loin du laboratoire, en passant de l'immunologie à l'œnologie. Autour des assiettes, le quatuor vocal improvise sereinement, jusqu'au moment où la conversation porte sur le laboratoire P4 de Gerland. Chacun est convié à parler de ses activités. Quand vient le tour de la petite-fille de Shraz, le visage de ce dernier se ferme. Il laisse Éva donner un aperçu passionné de son travail. Puis, il jette un froid en dénonçant :
— c'est une erreur majeure d'avoir implanté ce labo en pleine ville, près d'un stade et d'une salle de concert pouvant accueillir deux cent mille personnes. Les dangers de contamination sont mal mesurés.
La chercheuse lâche un soupir agacé, puis entreprend de défendre avec conviction son point de vue :
— non, père-grand, ne reprenons pas cette discussion. Nos scaphandres sont en surpression, donc aucun virus ne peut mécaniquement y pénétrer. Le labo est en dépression, ce qui interdit les fuites vers l'extérieur. L'air est filtré et traité. Le double sas est désinfecté après chaque ouverture. Les rejets sont

décontaminés chimiquement et thermiquement, puis incinérés. Le circuit d'eau est indépendant du réseau... Que sais-je encore ?

— D'accord. Mais, d'une part tu sais très bien que tout dispositif technique a ses défaillances. D'autre part, le labo est à la merci d'une attaque terroriste. Nous savons que les plans de construction ont été chamboulés quand on a découvert par hasard un souterrain en voie d'aménagement. Il pointait vers le chantier du futur labo. Du coup, le bâtiment a été construit hors-sol.

— L'histoire du souterrain a été gonflée. Il n'avait sans doute aucun rapport avec le P4. En tout cas, il en est résulté une isolation plus poussée. Les piliers sur lesquels repose le bâtiment sont plantés dans une dalle antisismique, et ils peuvent résister au choc d'un camion lancé à pleine vitesse.

— Soit !, mais peut-on parer une attaque aérienne ? Des tirs de roquettes ? Plus simplement, une personne malveillante pourrait s'introduire dans le sanctuaire par la ruse.

— Pour cela, il faudrait qu'elle vole la carte magnétique d'un chercheur, et qu'elle lui extorque le code qui va avec.

— Pourquoi pas ? Un terroriste pourrait y parvenir en appliquant une méthode simpliste : la violence. Mais ce que je redoute le plus, c'est une chose toute bête, et imparable. Un chercheur qui disjoncte peut sortir de là avec une culture de virus dangereux comme Ébola, ou moins exotique, des bacilles de Koch multi-résistants. Qui l'empêche de déclencher une moderne et catastrophique épidémie de tuberculose ?

La petite rousse se trémousse. La discussion prend un tour qui lui déplait. Néanmoins, elle réplique avec fermeté :

— toutes nos actions sont contrôlées informatiquement par un poste extérieur au labo.

— Et pourtant, il y a cette rumeur...

— Arrête ! Tu vas trop loin.

Le reproche a été lancé d'une voix tendue. Son auteur a les traits contractés. La pâleur accrue de son visage accuse ses taches de rousseur. Le détective amateur perçoit de la peur chez la jeune femme, qui craint les paroles du vieux professeur. Ce dernier hésite, puis capitule :

— bien, je ne veux pas te contrarier. Si tu penses que cela doit rester secret, passons à autre chose.

Un temps de gêne s'appesantit sur la tablée. Éva chipote dans son assiette. Sentant les regards converger sur elle, elle revient sur le sujet pour mieux le clore. Elle s'adresse à ses invités, sur un ton qu'elle veut rassurant :

— il n'y a aucun secret, juste des ragots à ne pas colporter. Cela pourrait provoquer une inutile panique dans le public. Quelqu'un de mal intentionné a lancé la rumeur d'un vol de virus au P4. Une pure invention !

D'un bref échange de regard, le couple se sait au diapason. La dénégation de Toffer ne les a pas convaincus. Ils accordent à la révélation qu'elle a faite à contrecœur toute son importance. Ainsi, des virus aussi contagieux que mortels auraient fait le mur du labo de haute sécurité ? L'idée enclenche la réflexion de l'enquêteur, qui soupèse la vraisemblance de l'hypothèse, sans perdre d'ouïe la conversation redevenue anodine. Il rapproche la rumeur de vols au P4, et l'anecdote de la galerie creusée en direction du chantier du laboratoire. Depuis son aventure sous la colline de Fourvière, il associe l'idée de souterrain à l'image de Tanas. À l'instar du grand casino du Hilton, le P4 lyonnais serait-il convoité par le prince des ténèbres ?   Dans quel but ? Pourquoi voler du bocon ? Le parrain aurait-il des velléités terroristes ? En ce cas, la ville pourrait trembler. Avec une telle arme entre les mains d'un tel homme, la menace dépasserait Lyon. C'est la France, voire le monde entier, qui entendrait parler de l'homme en noir... Cette dernière expression conduit son auteur à observer le vieux savant à l'apparence bizarrement juvénile. Est-il Tanas ? Cela expliquerait qu'il soit si bien informé des secrets entourant le P4. Mais pourquoi les distiller ainsi à ses invités ?
Par jeu ? Sinistre amusement. Machiavélique jouissance.

À l'issue de la soirée, le couple est raccompagné par ses hôtes jusqu'à la rue. Prenant familièrement Léa par le bras, Shraz la retient pour lui chuchoter à l'oreille une brève anecdote qui la fait éclater de rire. Éva est devant, qui ouvre la porte vitrée. Le journaliste note que la chercheuse inspecte les abords extérieurs. Il l'entend étouffer une exclamation.
Un pas le place derrière elle. Par-dessus la rousse chevelure, le grand blond entrevoit une ombre qui s'évanouit dans l'allée du numéro 4. Toffer souffle :
— ils sont après moi.
Vitodi saisit le murmure apeuré de la jeune femme, qui reste clouée sur le seuil. Il l'écarte doucement, et s'élance. La porte d'allée se referme à son approche. Il se rue sur le lourd battant, et plonge dans le noir du couloir.
Craignant un mauvais coup, il se fige. Lui parvient alors un chapelet de bruits sourds ponctué d'une sonore bordée de jurons. En bout d'allée, des lumières d'appartements se réverbèrent sur les pavés d'une cour intérieure. Dans la maigre clarté qu'elles diffusent, il distingue une silhouette qui se dépêtre des poubelles culbutées. En quelques enjambées, l'aventurier est sur le fuyard, qu'il plaque au sol. Au contact brutal des pavés, l'homme grogne sa douleur. Se tortillant, il parvient à dégager un bras prolongé d'un revolver qu'il braque sur le visage de son adversaire. Il lâche à voix basse et mauvaise :
— lâche-moi, connard. Je peux te flinguer comme je veux. Personne me mettra la main dessus. De toute façon, je crains rien. J'ai la loi avec moi.

La mise en garde opère. Le chasseur abandonne le gibier, se redresse, et recule d'un pas en interrogeant :
— qui êtes-vous ?
— Police ! À présent, vous allez m'oublier. Vous ne m'avez pas rattrapé. Vu ?

L'homme s'est relevé. Il est grand et maigre, le visage en lame de couteau et les yeux fuyants. Son vis-à-vis, dont la vue s'est accoutumée à la pénombre, le scrute. Méfiant, il exige :
— montrez-moi votre carte, et rentrez cette arme. Elle me rend nerveux.

Le long maigre ricane, mais s'exécute. Il tend une carte plastifiée, qu'il éclaire avec une mince lampe torche. Le grand blond apprend qu'il vient de rudoyer Jean-Luc Bondon, inspecteur à la Direction de la Surveillance du Territoire. Les deux hommes dialoguent à mi-voix :
— ne parlez pas de moi à mademoiselle Toffer. Ma mission en dépend.
— D'accord, si vous me dites pourquoi la DST s'intéresse à mon amie Éva.
— Secret défense ! Je ne suis pas habilité à vous faire des révélations.
— En ce cas, je ne vois pas pourquoi je tiendrais ma langue.
— Monsieur Vitodi, je peux vous créer de sérieux ennuis si vous n'êtes pas compréhensif. Je sais que vous ne connaissez ma cliente que depuis hier au soir. Restez en dehors de tout ça.

Les précisions lâchées par l'inspecteur surprennent le détective amateur. Ainsi, Bondon l'a déjà identifié. Il imagine l'homme de la DST filant la jeune chercheuse, le voyant entrer avec elle « Au temps perdu », puis le suivant chez lui, où il découvre son identité. Mais, un point reste obscur :
— bon, vous m'avez vu avec Éva hier au soir. Mais, qui vous dit que je n'ai pas fait connaissance avec elle auparavant ? Lui avez-vous parlé ?

La face du long maigre se fend d'un sourire fat. Ses yeux fuient plus que jamais. Il hésite, retenu par la force d'une longue routine de dissimulation. Puis, le désir d'épater son vis-à-vis l'emporte :
— je n'ai pas eu le plaisir de causer avec mademoiselle Toffer. Mais, votre conversation de bistrot ne m'a pas échappée.
— Je ne vous ai pas remarqué. Comment avez-vous pu nous entendre ?
— J'ai de grandes oreilles.
— Du matériel d'écoute ?
— Stop. Je vous en ai déjà trop dit. Vous voyez que je suis accommodant. Donnez-moi votre parole que vous garderez le silence sur ma mission.
— Mais je ne la connais pas, votre mission. Donnez-moi une bonne raison de me taire, sinon je répondrai honnêtement aux questions de mon amie.

Le policier siffle d'agacement. Puis, s'abandonnant au réflexe du parapluie, il décide de se retrancher derrière sa hiérarchie :

— voici un marché honnête. Je ne peux pas faire plus. Si vous gardez votre langue, je vous organise un entretien avec mon chef, le commissaire Faganat.
Simon accepte la proposition. Il tourne la tête en entendant la voix inquiète de Léa résonner à l'entrée de l'allée. Le barbouze s'esquive. Il est retenu par un long bras de l'aventurier, qui s'est étiré sur un pas, et chuchote :
— comment je joins votre commissaire ?
— Ne vous inquiétez pas, on vous contactera.
Bondon prend la poudre d'escampette par la traboule dont Guitou usa pour pister la chauve-souris géante. Vitodi rejoint Touléza, qui interroge :
— qui c'était ?
— Je t'expliquerai. Allons prendre congé.

Le couple retrouve Toffer, dont le visage blême reflète de l'anxiété, à l'instar de sa voix crispée lorsqu'elle demande à l'enquêteur :
— vous l'avez rattrapé ?
— Non. C'est un rusé. Il a tiré des poubelles en travers du passage. Dans le noir, j'ai failli me *cramailler* le *juge de pet*. Le retard que ça m'a fait prendre lui a permis de filer. Il n'y avait personne rue Bodin, à la sortie de la traboule. Je regrette... Êtes-vous sûre que cet individu vous surveillait ?
— Je crois... Mais je me fais peut-être des idées. Inutile de s'inquiéter.
— Depuis quand avez-vous l'impression d'être suivie ?
— Quelques jours. Mais j'ai eu tort de vous alarmer. Sans doute ne s'agit-il que d'un amoureux qui n'ose pas déclarer sa flamme.

Après un petit rire forcé, Éva prend congé, prétextant que son grand-père l'attend. Le journaliste la regarde s'éloigner, pensif. Il enlace sa compagne, et tous deux regagnent leurs pénates en conversant à voix basse. Il lui rapporte le détail de son entretien mouvementé avec l'inspecteur Bondon.
Plus tard, chez eux, leur dialogue revient sur le sujet. Touléza demande :
— la DST, c'est le contre-espionnage, n'est-ce-pas ?
— Exact !, surveillance du territoire.
— Alors, s'ils la filent, c'est que ta belle rouquine est une espionne !
— Toujours jalouse, ma gazelle écornée ? Peut-être surveillent-ils la dizaine de chercheurs du labo ? Ce qui confirmerait cette rumeur de vols au P4.
— Et si elle était la voleuse ? Tu as vu comme elle était furieuse que son grand-père vende la mèche ?
— Possible... J'ai noté une petite contradiction, assez troublante. Quand elle a vu le type de la DST, elle a murmuré : « ils sont après moi »... Au pluriel ! J'ai compris qu'elle se savait surveillée par une équipe, une bande ou un service. Après s'être reprise, elle parle d'un amoureux timide. Alors qu'elle est inquiète, à juste titre, pourquoi cherche-t-elle à minimiser l'affaire ?

— Parce qu'elle ne veut pas que tu y fourres ton grand nez !
— Alors, où vais-je le fourrer, ce grand appendice ?

La question équivoque est prolongée par un sourire et des gestes qui disent le sens grivois que lui donne son auteur. De câlins, les baisers se font goulus. Le débat amical s'est mué en ébat amoureux.

♪ ♪ ♪

— Si tu veux de la merde de vilain, tu n'as qu'à lui pendre un panier au cul !

Réjoui d'avoir pu citer cette formule populaire, Borniquet s'esclaffe. Il vient de rapporter à Vitodi les propos d'un collègue de la DST qui l'a renseigné sur le commissaire Faganat. Ce dernier est connu au sein du service de contre-espionnage pour ses méthodes tortueuses, son inclination pour les coups fourrés. Le patron du SRPJ poursuit :
— un conseil : laisse tomber cette histoire de labo. Retire tes billes. De deux choses l'une : soit Faganat cherchera à t'utiliser pour piéger ta chercheuse, soit il voudra t'écarter. S'il te considère comme un gêneur, il est capable de te faire tomber pour complicité. C'est un combinard.
— Merci du tuyau. Autre chose : Feri va-t-il relever le défi de Tanas ?
— Me parle pas de ça ! Je n'ai pas réussi à le dissuader. Je suis sûr qu'il va y aller. C'est un piège, et je ne pourrai rien faire pour lui, parce qu'il me tient à l'écart de l'affaire. Pour une question de loyauté ! Comme si la lutte contre les truands pouvait se mener à la loyale !
— À trop bien imiter le shérif, le mousquetaire de Lyon va finir comme lui.
— Tais-toi, j'en suis malade !

Le journaliste prend congé du commissaire, en le remerciant. Rompant avec la coutume, le policier ne s'est pas montré désagréable. Pas de petites piques au pisse-copie. Le chef de la PJ a l'esprit ailleurs. Il est obsédé par l'idée d'un duel truqué envoyant ad patres son coéquipier du Palais.

En début d'après-midi, Simon descend la colline qui travaille, en choisissant les zones d'ombre. Il veut minimiser l'échauffement de la bouteille de bon vin offerte la veille par le professeur Shraz. Justin possède une cave voûtée bien enterrée, où le nectar sommeillera en paix, en l'attente d'une occasion justifiant la dégustation. Place Colbert, l'allée du n° 9 lui donne l'idée de trabouler au frais. Il traverse la cour des voraces, et dégringole les rudes degrés piquant sur la traboule transversale, qui l'amène au 29 de la rue Imbert Colomès. Il coupe la voie en diagonale. L'allée du n° 20 le conduit à un étroit escalier donnant sur une cour pavée de *têtes de chat*, qui instille la neurasthénie, perdue au pied de bâtiments de six et sept étages. Il reprend une ration de marches usées, et sort au 55 de la rue des Tables Claudiennes.

En son antre vieillot, cerné par une marée de papier, le retraité aux neigeuses bacchantes l'attend. L'accueil est écourté par la présence de la dive bouteille. *La fraise* la contemple. Ses yeux délavés bombent à quitter l'orbite. Il est plus attentif à l'étiquette du flacon qu'à celle du protocole de réception d'un ami en visite. Son regard adhère au verre comme la sangsue à la sanguine chair. C'est en gloussant de joie qu'il s'enfonce prudemment dans les profondeurs du bâtiment triséculaire, pour aller serrer le trésor liquide sous terre.

Lorsqu'il revient, le souffle raccourci par l'ascension, son visiteur feuillette un livre sur les souterrains de Lyon. Gagnant son fauteuil favori, Justin propose :
— tu pourras l'emporter. Je l'ai étudié, et j'ai pris des notes sur ce qui t'intéresse. Si tu veux, je te les lirai. Mais avant, raconte-moi ce dîner chez le professeur Shraz. Quelle impression il t'a faite ?
— Ce qui surprend chez lui, c'est qu'il paraît vingt ans de moins que son âge.
— Merde ! Alors, c'est vrai ?
— Quoi donc ?
— Je ne voulais pas le croire... Depuis que tu m'as parlé de lui, j'ai contacté un copain, qui tenait la rubrique scientifique au journal. Il m'a confié une info qu'il n'a jamais divulguée, déontologie oblige. Shraz aurait expérimenté sur lui-même une liqueur de jouvence secrètement mise au point dans son labo.
— Pourquoi ton confrère n'a-t-il pas publié cette nouvelle sensationnelle ?
— Parce qu'il l'avait obtenue sur l'oreiller, via une relation commune avec le prof. Il avait promis la discrétion. De plus, il n'a pas pu recouper le tuyau.
— Pas étonnant : le tuyau était trop gros !
— Amusant ! Au lieu de *gandoiser*, dis-moi ce que tu penses de notre vieux jouvenceau. Sa potion miracle aurait-elle métamorphosé notre bon docteur Jekyll en l'horrible mister Hyde ?
— Le gentil Shraz le jour, et le hideux Tanas la nuit ? J'y pense d'autant plus, que les indices s'accumulent. Primo, le petit Guy voit l'homme à la cape entrer au 1 rue Magneval. Deuzio, la première fois qu'il m'ouvre sa porte, le professeur est en pyjama et robe de chambre noirs. Le lendemain, il est en pantalon et polo noirs. Visiblement, il aime cette couleur.
— Comme Tanas !
— Oui. Curieuse coïncidence, non ? Tertio, bien que retraité, il suit de très près ce qui se passe au laboratoire P4 de Gerland.
— C'est normal, puisque sa petite-fille y travaille.
— Oui, mais il parle de souterrain, et de mystérieuses disparitions de virus. Toutes choses qui évoquent notre ennemi de l'ombre.
— *Cré nom d'un rat !* Raconte-moi tout.

Le grand blond relate sa soirée, et recommande la discrétion à son ami :
— cette surveillance de la DST donne du poids à la rumeur de vols au P4. L'affaire menace de nous péter au nez. Il faut y aller comme sur des œufs. Pour l'instant, tu gardes le secret sur tout ça.
— Je serai muet comme une tombe.
— C'est pas un critère. La tombe du mage Philippe a bien parlé !
— N'oublie pas qu'il guérissait par la parole !

Durant l'échange badin, le vieux journaliste s'est dirigé vers ses archives, et a sorti une fiche de l'un de ses volumineux classeurs. Il la parcourt, et retourne s'asseoir en se félicitant :
— bon ! Je n'ai pas encore ma place dans le gang d'Al Zheimer... Faganat, ça me disait quelque chose. La DST a la haute main sur la sécurité du P4. Et c'est ton commissaire Faganat qui a conduit les enquêtes sur les chercheurs qui y sont affectés. Voilà pourquoi sa responsabilité est engagée si l'une des grosses têtes déraille.
— Oui, oui... Bravo Tintin ! Merci pour l'info. Au moins, je sais où je mets les pieds... À présent, éclaire-moi les boyaux de la Croix-Rousse, s'il te plait.

Satisfait, la lactescente pilosité sub-fraisière frémissante, Fouilleret farfouille dans le fouillis des feuilles amoncelées sur son bureau, en promettant :
— alors là, mon *gone*, tu vas pas être déçu !... Voyons... D'abord, la surface. Au XVIe siècle, Lyon se fortifie. Des remparts sont édifiés, notamment de la Saône au Rhône. Ils sont réaménagés plus tard par Vauban. En 1844, ils sont démolis, et sur leur tracé est ouvert le boulevard de la Croix-Rousse. Il est très large, en vue de manœuvres militaires pour mater les révoltes canuses qui pourraient succéder à celles de la précédente décennie. Il semble ne demeurer aujourd'hui des fortifications que le bastion Saint Laurent, pas loin du *Gros caillou*. Mais ça n'est valable que pour la surface. Les aménagements du sous-sol sont peu connus. À l'époque de la construction des remparts, des taupes humaines œuvrèrent sous la pente est de la colline. L'ouvrage servit de cache pour la Résistance. Bizarrement ignoré, il ne fut révélé qu'en 1963. On l'appelle *les arêtes de poisson*, à cause de sa forme : 17 paires de galeries d'une trentaine de mètres, connectées perpendiculairement à un souterrain central de 1,5 km de long. Cette colonne vertébrale s'étage en tronçons, depuis le Rhône : place Louis Chazette, jusqu'au niveau de la rue Magneval.
— Tiens tiens, nous y voilà ! Et pourquoi nos ancêtres ont-ils creusé cette arborescence ichtyoïde ?
— On pense que les galeries devaient stocker des munitions, voire, compte tenu de leurs deux mètres de hauteur, servir de refuge à des soldats.
— J'ai dû zigzaguer dans tes arêtes. Mais la taupinière est plus tarabiscotée. Il y a des boyaux de toutes tailles, qui s'enchevêtrent à te coller le tournis.

— Oui. J'ai commencé par *les arêtes de poisson*, parce que c'est la curiosité locale. Mais elles sont reliées à un cuchon de galeries d'adduction d'eau, qui forment un labyrinthe s'étendant de la place Colbert à la rue des Fantasques. Le petit jardin public à côté de chez toi est né de la disparition d'immeubles menacés par la fragilité du sous-sol. La faute à une sacrée famille de taupes du XVIIe siècle : les Collinettes. Pour approvisionner en eau son couvent, la mère supérieure fit creuser à la recherche du précieux liquide. L'ouvrage fut mené à tâtons. Partant du sous-sol de l'actuelle résidence Villemanzy, le souterrain se ramifia pour se brancher sur les principaux aqueducs alentour, qui communiquent avec *les arêtes de poisson*. Au total, le réseau est long d'environ 4 km !... Tu as l'air tout chose. À quoi tu penses, mon grand ?

— Tu viens de parler de la résidence Villemanzy comme de l'un des points d'entrée du dédale. Or, la belle Éva habite là. Et son grand-père est dans le même cas. Il peut gagner le réseau souterrain sans même sortir de chez lui.

— Ne t'emballe pas : tous les habitants de ton quartier, y compris toi-même, résident peu ou prou au-dessus d'une ramification du fameux labyrinthe...

De retour chez lui, Vitodi est sonné par le téléphone, dont l'écouteur vibre à la voix d'un inconnu suspicieux, qui interroge à brûle-pourpoint :
— qu'avez-vous à cacher ?
— Pardon ? Qui êtes-vous ?
— Commissaire Faganat. Vous voulez me parler. Mais ce n'est pas en semant l'un de mes hommes dans une traboule que vous me rendrez loquace.
— Bondon ? C'est lui qui a pris la tangente par la traboule.
— Je ne parle pas de ça... Attention, si vous voulez jouer au con, vous n'êtes pas sûr de gagner !
— Soyez plus clair. Je suis dans le brouillard.

Après un soupir agacé indiquant qu'il maîtrise avec difficulté sa colère, le chef barbouze martèle :
— cet après-midi, vous avez ridiculisé un policier, en jouant la fille de l'air par une traboule à trois issues. Pourquoi ? Simple jeu ?

Simon abrège son rire, pour épargner les nerfs de son interlocuteur :
— pardon, c'est la surprise. Je ne savais pas que j'étais suivi. J'ai coupé par les traboules pour trouver plus d'ombre. Je portais une bouteille de bon vin. Votre homme a dû faire le mauvais choix après la cour des voraces. Il aura pris à gauche pendant que je m'éloignais à droite. C'est le hasard. Cela dit, je n'ai rien à cacher. Je peux vous dire chez quel ami j'allais, si vous y tenez.
— Ça va, ça va !

L'homme de la DST a grogné sa réponse. Après une pause, il jette :
— un instant !

Il couvre de la main le récepteur téléphonique, en regardant vers une porte de communication, qui s'est ouverte pour livrer passage à un énigmatique personnage. Sosie de Pierre Dac, l'apparition traverse lentement la pièce. Impressionné, le commissaire s'adresse avec déférence au fantôme :
— mes respects, monsieur Maurice. Puis-je faire quelque chose pour vous ?
— Non... Je passais.
— Au revoir, monsieur Maurice.
À peine venu, le revenant est reparti.

Troublé, Faganat parle au journaliste d'un ton radouci :
— soyez dans une heure au rond-point central du cimetière de la Guillotière.

Puis, il coupe la communication, laissant son ex correspondant bougonner :
— les cimetières deviennent tendance. Je vais acheter un jeu d'osselets.

♪ ♪ ♪

Bien que l'entretien se tienne devant les tombes des frères Lumière, il n'en jette aucune sur l'affaire des vols du P4. Le commissaire de la DST dément la rumeur, et s'applique à banaliser l'intervention de son service :
— c'est une enquête de pure routine. Mademoiselle Toffer nous intéresse au même titre que tous les autres chercheurs du laboratoire. J'ai constitué un dossier sur eux au moment de leur recrutement. Mais je dois m'assurer de leur fiabilité sur la durée. Pour leur sécurité, nous surveillons la qualité de leurs relations, car ils pourraient être approchés par des terroristes.
— Voilà pourquoi vous me faites suivre. Suis-je suspecté ?
— Inutile de vous offusquer. Vous êtes dans mon collimateur, comme toutes les personnes qui lient connaissance avec un chercheur du P4. Ma mission est de la plus haute importance. Alors, je m'assois sur vos états d'âme, et j'exige de vous une discrétion totale. D'abord, ne rapportez rien de ce que je peux vous dire. Ensuite, et surtout, ne colportez pas ce bobard des vols de virus. Vous devez mesurer les conséquences désastreuses que cette rumeur idiote aurait si elle s'étendait au grand public ! Sous la pression électoraliste, les politiciens pourraient en venir à fermer le labo. Or, il n'existe que trois autres P4 de par le monde : deux aux Etats-Unis et un en Afrique du Sud. C'est un investissement énorme, qui place la France en pointe dans ce domaine de la recherche (...)

Tout en l'écoutant, le journaliste observe son vis-à-vis, afin d'en cerner la personnalité. L'homme massif, sanguin, solide mais gras, a un comportement qui oscille entre le rugueux agressif et le mielleux. Irascible, il compense ses

sautes d'humeur par un ton doucereux. Sa face ronde peut afficher de la jovialité, tandis que ses petits yeux noirs dardent le mépris.
Il s'abrite derrière les sporadiques nuages de fumée d'un cigarillo puant.
Au travers des relents pestilentiels, le détective amateur flaire la duplicité du discours barbouzard, aussi distinctement qu'il percevrait la fêlure d'une assiette qui tinte. Il se retient de jeter au policier que son petit cinéma est déplacé face aux tombeaux des inventeurs du grand cinématographe.
Afin de lui montrer qu'il n'est pas dupe, il le coupe sans ménagement :
— écoutez, grand chef. Primo, je n'ai pas l'habitude de cancaner. Deuzio, je vais continuer à m'intéresser au P4, parce que le vol de bocon me semble possible. Nous savons l'imprudence de l'ancienne directrice du labo, qui a rapporté d'Afrique des virus de la fièvre de Lassa. Elle l'a fait avec précaution, mais sans demander d'autorisation. Cela lui a coûté son poste. Un chercheur du P4 pourrait prendre le même genre de liberté, emporter des cultures chez lui, ou pire. Pourquoi pas ? Je désire savoir si la rumeur est fondée ou non. Cela dit, j'agirai discrètement. Je vois clairement les enjeux.
Le chef barbouze, qui tentait de tirailler sa trop courte moustache, laisse libre cours à sa colère :
— je vous interdis de toucher à cette affaire ! Elle est couverte par le secret Défense. Je ne tolérerai aucun pisse-copie sur mes plates-bandes... J'ai lu votre dossier aux RG. Ils vous cataloguent comme fouille-merde de première. J'ai accepté cet entretien à seule fin de vous avertir. Restez à l'écart, sinon je vous colle au trou pour atteinte à la sécurité du P4. Comptez sur moi pour vous mitonner une jolie accusation. J'en ai déjà la pierre angulaire : vous séduisez la Toffer. Vous avez réussi à vous faire inviter. Autrement dit, vous la circonvenez. Avec une perquisition maison, votre domicile pourrait se révéler être un repaire compromettant. J'adore ce genre de scénario.
Un ricanement sarcastique traduit la satisfaction de l'homme aux cigarillos puants. Ayant débondé son accès de hargne, il change de registre. Son ton passe du rêche au gluant :
— cher ami, vous êtes intelligent. Vous n'êtes pas avide de sensationnalisme. Je compte sur vous pour ne pas faire de vagues, et je vous demande de ne pas saboter ma mission... Sur ce, je vous quitte. J'ai du travail.
— Une dernière question : pourquoi avoir choisi ce lieu de rendez-vous ? Seriez-vous nécrophile ?
— Charmante insinuation ! Non, mon bon. Cet endroit est à la fois proche de mon bureau et tranquille. Vous avez pu constater que nous n'avions pas été dérangés. Il suffit de deux hommes pour éloigner les importuns, et veiller à ma... à notre sécurité. Quant à la sécurité de votre avenir, prenez au sérieux mon avertissement ! Bonsoir, monsieur Vitodi.

Simon n'a pas répondu. Il n'avait pas envie de souhaiter quoi que ce fût de bon à l'antipathique barbouze. Flânant dans la nécropole, il conclut *in petto* :
— un cimetière pour enterrer l'affaire.

Avec la nuit, revient l'irrésistible appel souterrain.
L'aventurier s'apprête à sortir, quand Léa lui glisse, non sans malice :
— ne t'approche pas de la résidence Villemanzy, tu pourrais te faire violer par la petite rouquine.
— J'aurais bien trop peur d'attraper un méchant virus, ma gazelle.

Dégringoler de son colombier ne lui coupe pas la réflexion. La mise en garde de sa compagne l'a troublé. Il réalise que depuis sa rencontre avec Éva, ses pensées sont aimantées par la magnétique rousse. Elle aimant, lui amant ?
Ne souhaitant pas prendre du plaisir aux dépens de Léa, il renonce à explorer l'aqueduc des Collinettes. S'il parvenait à entrer ainsi dans la résidence Villemanzy, qui sait jusqu'où sa curiosité d'enquêteur pourrait le pousser ? Sur la couche de la belle chercheuse ? Que nenni ! Il se contentera d'un plat d'*arêtes de poisson*. C'est en passant au peigne fin ces galeries sèches et spacieuses, qu'il a la plus forte chance de découvrir une cache de Tanas.
Alors qu'il pourrait de nouveau accéder au réseau souterrain par la maison de Shraz, il choisit de diriger ses grands pas vers la porte en fer de la rue Adamoli. L'homme à la cape est sorti par là, avant d'achever son petit tour par le 1 rue Magneval. Le détective amateur veut vérifier qu'il s'agit d'un point d'accès au labyrinthe enfoui. Pour aller plus vite, il délaisse l'escalier de la rue Grognard, et coupe par le petit jardin public.
Le voici à pied d'œuvre, dans la pénombre régnant sous la rampe d'escalier. De son mini sac-à-dos, il tire sa tenue de spéléologue urbain. Il enfile par-dessus ses habits légers la combinaison imperméable, et coiffe le casque avec lampe frontale. Il allume cette dernière, et sort sa trousse à *rossignols*.
Clac ! Clac ! Le panneau métallique s'ouvre sur le mystère.
Il rabat sur lui la porte, et la verrouille. Puis, il entame son exploration, à pas comptés. Il s'arrête à chaque tournant, chaque bifurcation, pour repérer l'orientation prise et estimer la distance parcourue. Sur un bloc-notes, il trace la topographie de son parcours.
À l'un des nombreux embranchements, il tergiverse. Consultant de nouveau sa boussole, il a réalisé qu'après être parti vers le nord, il avait changé d'orientation. Avec constance, ses choix ont inconsciemment infléchi son cap vers le sud. Doit-il bifurquer ? Poursuivre dans cette direction, c'est aller inévitablement vers le sous-sol de la résidence Villemanzy. Il tourne la tête, et la lampe éclaire un escalier qui le détournera de cette trajectoire l'attirant vers l'orbite de la naine rousse sur laquelle il risque fort d'alunir.

Il devine que la descente des marches lui permettra d'atteindre le niveau des *arêtes de poisson*. Immobile, il hésite.
Le silence est soudain pointillé par une série de sons ténus froissant le crêpe du deuil nocturne. Le bruit provient du sud. Dans le boyau, l'écho amplifie le moindre son. Les frottements légers se précisent. Quelqu'un vient, se dit-il, assailli par le souvenir de l'approche à peine audible du prince des ténèbres, quand il guettait dans le souterrain de Mandrin. Tanas reviendrait-il de chez sa complice, la jeune chercheuse qui dérobe pour lui des virus ?
Il éteint sa lampe, et attend dans le noir, sentant l'excitation monter en lui.
Il tient sa revanche. Il imagine son poing droit cueillant l'arrivant au menton.
Sa meilleure arme est l'effet de surprise. Elle sera décisive.
Une lumière apparaît, qui danse sur le sol au rythme des pas de l'apparition.
Peu avant d'être éclairé, l'aventurier actionne sa lampe frontale.
Avec un petit cri effarouché, la demoiselle Toffer lève la main pour protéger de l'éblouissement ses yeux aux reflets d'émeraude.
Vitodi a retenu de justesse son bras vengeur.
En subissant à son tour l'épreuve de la lumière, il interroge :
— que faites-vous sous terre en pleine nuit ?
— Je pourrais vous retourner la question.
En répliquant du tac au tac, Éva a passé dans son dos la sacoche qu'elle porte en bandoulière. Intrigué par le geste, Simon se montre soupçonneux :
— quelque chose à cacher ?
Elle émet un rire gêné, et ramène ostensiblement le bagage dans sa position initiale, en annonçant :
— puisque je suis prise la main dans le sac, j'avoue. Mais je vous en prie, éteignez cette lampe. J'ai la pénible impression d'être cuisinée par un flic.
Ayant obtenu satisfaction, elle cesse de se protéger les yeux, et s'explique :
— je reçois demain soir des amis. Alors, j'allais visiter la cave de père-grand, pour lui soutirer une ou deux bouteilles de bon vin. Oh, ce n'est pas du vol ! Il m'aurait donné ce vin, mais je ne veux pas le déranger à cette heure, et je crains de ne pas avoir le temps demain.
— Si vous possédez la clef de sa cave, vous devez bien avoir celle de la porte d'allée. Pourquoi ne pas circuler en surface ? Ce labyrinthe est malcommode et dangereux. Vous pourriez vous perdre, ou faire une mauvaise rencontre.
— Vous avez raison, puisque je tombe sur vous !
Après un rire moqueur, la petite rousse argumente :
— je me sens plus en sécurité sous terre. Vous avez vu que dehors, j'étais suivie par un inconnu. Ne craignez rien, je connais ces souterrains. J'adore ce chemin secret. Je le trouve romantique. Et vous ?

Elle s'approche de lui, en orientant sa torche vers le sol. La pâle clarté qui en résulte arrache à ses pupilles un éclat supplantant le fameux rayon vert saluant la "mort" du Soleil. Un voile se pose sur sa voix lorsqu'elle susurre :
— sous terre comme au dessus, il est dit que nos routes sont appelées à se croiser souvent ces derniers temps. On dirait un signe du destin. Un démon nous pousse l'un vers l'autre.

Elle se penche pour poser à l'écart sa sacoche. Puis, elle noue ses bras au cou du grand blond. La lampe qu'elle tient en main vient cogner contre le casque du spéléologue. Ils éclatent de rire, sous l'effet de la tension érotique.

Il ôte son encombrant couvre-chef, qu'il pose au sol. Elle y plante la torche, qui les éclaire en contre-plongée, puis l'enlace de nouveau. Il se courbe sur les lèvres offertes. Le baiser lui fait l'effet d'une décharge électrique. Elle se plaque à lui telle le gant à la main du chirurgien. L'étreinte dure. Les bouches se prennent, se déprennent et se reprennent, sans que le couple parvienne à se rassasier. L'homme ne peut cacher son émoi. Elle le repousse tendrement en murmurant :
— allons dans mon studio. Nous serons mieux pour... bavarder.

Le rire de gorge qui résonne dans le souterrain tranche l'ultime fil de résistance de son partenaire. Sans un mot, il lui passe la torche, et coiffe le casque. Elle ramasse sa sacoche, et retourne sur ses pas.

Aux *arêtes de poisson*, il préfère la sirène, qu'il suit. Il sait qu'il a tort, mais quand l'erreur est à ce point humaine, aucun sage n'y résisterait.

Chapitre 10

*« Pour ce qu'est de la chose de l'amour,
n'y sois pas trop regardant, parce que, vois-tu,
que t'en uses ou que t'en uses pas, ça s'use. »*

Impossible d'en user derechef avec Éva sans risquer de faire souffrir Léa. En dépit du plaisir dispensé par la chose, il n'y reviendra pas, décide-t-il au réveil. Rentré à l'aube, Simon se lève tard. Sa compagne est de repos. Présente, elle se montre distante. Il l'observe qui va et vient en faisant mine de se désintéresser de lui. Inquiet, il la croche au passage, et l'attire. Elle a un réflexe de résistance. Il n'insiste pas, la lâche et demande :
— que se passe-t-il ? Un reproche ?
Plantant dans ses yeux clairs un regard noir de ressentiment, elle ironise :
— alors, tu as trouvé Tanas ? Il utilise un parfum féminin, et il s'est frotté contre toi ? C'était bon ? Ça t'a plu ?
Le visage du journaliste se ferme sous la rafale de flèches interrogatives décochées rageusement. Il n'avait pas prévu qu'elle détecterait sur ses habits la trace olfactive de son nocturne écart. Inutile de nier et d'inventer. Il n'aime pas pratiquer le mensonge, complication trop souvent inutile, voire nuisible. Il décide sur-le-champ de crever l'abcès :
— bon, ça va, tu ne te trompes pas.
— bien sûr, c'est toi qui me trompes !
Il grimace, et rappelle avec calme :
— on n'est pas mariés. Je ne t'ai pas juré fidélité devant un type en écharpe tricolore. Tu n'es pas copropriétaire de mon corps. Je n'annexerai jamais ma liberté à un amour, si fort soit-il... Cela dit, je regrette de te peiner.
Son ton grave désamorce la colère de Léa, qui demande d'une voix triste :
— c'est la petite rouquine, hein ?
— Oui.
— Tu admettras que je l'ai vue venir, celle-là. Concurrence déloyale ! Je ne pouvais pas lutter, moi pauvre infirmière, face à une chercheuse de pointe... Et quand je dis pointe, je me comprends.
— Le côté intellectuel n'est pas en jeu. J'ai succombé à l'appel de la chair.
— Grand cochon !
Il se laisse bourrer le torse de coups de poings retenus. Le simulacre de violence est à la limite de la caresse amoureuse. Il commence à s'expliquer :

— tu sais, je ne l'ai pas cherchée, la chercheuse. Mais je l'ai trouvée.
— Où ça ? En bas ? Sous la pile de goguenots, prête à foutre la merde ?

Il rit de l'image. La jeune noire laisse passer un sourire. Elle résiste mal au charme de son grand blond. Sa rancœur déjà s'apaise. Elle l'écoute relater sa rencontre inattendue avec la Toffer. Puis, elle affirme posément :
— si t'étais pas bêtement aveuglé par les charmes de cette gourgandine, tu trouverais bizarre de la voir se balader la nuit dans les souterrains fréquentés par Tanas.

Vitodi reste pensif. Il se sent comme dégrisé par le commentaire de Touléza. Ses soupçons refont surface. Cette histoire de vin n'était-elle qu'un prétexte, voire un mensonge ? Que penser de l'argument de la petite rousse sur le romantisme du dédale obscur ? Pourquoi ne s'est-elle pas enquis du motif de sa présence en ces galeries interdites ? Quelle est l'étendue de ce qu'elle sait sur lui ? Il a le sentiment de s'être laissé manœuvré par le bout du...
L'infirmière précise son accusation :
— si la DST la surveille de si près, c'est à cause des vols au P4. Or, Tanas s'intéresse au labo.
— Ce n'est qu'une hypothèse. La tentative souterraine sur le chantier fait penser à ses méthodes.
— Suppose que ce soit la Toffer qui vole les virus. Pourquoi, ou plutôt pour qui le ferait-elle ?
— Pour Tanas ?
— Exactement ! Elle est complice de ton roi des souterrains. Voilà pourquoi elle y circule la nuit.

Poussant un petit cri d'inquiétude, elle plaque ses longs doigts devant sa bouche charnue. Puis, elle les abaisse pour révéler sa soudaine crainte :
— et si elle trimballait ses saloperies, cette nuit ?

Il ne répond pas, mais revoit la sacoche que l'ensorcelante Éva tenta de dérober à sa vue. Un mouvement mal justifié si le bagage était vide. Elle posa l'objet à l'écart, avec précaution, avant de le griser par un baiser voluptueux. Cette poche censée accueillir des bouteilles de vin abritait-elle quelque fiole gorgée de bocon ?

Face au mutisme de son compagnon, Léa poursuit :
— dans son labo, les chercheurs sont tellement habitués au danger, qu'ils en viennent à prendre de gros risques. Regarde la directrice du P4, avec ses virus rapportés en douce d'Afrique en avion. L'appareil aurait pu avoir un accident au-dessus d'une zone habitée. Seuls survivants, les microbes. Ils sont à l'abri des fractures ! Un secouriste pose la main dessus, et c'est le début de l'épidémie... Ta rouquine est peut-être déjà infectée... Et toi, tu incubes !

— Oh, tout doux ! Attends un peu, avant de prévenir le labo d'anatomie que mon corps sera bientôt à leur disposition.
— Ils en voudront pas. T'es perdu pour la médecine. Je t'enverrai à Gerland, dans leur tombeau sur pilotis. Comme ça, leur vérole reviendra au bercail. Retour à l'envoyeur !
Le grand corps malade a grimacé. Il tente de détourner le viseur pointé sur la jeune chercheuse, pour l'orienter vers son grand-père :
— Guitou a vu Tanas entrer chez Shraz. Lequel s'habille en noir, comme le parrain lyonnais. Ce vieux professeur qui paraît si jeune a joué à l'apprenti sorcier. Et le P4, c'est sa partie. S'il ne fait qu'un avec Tanas, tout s'explique ; notamment l'intérêt porté aux virus par notre ennemi de l'ombre.
— Eh bien, ta théorie renforce la mienne. C'est pour son grand-père idolâtré que la Toffer vole !
L'argument frappe juste. Le détective amateur l'admet. Il fouille l'hypothèse, avec l'aide de sa compagne, qui lui renvoie la balle avec sagacité.
Le professeur Shraz était considéré comme un génie dans sa partie. Du génie à la folie, il a pu franchir le pas pour fuir le chagrin d'avoir tué sa splendide épouse. Il aura rejeté sa faute sur la recherche médicale. Son remords se sera mué en une haine le poussant à brûler ce qu'il avait adoré. La frustration de s'être condamné à une retraite prématurée l'aura conduit à démontrer ses capacités de nuisance. Assouvissant une perverse revanche, il s'en prendrait au laboratoire de pointe dans sa spécialité : l'immunologie.
Sa tentative souterraine ayant avorté, il réussit, grâce à sa réputation et à ses anciens collègues, à faire entrer sa petite-fille au P4. Fascinée depuis toujours par son grand-père, au point d'avoir calqué ses études sur le parcours du vieux professeur, Éva se soumet à sa volonté. Que sait-elle de la double vie de Shraz ? Il lui a sans doute caché son secret. La manipule-t-il ?
Qu'elle sache ou non qu'il est Tanas, la chercheuse lui apporte des lots de virus qu'elle dérobe au labo. La nuit, elle transporte son dangereux butin vers une cache aménagée par le professeur dans un souterrain proche de sa maisonnette. L'aventurier revoit l'escalier qu'il s'apprêtait à emprunter, au moment de sa rencontre nocturne avec la petite rousse. Cette voie mènerait-elle à la cache du prince des ténèbres ? Il ira voir cela dès la prochaine nuit.
Le couple débat une objection à sa théorie : pourquoi Shraz leur a-t-il révélé les vols au P4, s'il en est l'instigateur ? La réponse est liée à la psychologie du personnage. D'une part, Tanas est passé maître dans l'art de la dissimulation. D'autre part, il a une très haute idée de lui-même. Il se croit donc assez subtil pour manœuvrer sans risque ses interlocuteurs. Il éprouve du plaisir à dire une part de vérité à ce journaliste qu'il connaît bien pour l'avoir assommé, puis précipité dans un puits. Car il sait qu'en se parant ainsi d'un masque

d'intégrité, il écarte de lui les soupçons de l'enquêteur. Et si, l'autre soir, Éva avait peur des révélations de son grand-père, c'est qu'elle connaît sa façon de jouer avec le feu. Elle craignait une parole de trop.

Courses, repas, câlin, promenade... La journée du couple coule en paix.
En soirée, ils étudient la documentation de Justin sur les souterrains de la Croix-Rousse. Simon s'applique à synthétiser en un plan unique les divers relevés de galeries réunis par le journaliste retraité. Il tentera d'y retrouver son cheminement de la précédente nuit, grâce aux notes prises sur place.
Pendant ce temps, Léa lit un livre recensant l'ensemble des boyaux de l'ex capitale des Gaules. Une heure plus tard, elle abandonne sa lecture, car elle doit se lever tôt le lendemain pour son travail à l'hôpital. Avant de se retirer, elle embrasse son compagnon, et lui lance une mise en garde à peine voilée :
— qui n'entre pas dans les goulets, ne risque pas d'y trouver de serpents !

Il sourit au vieil aphorisme populaire, tout en sachant qu'il ne suivra pas le conseil : dans une heure ou deux, il sera de nouveau dans lesdits goulets. Mais, il est bien décidé à éviter l'ensorceleuse vipère rousse.

À chaque nuit sa surprise... Vêtu de sa combinaison noire, sorti dans la rue Bodin déserte, Vitodi a coupé par le jardinet public, où Il croit débusquer un gibier. Il décèle un mouvement, puis voit l'ombre se découper en bordure de l'espace vert. Médusé, il partage la vision de Guitou : la chauve-souris géante. Elle lui rappelle le monstrueux rapace de Fourvière. La cape noire ondule autour de Tanas, qui plonge dans la rue Adamoli.

♪ ♪ ♪

Se ruant sur les talons du fantomatique parrain, il l'aperçoit plus bas, qui disparaît sous la rampe d'escalier abritant la porte en fer.
L'excitation est un aiguillon. L'ennemi de l'ombre est fait : il aura à peine le temps de déverrouiller le panneau métallique avant d'être rejoint. Le grand blond dévale les marches. Il n'est plus qu'à quelques mètres du recoin quand lui parvient le claquement du pêne. Il voit déjà sa main se poser sur l'épaule de l'homme en noir, qui s'apprête à entrer dans le dédale souterrain.

Il trouve l'endroit désert, et la porte fermée à clef !
Surpris, il regarde de tous côtés. Durant les deux secondes qu'il lui fallut pour franchir les derniers mètres de course poursuite, son gibier n'eut pas le temps de réaliser la séquence [retirer la clef de la serrure, ouvrir le battant, entrer, refermer, réengager la clef, actionner le pêne]. Et pourtant, Tanas n'a

pas fui vers la rue des Fantasques, ni gravi les marches surmontant la porte. Son poursuivant l'aurait vu. Et le claquement caractéristique de la serrure a bien retenti. Ce diable d'homme est plus rapide que l'éclair. Insaisissable !
— C'est ce qu'on va voir. Je ne vais pas me laisser chier du poivre encore une fois, gronde entre ses dents l'aventurier.

Après l'intestine grille de la colline aux corbeaux, le coup de matraque dans la traboule du Vieux Lyon, le caïd lyonnais ne l'arrêtera pas avec le ridicule obstacle d'une vétuste plaque de ferraille. Avec une froide colère, il coiffe le casque, en allume la lampe, et choisit dans sa trousse magique le sésame idoine, qu'il introduit dans la gorge profonde. Le déblocage du pêne l'aide à réaliser qu'il n'a entendu le double claquement qu'une seule fois lors de sa course d'approche. Donc, le fuyard a simplement refermé à double tour une porte ouverte. D'où la rapidité de la disparition. Rien de surnaturel là-dedans, se dit le crocheteur, qui éprouve l'inconscient besoin de se rassurer.

Les souvenirs du coup sur le coqueluchon et de sa chute dans le puits lui font redouter un mauvais tour du prince des ténèbres. Il se dit que son casque pourra le protéger contre un traître matraquage. Il boucle la porte derrière lui, et s'immobilise pour observer et écouter. Il est dans une galerie étroite et, en son début, sans recoin propice à l'embuscade. Sur ses gardes, il devrait pouvoir parer une attaque, qui ne pourrait qu'être à l'image de sa lampe : frontale. Bien sûr, il forme une cible facile si Tanas recourt à une arme à feu.

L'écho d'un bruit sourd, quelque part devant lui, le pétrifie. Qu'était-ce ? Une porte claquée ? La chute d'un objet massif ? Les secondes s'égrènent. Le silence des profondeurs n'est plus troublé. Se sentant perdre un temps précieux, il file. Vient la première bifurcation. Il s'y arrête, de nouveau à l'écoute. Il lui faudrait un indice sonore pour s'orienter. Il patiente.

Une minute plus tard, il entend un bruit métallique résonner derrière lui. Surpris par la direction du son, il tend l'oreille. Le double claquement du pêne de la porte en fer, rue Adamoli, retentit une seconde fois. Quelqu'un a ouvert et refermé la porte.

Tanas qui s'enfuit ? Comment aurait-il regagné cet accès du souterrain, sans croiser l'homme à ses trousses ? S'est-il dissimulé dans une cache secrète de la galerie, laissant passer son poursuivant, avant de ressortir ?

Un toussotement fait tressaillir le guetteur. Quelqu'un arrive : la personne qui vient d'entrer par la porte de la rue Adamoli. Il éteint sa lampe, et recule. Où se cacher ? De la main qu'il a posée sur une paroi pour se guider dans l'obscurité, il détecte un décrochement. Il s'agit d'une niche peu profonde, dans laquelle il se blottit. La cachette est imparfaite. Mais, il est vêtu de noir. Il rabat la capuche de la combinaison par-dessus le casque. Sa présence peut échapper à l'arrivant, si ce dernier bifurque. Par contre, si l'autre continue par là, l'embusqué profitera de l'effet de surprise.

Sera-ce encore la rousse sirène ? Éva hante-t-elle les lieux toutes les nuits ? Cette fois, elle ne l'amuserait pas avec une fable de bouteilles de vin.

Les ténèbres s'éclaircissent. Un pinceau lumineux caresse brièvement la paroi opposée. Tout près, une voix masculine murmure :
— voyons voir.

Simon perçoit le froissement d'un papier qu'on déplie. Il risque un regard au ras du mur. Vision étonnante. Planté à l'embranchement, l'homme consulte un plan à la clarté de sa torche électrique. Son visage, éclairé par la lumière réfléchie par le document, est reconnaissable. En pantalon noir et chemise blanche, ceint d'un fourreau abritant son épée, le juge Feri vient au combat.

Vitodi saisit la situation. Tanas a fixé son terrain pour le duel, qui se déroulera loin des curieux, dans le secret du labyrinthe. Voilà pourquoi l'homme à la cape rôdait aux alentours. Il vérifiait l'absence de traquenard, s'assurant que le magistrat viendrait seul au rendez-vous. Le témoin s'inquiète. Sa présence risque-t-elle de compromettre les plans, voire de mettre en péril la vie du juge ? Il est tenté de se montrer, pour mettre Feri en garde et lui proposer son aide. Mais, il devine que son apparition déplairait au nouveau shérif, qui le traiterait en gêneur. L'épéiste a choisi son arme. Il est prêt pour le duel. Comme son adversaire, il n'acceptera aucun spectateur. Son orgueil le poussera à refuser que le grand blond le suive, pour jouer le rôle de renfort éventuel. La présence secrète d'un allié serait vécue par le romantique mousquetaire de Lyon comme une déloyauté et un aveu de faiblesse. S'il a réussi à tenir Borniquet et ses flics à l'écart, ce n'est pas pour s'embarrasser d'un détective amateur. Ce dernier choisit de s'attacher secrètement aux pas du bretteur, qui le conduira au parrain occulte. Il pourra secourir le magistrat si ce dernier est blessé au combat, ou si le rendez-vous est un piège.

L'homme de loi replie le plan, le glisse dans une poche, et repart. Il disparaît dans l'autre branche du souterrain. L'aventurier sort de sa cache. Il avance dans le noir en se guidant par le contact des mains sur les parois de la galerie. Pas question d'allumer la frontale, dont un éclat lumineux pourrait alerter le juge. Il aperçoit bientôt le halo de la torche. Il se rapproche encore, et calque ses enjambées sur celles de Feri. La manœuvre est délicate. Il s'agit de suivre d'assez près pour profiter de la lumière, sans manifester sa présence.

À l'approche des bifurcations, il s'arrête et recule, pour se tenir prudemment en retrait. Il attend que l'homme à l'épée ait consulté et coché son plan.

Il aimerait l'imiter, noter son chemin dans le dédale. Mais il renonce au moindre geste, afin de ne pas attirer l'attention du nouveau shérif. Dès que ce dernier reprend sa marche, l'ange gardien revient dans son ombre.

Le journaliste s'arrête. Il a vu, dans la flaque lumineuse, béer l'orifice sombre d'un puits. Le magistrat continue seul. Arrivé au bord de la cavité, il en éclaire les profondeurs. Au terme de son inspection, il s'assoit et bascule ses jambes dans le vide. Il y engage le fourreau contenant son épée, et cale ses pieds sur un barreau de l'échelle de fer fixée à la paroi de la cheminée. Pour se libérer les mains, il éteint la lampe, l'empoche, et s'enfonce.

Dans l'obscurité, son suiveur fait quelques pas, puis s'accroupit et progresse en se dandinant, ses longs bras lancés à la recherche du trou. Ses doigts en tâtent bientôt le bord. Il s'allonge, les yeux braqués en vain sur l'ouverture. Il éprouve l'angoissante sensation d'une subite cécité. En bas comme en haut, règnent les ténèbres. Des bruits montent à lui, amplifiés par le conduit : les chaussures de Feri frottent le fer rouillé, et l'épée dans son fourreau bat parfois la paroi. Le grand blond pose une main sur le premier barreau. Il la retire quand les vibrations de l'échelle métallique cessent. Au fond, s'inscrit un rond de lumière. Dans un réflexe, l'observateur s'efface.

Lorsqu'il regarde de nouveau, le noir le dispute au silence. Il doit descendre au plus vite s'il veut ne pas être distancé. Tant que le juge était dans le puits, il ne pouvait s'y engager. Par une vibration de l'échelle, ou un son résonnant en cette chambre d'écho naturelle, il risquait de trahir sa présence.

Il allume la frontale, et se coule dans l'orifice. Être rapide, certes, mais pas au risque de décrocher... le gros lot de fractures, voire de dévisser... son billard. Sinon, l'ange gardien ne garderait plus rien, pas même la vie.

Parvenu entier au fond, il guette un bruit. Ne décelant plus la présence du nouveau shérif, il est assailli par la crainte de perdre sa piste. Aussi accélère-t-il le pas dans la galerie qui prend à la base du puits. Il troque la lumière de la frontale contre celle de la torche, afin d'en contrôler la projection.

Ce qu'il redoutait survient : il atteint une bifurcation après que l'homme à l'épée a choisi sa voie. Il écoute, tendu de tout son être, avec l'intuition que s'il perd le contact, le juge perdra la vie. Comme si leur lien en terrain ennemi ne devait pas se rompre, ni même trop se distendre. Comme le chef de la PJ, il croit que le mousquetaire de Lyon se jette dans la gueule du loup. Or, d'un lupus de l'espèce de Tanas, il faut s'attendre à tout, surtout au pire.

Aucun écho. Sentant l'aile de l'échec l'effleurer, il se rue au hasard. Il doit avoir le temps d'explorer plusieurs pistes, compte tenu des pauses faites par le bretteur pour consulter et cocher son plan. L'aventurier décide de courir, renonçant aux précautions. Mieux vaut retrouver le magistrat vivant, quitte à le priver de son duel. D'ailleurs, il se pourrait que les duellistes acceptent sa présence comme témoin de la loyauté du combat. Ils sont assez fiers d'eux-mêmes pour s'offrir le plaisir d'un spectateur. Cela, à condition que l'ennemi de l'ombre respecte les règles du défi, qu'il ne soit pas embusqué, prêt à occire par surprise sa proie... Et si, comme tout chef de bande au royaume de truanderie, Tanas avait posté des hommes, avec mission d'exécuter la basse besogne ? Pauvre nouveau shérif, si naïf !

Le coureur s'arrête, face à un nouvel embranchement. Il écoute. Rien. L'affolement le guette. Il se maîtrise, fait demi-tour, et court, à tutoyer la chute. De retour à la précédente bifurcation, il se rue dans l'autre passage.

Il est sur le point d'appeler. Mais la pensée que ses cris pourraient précipiter l'issue fatale le retient. Inutile d'exciter l'homme en noir.

La flagrance de son échec lui saute au visage. Parvenu à un carrefour, il a le choix entre trois voies pour continuer. Le silence lugubre signe l'inanité de sa course poursuite. S'il s'entête, il finira par s'égarer, et perdra toute chance de secourir l'homme de loi, si ce dernier s'en tire avec une blessure.

La mort dans l'âme, il se résigne à laisser le magistrat à son sort.

♪ ♪ ♪

Pour être certain de ne pas manquer le retour espéré du juge, Simon s'est replié à la première enfourchure après le puits. Il y entame son attente, en guettant l'écho d'un appel. Accroupi dans le noir, il laisse aller sa réflexion.

Quelles conditions le duo a-t-il fixées pour le duel ? Combat à mort ?

Il réentend Borniquet louer le talent d'épéiste de son coéquipier du Palais. Si Tanas ne triche pas, Feri a une bonne chance de le vaincre. Vitodi réalise qu'il cherche à se rassurer. N'a-t-il pas indisposé l'homme à la cape en le poursuivant rue Adamoli ? Le parrain reprochera cette mauvaise manière à son adversaire. Ce dernier pourra faire valoir sa bonne foi : il est venu seul, en écartant la police. On ne peut lui imputer l'initiative d'un journaliste.

Mais, le truand se donnera-t-il la peine de discuter ? Quoi de plus simple et efficace que d'attendre sa cible dans l'obscurité, pointer un pistolet sur l'homme à la lampe, et lui expédier quelques balles par le travers du corps ? Un coup de matraque ferait aussi l'affaire. L'assommeur aurait ensuite le choix entre étrangler ou poignarder sa victime, voire l'embrocher à l'épée pour simuler une victoire loyale.

L'image de l'homme en noir matraquant son adversaire rallume dans le crâne casqué le mauvais souvenir de l'intersection de sa trajectoire avec celle d'un casse-tête au cœur de l'interminable traboule du Vieux Lyon. Une question obsédante revient à la charge. Pourquoi Tanas ne l'a-t-il pas tué alors ?

Certes, le coup fut rude. Soit l'agresseur crut frapper assez fort pour le rayer de la liste des vivants ; soit il se contenta d'écarter un curieux. Mais, dans le premier cas, il aurait dû vérifier l'état de sa victime, et l'achever. Il en avait le loisir, dans le secret de la traboule déserte. Dans le second cas, il l'aurait fouillé, pour savoir à qui il avait affaire. En regardant ses papiers d'identité, il aurait su qu'il avait à sa merci le journaliste qui fit échouer sa tentative souterraine en direction du plus grand casino de France. L'occasion était belle de se venger et d'éliminer l'empêcheur de creuser en rond. D'ailleurs, la rapidité avec laquelle il sacrifia son domaine secret de Fourvière, en faisant condamner les souterrains d'accès au lac, montre qu'il avait aussitôt mesuré le péril. Un tel esprit avait dû envisager sur-le-champ les conséquences de la présence de ce limier à ses trousses au sortir du souterrain de Mandrin. Menacé par ce détective amateur, lui, le parrain lyonnais, devait battre en retraite. Il avait souffert dans son orgueil hypertrophié de chef de gang mégalomane désirant imposer sa toute puissance. Alors, pourquoi diantre avoir épargné celui par qui lui arrivaient ces déboires ?

Difficile de créditer l'homme d'un soupçon de magnanimité. Il est cruel et sans scrupule. En témoigne le nombre de cadavres à son passif. Il n'hésite pas à supprimer ceux qu'il a débauchés, lorsqu'ils ont rempli leur emploi et ne sont plus à ses yeux qu'un risque inutile. Ainsi ont disparu les membres de l'équipe qui profita du chantier du Hilton pour aménager le premier tronçon de galerie secrète. Les malheureux périrent de la piqûre d'un moustique bipède. Quant à la bande de taupes fouissant dans le parc de la tête d'or pour réaliser la seconde partie du tunnel, ils doivent leur survie à l'échec de leur tentative. Leurs travaux découverts, ils ne peuvent rien avouer à la police qu'elle ne sache déjà. Ils sont inoffensifs pour leur commanditaire anonyme, dont ils ne savent rien. Par contre, leur chef trouva la mort dès sa première extraction de geôle. Détenait-il un indice permettant de remonter à son mystérieux patron ? Ou bien, ce dernier a-t-il juste voulu faire un exemple en abattant un complice collaborant avec la police ? Les gardes et le chauffeur du fourgon cellulaire ont été assassinés de sang-froid. Glaçante mise en garde à l'intention des affidés tentés de "bavarder".

Tanas ne recule devant aucun sacrifice humain. Et pourtant, il n'a pas ôté la vie à l'aventurier qui le pistait. Si le juge Feri pouvait être épargné de même !

Cette intense bouffée d'espoir interrompt la moulinette à cogitation sous la blonde tignasse, au bénéfice de l'écoute. Que verra-t-il surgir devant lui : la chemise blanche, ou bien les vêtements noirs ? Ou encore, ni l'un ni l'autre : il se voit patienter en vain, pendant que Feri gît au cœur du dédale, et que Tanas est sorti par une autre issue. Passé un certain délai d'attente, il lui faudra se décider à sillonner le labyrinthe, en quête du corps du bretteur défait... Non, plutôt ressortir pour prévenir Roger. Borniquet et ses hommes, soutenus par des renforts de gendarmerie, parviendraient plus vite et plus sûrement à localiser le vaincu. Pourquoi ne pas alerter Roger au plus tôt ?

Sans doute aurait-il dû commencer par là. Le patron du SRPJ ne comprendra pas qu'il ait tardé à l'informer du lieu et de l'heure du duel. Il lui reprochera d'avoir laissé son ami aller à la mort, sans donner l'alarme. Et il aura raison. Le grand blond se maudit d'avoir cédé à son habitude d'opérer en solitaire. Mais, plus sa pensée avance, plus elle pendule… Était-ce son rôle d'appeler la police, alors que le nouveau shérif n'en voulait pas ? Pour joindre Roger, il lui aurait fallu sortir, abandonner toute chance d'entendre un appel au secours. Combien de temps faudrait-il pour réunir ici, de nuit, une équipe policière ? Comment établir un plan de recherche efficace ? Les hommes non préparés, mal équipés, se perdraient dans le dédale. Et le commissaire claustrophobe ne tiendrait pas la distance sous terre. Ce serait un fiasco.

Le détective amateur décide d'arrêter sa torture mentale. Il estime que si le mousquetaire de Lyon marchait au-devant de sa mort, l'issue fatale est déjà advenue. Car le sablier du temps a égrené les minutes, jusqu'à dépasser la soixantaine. Une heure d'attente, une heure de perdue, se dit-il, après un regard sur les aiguilles lumineuses de sa montre. Il guette de plus belle.

N'est-ce pas une plainte qu'il a perçue ? Échauffée par la tension nerveuse, son imagination lui joue-t-elle des tours ? C'est un souffle, un halètement, dont la source se rapproche. La sonorité de la galerie, et la qualité de son ouïe aiguisée par le guet dans l'obscurité, lui permettent de détecter la venue d'une personne épuisée. La lumière entre en scène. Depuis longtemps dans le noir, les yeux du guetteur accommodent avec peine. Le verre illuminé de la torche électrique de l'arrivant l'éblouit. Il se dresse, et actionne la frontale, qui ressuscite la blancheur de la chemise du juge.

Feri gronde. Sa dextre lâche son flanc droit, pour empoigner le pommeau de son épée. Le menacé prévient le geste de défense, d'un ton rassurant :
— je suis Vitodi. Rien à craindre, juge. Ne me trouez pas la basane, sinon je ne pourrai plus boire le bon jus de la treille… Mais !, vous êtes blessé ?

Une large tache sanglante détonne sur la chemise blanche. Les traits tirés, le blessé garde sa rapière à demi sortie du fourreau. Il se fait soupçonneux :
— que faites-vous ici ? Êtes-vous dans le camp ennemi ?

Sa voix altérée inquiète son interlocuteur, qui s'empresse de le détromper :
— le hasard a fait que je vous ai vu entrer, sur les pas de Tanas. Je vous donnerai les détails. J'attendais votre retour. Je me suis fait un sang d'encre. Mais je suis heureux de vous revoir entier, ou presque. Qu'avez-vous fait de notre ennemi de l'ombre. L'avez-vous taillé en pièces ?

Le bretteur rengaine son arme en grimaçant. Il comprime de nouveau son flanc droit. Puis, il se décide à répondre, d'une voix trahissant un mélange de déception, d'incrédulité et de peur :

— hélas, non. Pourtant, je l'ai touché à deux reprises avant qu'il m'atteigne. Mais il était indemne, et il riait. C'est le diable en personne !

Alors, venu du fond des ténèbres, leur parvient l'écho d'un rire démoniaque.

L'aventurier est tenté de se ruer vers l'auteur du rire sinistre, armé de l'épée de justice. Mais il y renonce, car il urge de secourir le blessé. Son mouchoir est propre. Il l'applique sur l'entaille sanglante. Puis, il ôte sa combinaison imperméable de spéléologue urbain, retire sa chemise et la plie pour augmenter l'épaisseur du pansement compressif, qu'il plaque à l'aide de la ceinture du juge. Ce dernier proteste pour la forme :
— vous abîmez vos affaires.
— Plus près nous est le cul, que la chemise !

Dans l'esprit du secouriste, le corps du magistrat est infiniment plus précieux que de pauvres *affutiaux*. Il réintègre sa combinaison noire. L'épée passe à son flanc gauche. Puis, il soutient jusqu'au pied du puits le juge, qu'il assure sur les premiers échelons. Au rythme des ahanements et gémissements de son compagnon, Vitodi grimpe à l'échelle de fer derrière Feri, prêt à bloquer son éventuelle chute. Mais, le nouveau shérif réussit à se hisser en haut du conduit sans lâcher prise. L'effort soutenu de l'ascension ayant mis à mal ses forces déclinantes, il se laisse glisser au sol, et s'adosse à la paroi. Respirant à fond, il essaie d'effacer sa fatigue. Il ne peut rien contre la faiblesse causée par l'hémorragie. Le journaliste se penche sur lui :
— ça va aller ? Je peux vous porter.
— Non, merci... Le temps de souffler, et j'y arriverai... Tenez, j'ai inscrit le chemin sur ce plan.

Pendant que Simon consulte le document, il entend la voix rauque du blessé :
— je ne comprends pas. Je l'ai touché par deux fois. Mais il n'a pas saigné... Comment savoir, avec ses habits noirs et sa cape ? Il m'a dit n'avoir aucune blessure... Et il riait. Il se moquait de moi... C'était un duel au premier sang, comprenez-vous ? Il s'était engagé à se livrer à la police s'il était vaincu. J'étais prêt à le ramener avec moi... M'a-t-il berné ? A-t-il caché ses plaies ? Ou bien, sa chair est-elle plus dure que l'acier de ma lame ? Ai-je combattu Belzébuth ?
— Arrêtez !, juge. Vous allez finir par déraisonner en ressassant tout cela. Gardez votre énergie pour sauver votre peau. Nous ne sommes pas encore sortis de ce labyrinthe.

Sur ce conseil, il aide le bretteur à se relever, et courbe sa haute taille pour permettre à son compagnon de passer le bras gauche par-dessus son épaule. Il le saisit sous le bras droit, en veillant à ne pas accrocher le pansement au passage, et repart en soulevant à demi sa charge. De taille moyenne, dénué de graisse superflue, le mousquetaire de Lyon est un fardeau qui ne surpasse pas les possibilités du grand blond. Lequel franchit les derniers décamètres de souterrains en portant le duelliste sanguinolent. Seules quelques volées de marches raides lui font douter de parvenir à s'acquitter de sa tâche.

Il émerge enfin de l'escalier de la rue Adamoli, en fléchissant sous la masse inerte du blessé. Feri ne parle plus. Il s'économise. Son porteur le dépose avec précaution sur l'herbe du jardin public, et court chercher sa voiture garée plus haut sur la pente.

À bord de l'antique 2CV verte, qui cingle vers l'hôpital de la Croix-Rousse, le passager rompt le silence :
— ne leur précisez pas qui je suis. Gardez l'épée. N'en parlez pas. Je compte sur vous pour ne pas ébruiter cette malheureuse affaire.
— D'accord, mais vous ne pourrez pas continuer à tenir le camarade Roger à l'écart. Allez-vous mentir au sujet de votre blessure ?

Après un temps de réflexion, le magistrat soupire et lâche sombrement :
— il y a bien plus grave.

Le conducteur jette un coup d'œil au blessé redevenu muet. Paupières closes et mâchoires crispées, le passager donne une image inquiétante. Le détective amateur bride sa curiosité, que la phrase sibylline a piquée.

Au service des urgences, le sauveteur laisse son protégé entre les mains des infirmières et médecins. Avant de le quitter, il lui promet :
— je passerai vous voir. Que puis-je faire pour vous d'ici là ? Quelqu'un à prévenir ?

Un frêle sourire éclôt sur les lèvres pâles du blessé, qui murmure :
— non, personne... Merci. Sans vous, je n'aurais jamais refait surface.

Rentrant à l'aube, il prend soin de ne pas réveiller sa compagne. Après une douche, il se laisse enlacer par Morphée.

En se levant, quatre heures plus tard, il trouve un message sous sa montre :

Je suis inquiète : c'est un parfum masculin
qui a remplacé celui de la petite rouquine.
Tanas embrasse-t-il bien ?
Je fonce au boulot pour oublier,
et je me donne au premier toubib qui me sourit.

Ta gazelle qui t'aime quand même.

♪ ♪ ♪

En fin de matinée, à l'hôpital, le convalescent est encore pâle. Mais sa voix redevenue claire et posée rassure son visiteur :
— je ne vais pas moisir ici. Je sors dès demain.
Surpris, Simon demande :
— qu'en dit le type qui vous a recousu ?
— Aucun organe lésé. L'hémorragie a été mineure, car le coup n'a sectionné ni artère, ni grosse veine. Bref, je m'en tire bien.
— Le toubib n'a pas trop posé de questions ?
— Il m'a demandé quelle arme blanche avait fait cela. J'ai inventé une histoire d'ami éméché qui voulait sabrer le champagne. Je ne crois pas qu'il ait coupé dans ma fable, mais il n'a pas insisté. Trop de travail. Je pense qu'il ne gaspillera pas son temps à signaler cet incident.
— Au final, vous avez eu de la chance. Tanas aurait pu vous embrocher.
— Oui… J'ai d'abord cru cela. Mais à la réflexion, je pense qu'il a calculé son coup. Il l'a retenu, en choisissant son point d'impact. Il voulait me tirer du sang, sans mettre ma vie en danger.
— Sauf votre respect, juge, cette hypothèse me semble fragile. Gardez-vous de toute vision chevaleresque du parrain lyonnais. C'est un tueur. Sans votre talent d'escrimeur, vous seriez à l'heure actuelle passé de l'être au néant.
— Félicitations pour l'allusion sartrienne, et merci pour mon supposé talent. Mais je persiste à penser que notre ennemi de l'ombre voulait m'épargner, car j'en sais la raison.
L'enquêteur garde un silence propice aux confidences. Il devine chez son interlocuteur le besoin de se libérer d'un secret trop pesant. Il patiente, et Feri parle, d'une voix redevenue fiévreuse :
— ce type n'a certes rien d'un héros magnanime. Il applique une stratégie froidement élaborée… Le duel avait un enjeu de taille. Tanas avait promis de se rendre si je le blessais. De mon côté, je m'étais engagé, en cas de défaite, à devenir son porte-parole auprès des autorités. Je vais le faire. Je le dois… Une menace effroyable pèse sur la ville, sur le pays, sur le monde entier. Aujourd'hui, il n'existe plus de barrière aux épidémies. Les virus voyagent au rythme du trafic international. Ils passent d'un continent à l'autre d'un coup d'avion…
— Notre caïd détiendrait-il des virus volés au laboratoire P4 de Gerland ?
— Pourquoi cette question ?, s'étonne le nouveau shérif, désarçonné.
— Une intuition… J'ai rencontré le professeur Shraz. Le connaissez-vous ?
— De renommée. Il court d'étranges rumeurs sur lui. C'était un génie de l'immunologie, promis au Nobel. La mort de sa femme l'a brisé. Il en était fou. Il lui a sacrifié sa carrière… Que vous a-t-il dit ?
— Il m'a fait deux révélations : la découverte d'un mystérieux tunnel visant

le site du P4, et des soupçons de vols de virus. C'est l'histoire du souterrain qui m'a fait penser à Tanas.
— Vous avez vu juste. Il a pu obtenir, je ne sais comment, de quoi répandre de terribles épidémies de fièvres hémorragiques, comme Ébola ou Lassa. Il ne bluffe pas. Il m'a montré le stock de virus qu'il a accumulé quelque part dans son dédale. Il y avait même des cages contenant des rats infectés !

Le journaliste domine le glaçant sentiment créé par la conscience du danger enfoui au sein de sa chère colline. Il lui vient une idée pour contrecarrer les projets aussi inquiétants qu'obscurs du prince des ténèbres :
— votre plan du labyrinthe ! Il nous aidera à retrouver l'endroit où il cache son bocon.
— Hélas, non ! Il m'a fait parvenir ce papier avec ses instructions détaillées et une clef de la porte, rue Adamoli. Comme vous l'avez vu, le lieu de rendez-vous y est pointé. Il m'attendait là, et il m'a bandé les yeux pour me conduire à ce qu'il nomme son « annexe du P4 ». J'ai tenté de mémoriser le chemin suivi, mais il a été long et tortueux. J'ai même plusieurs fois cru tourner en rond. Nous n'avons pas affaire à un enfant de chœur… L'enjeu de ce duel m'a secoué. Tanas m'avait promis sa reddition. En contrepartie, je m'étais engagé à transmettre ses exigences. Mais je ne les ai connues qu'au moment du combat. Je ne pouvais pas me dédire. Le poids de la responsabilité que je prenais m'a fait perdre une partie de mes moyens, je l'avoue… Pourtant, j'ai fait mouche le premier.
— Attendez. Que veut-il, avec son bocon ?
— Ce que veulent tous les gangsters : de l'argent. C'est un sacré gourmand. Je dois lui apporter dix milliards de francs. Il ne veut avoir de contact qu'avec moi. Si la police le traque, il sèmera la mort par infection en lâchant ses bestioles. Il dit qu'il a les moyens de détecter l'approche de n'importe qui par les souterrains menant à son repaire. Il affirme pouvoir s'échapper à sa guise, et être prêt, par mesure de rétorsion, à empoisonner les réservoirs d'eau de la ville. Il aurait d'autres plans en réserve, au cas où nous ne céderions pas. Nous devons prendre sa menace au sérieux. Cet homme est redoutable.
— Si vous lui apportez l'argent, pensez-vous qu'il renoncera au chantage ?
— Il s'y est engagé. Pour preuve de sa bonne volonté, la transaction se ferait en deux étapes. Je commence par lui donner un milliard de francs. Il tue et incinère sous mes yeux les rats. Puis, il me confie quelques lots de cultures virales, pour que je puisse faire vérifier par des spécialistes la réalité du danger. Ensuite, je reviens avec les neuf milliards. En échange, il me donne le reste de son stock de virus.
— Tiendrait-il cet engagement ?
— Rien de certain. Il pourrait garder l'argent et les virus.

— Et vous faire disparaître.
— Tout juste ! J'y ai pensé. Mais il est intelligent. S'il veut nous posséder, il respectera le contrat en apparence, et conservera secrètement une partie des virus, afin de revenir à la charge plus tard. Mais, son chantage ne pourra guère marcher qu'une fois. S'il n'honore pas son engagement, il n'obtiendra plus rien. À plus forte raison, s'il me tue. Là, ce serait la guerre à outrance contre lui. Ce raisonnement m'incite à courir le risque. Nous devons nous contenter de sa parole. Mais je pense qu'il peut se montrer aussi loyal que lors de notre duel. C'est un homme imaginatif : il trouvera d'autres sources de gains... De toutes façons, nous n'avons pas le choix, il faut récupérer au plus vite ce dangereux butin.
— Et si je vous accompagnais ? En restant en retrait, je pourrais localiser sa réserve de bocon, et revenir la vider lorsqu'il aurait quitté les lieux.
— Il a prévu le coup. D'une part, tous ses œufs ne sont pas dans le même panier. D'autre part, il s'assurera que je viens seul. Il sait que vous m'avez suivi, et il m'a prévenu que si vous tentiez à nouveau l'aventure, il vous tuerait et doublerait la somme exigée. Je vous demande de ne pas intervenir. Comprenez bien le cas de figure. Si je vous dis tout, c'est parce qu'il l'a voulu. Il redoute une action inconsidérée de votre part. En revanche, il compte sur votre intelligence de la situation, dès lors que vous êtes bien informé.
— Bien... Nous n'avons plus qu'à espérer qu'il tienne parole. Nous tenterons de le coincer après coup... À propos, pouvez-vous faire surveiller les comptes bancaires de Shraz ?

Après avoir marqué sa surprise, le juge interroge :
— un rapport avec Tanas ?
— Je me demande si les deux ne forment pas une seule personne. Un gamin du quartier a vu un homme en noir avec une cape entrer chez le professeur une nuit. Or, cette maison communique avec le réseau souterrain où notre fantôme a établi son repaire. C'est en voulant explorer ce dédale, que j'ai surpris sa présence, juste avant votre arrivée, la nuit passée.
— Ah... Voilà qui éclaire un point qui m'intriguait. Ce matin, à tête reposée, je me suis posé bien des questions à propos de votre intervention sur le lieu de notre duel secret... Ainsi, le professeur Shraz...

De nouveau, la voix du convalescent s'enfièvre. L'hypothèse du détective amateur lui paraît judicieuse. Ils en débattent. Le magistrat est séduit par les arguments de son interlocuteur. Il va très vite prendre des dispositions pour faire surveiller discrètement Shraz. Dès sa sortie de l'hôpital, il ouvrira un dossier sur le professeur. Il demande au journaliste de garder le secret sur le chantage de Tanas, et de lui passer les informations qu'il pourrait glaner sur l'affaire. Une entente chaleureuse s'installe entre les deux hommes, scellée par l'engagement commun de mettre hors d'état de nuire leur ennemi de l'ombre. Vitodi n'a pas parlé de la demoiselle Toffer. Doute sur la culpabilité de la chercheuse, ou retenue amoureuse ?

En retrouvant la rue Mottet-de-Gérando, Simon entend l'écho du travail de colmatage des égouts. Le chantier s'est déplacé vers le bas, de la rue Bodin à la rue Magneval. Repensant au récit de Guitou, il se dit qu'il devrait imiter la chauve-souris géante : inspecter l'état des travaux. L'homme en noir craint-il pour son repaire ? L'aventurier aimerait visiter de nouveau et de nuit les proches goulets. Mais si Tanas détectait sa présence, comment réagirait-il ? Doublerait-il ses exigences, comme il en a menacé Feri ? L'enquêteur a promis au juge de ne pas tenter de repérer la cache du maître chanteur, tant que l'épée de Damoclès virale serait suspendue au-dessus de la ville. Mais il n'a pas dit qu'il renonçait à son enquête. Il décide de la réorienter. Puisqu'il ne peut temporairement viser l'ennemi, il changera de point d'attaque. Il va s'intéresser aux agissements d'Éva. Le danger vient des vols de virus. Il veut s'assurer que ceux-ci quittent le P4 dans les bagages de la belle rousse.

En début d'après-midi, il téléphone à la résidence Villemanzy. La chercheuse n'est pas chez elle. Forte est la probabilité qu'elle soit à Gerland. Il tentera sa chance. Auparavant, il doit se donner les moyens d'une bonne filature.

Son deuxième appel le déçoit : un répondeur annonce que l'agence de détectives privés est fermée pour le mois d'août. Il comptait demander à son directeur de lui prêter sa voiture aux vitres teintées, un véhicule idéal pour passer inaperçu. Il eut l'occasion, au cours d'une enquête, de sauver la vie du détective privé. Depuis, son ami enquêteur ne lui refuse aucun service.

Il entreprend de contacter les sociétés locales de location de véhicules.

Sa quête est vaine : aucune voiture aux vitres opaques n'est disponible.

Il revient donc à son idée initiale. L'auto convoitée doit être sagement rangée dans le garage de l'agence, puisque ses conducteurs sont en congé. Il connaît les lieux, et pourrait s'y introduire grâce à sa magique panoplie de *rossignols*. Il se souvient avoir entendu son ami citer avec un sourire le dicton disant que les cordonniers sont les plus mal chaussés. Le détective reconnaissait avoir négligé de munir son local d'un système d'alarme. Oui, le coup est jouable.

♪ ♪ ♪

Tout se déroule comme une canette de soie. Le discret visiteur ne tente pas une manœuvre aléatoire sur les touches d'interphone, afin de se faire ouvrir la porte d'allée. Plantée devant elle, et sifflotant, il en crochète la serrure.

Dans l'allée déserte, il s'attaque à l'huis de l'agence. Après une résistance certaine de ses verrous, le battant s'ouvre sans qu'aucune sirène retentisse. Le crocheteur escompte que le commissariat le plus proche n'aura pas été alerté, car il sait l'antipathie réciproque installée entre son ami détective et le commissaire du secteur. Il ferme derrière lui, et entame sa recherche.
Dans un tiroir verrouillé du bureau directorial, il trouve un empilement de pochettes plastiques. Chacune abrite le trousseau de clefs et les papiers d'un véhicule de l'agence. Il prélève la pochette qui l'intéresse, et rafle une clef liée à une plaque portant la mention « garage ». Ce dernier est accessible par une porte de communication à la serrure docile.
Le voilà bientôt au volant, à l'abri des vitres teintées, en route pour Gerland.

En achevant de traverser le Rhône, sur le pont Pasteur, il jette un regard aux lignes enchevêtrées de la construction abritant le P4. Le fameux édifice sur piliers, qui enjambe curieusement un autre bâtiment, communique par une passerelle avec une tour triangulaire où sont logés d'autres laboratoires, de niveau de protection inférieur : P3 et P2.
À l'abri des yeux curieux, dans sa voiture d'emprunt, le grand blond croise aux abords de l'entrée de la tour. Il repère un homme dans une auto en stationnement. À son deuxième passage, il reconnaît le long maigre au visage en lame de couteau. Jean-Luc Bondon est à son poste, guettant la sortie de la jeune chercheuse. Se gardant de lui donner l'éveil, Simon s'éloigne.
Il sourit en s'imaginant au volant de sa 2CV, affichant sa tignasse dorée sous le long nez de l'homme de la DST. Il a décidément bien fait de laisser sa brave guimbarde au repos. Il se gare à l'écart, et patiente.
Après une demi-heure d'attente, une place de stationnement mieux située se libère, qu'il occupe aussitôt. Il espère que l'inspecteur ne regardait pas dans le rétroviseur lors de sa manœuvre. Sinon, l'homme pourrait trouver louche que la personne au volant reste à l'abri de ses vitres opaques. Le détective amateur compte sur trois atouts pour échapper à la vigilance du barbouze. D'abord, il s'est garé à bonne distance derrière la voiture du long maigre. Ensuite, le policier a le regard fixé sur la porte qui doit livrer passage à la suspecte. Enfin, le téléphone portable qu'il plaque sur son oreille gauche doit distraire une partie de l'attention du bonhomme.
Le temps passe, rassurant Vitodi : Bondon ne tente pas une reconnaissance de son côté.

Après 17 h, la tour triangulaire commence à libérer des bipèdes, en un flot irrégulier. Mais, les deux guetteurs doivent patienter jusqu'à 18 h 30 pour voir émerger la crinière rousse. La chercheuse avance d'un pas vif, la main droite crispée sur la bandoulière d'une sacoche. Le journaliste examine le bagage, qu'il croit avoir vu à l'épaule de la belle, nuitamment en un goulet

Croix-Roussien. Il grimace en notant les regards furtifs que lance Éva aux véhicules en stationnement. Elle se sait espionnée. La fable de l'amoureux transi ne tient pas. Elle a éventé la surveillance de la DST.
Quelle arme redoutable cache-t-elle en sa giberne ?
Le convoi s'est formé. Il emprunte le pont Pasteur, puis remonte les quais de la rive droite du Rhône. Dans un ordre inchangé, le tiercé Toffer, Bondon, Vitodi arrive au niveau du quartier des Terreaux. La première voiture tourne à gauche, et se gare sur le parking de la place Tolozan. La deuxième y prend l'ultime place. Simon parvient à ranger sa voiture d'emprunt dans le parc de stationnement voisin, sur la place Pradel. Depuis son emplacement, il est soulagé de voir émerger de la mosaïque des toits de véhicules la chevelure de braise. La chercheuse est restée plusieurs minutes dans sa petite auto, le temps d'inspecter les abords. Il la voit disparaître au 21 de la place Tolozan. La façade de l'immeuble est agrémentée d'un remarquable balcon du XVIIIe siècle. Le barbouze ignore cet élément architectural. Plus étrange, il paraît se désintéresser de la demoiselle. L'aventurier s'étonne que le policier ne suive pas la petite rousse. Le long maigre au visage en lame de couteau n'a pas quitté son abri à roues. Craint-il de se faire repérer ? Pourquoi prend-il le risque de laisser filer la suspecte par une quelconque traboule ?
Le détective amateur se dit alors que si l'inspecteur ne s'approche même pas du n° 21, c'est qu'il sait où va Éva. Elle doit venir ici régulièrement.

Un quart d'heure plus tard, le journaliste grimace en voyant un 4x4 se garer tout près, bloquant deux autres voitures. Son conducteur l'abandonne, sans l'ombre d'une gêne. Massif, face rougeaude poinçonnée de son embryon de moustache, le commissaire Faganat se glisse vers le parking voisin.
Bondon vient à sa rencontre. À l'abri des vitres teintées, Vitodi voit le duo policier dialoguer, puis s'approcher du n° 21. Le long maigre reste posté devant l'allée, tandis que son supérieur y pénètre.
Périodiquement, l'inspecteur se colmate un conduit auditif avec son mobile.
Après plus d'une heure d'attente, c'est Toffer qui réapparaît. Elle tente de contourner Bondon, qui la retient d'une main ferme. L'échange de paroles semble vif. Le policier lui tend une carte. Elle prend tout son temps pour l'examiner, pendant que son vis-à-vis parle au téléphone. D'un geste rageur, elle plaque la carte puis sa sacoche contre le ventre du barbouze. Il grimace, et rengaine son mobile pour fouiller le bagage. Faganat survient.
Simon abaisse un peu la vitre côté passager. Au travers du bourdonnement incessant de la circulation automobile sur le quai, il perçoit des éclats de voix.
Interpellée par le commissaire, la chercheuse se récrie vertement.
L'inspecteur balance négativement la tête, déçu par le contenu de la sacoche.
Incrédule, son patron la lui arrache des mains, et vérifie. La jeune femme

ricane face à la curieuse paire de fouilles stériles. Ce qui accroît l'irritation du chef barbouze, qui rend le bagage à sa propriétaire, empoigne celle-ci par un bras, et l'entraîne dans l'allée.
Un long quart d'heure s'écoule avant qu'il reparaisse avec Éva, qu'il laisse repartir libre. Il parle à voix basse à son subordonné, qui file à sa voiture.
En allumant l'un de ses ninas fétides, Faganat regarde Bondon partir aux trousses de la petite rousse. Puis, il réintègre l'allée du 21.
Intrigué par le manège de l'homme aux cigarillos puants, l'observateur reste à son poste. Il laisse filer la demoiselle Toffer, qui paraît ne transporter rien de compromettant. A-t-elle déposé un lot de bocon au 21 ? C'est sans doute ce que soupçonne le commissaire, retourné sur la piste chaude. Le détective amateur se mêlerait bien aux recherches, mais il préfère laisser la fureur de l'irascible chef barbouze retomber.
Quarante minutes plus tard, Faganat ressort, la mine sombre. Il est suivi d'un homme et d'une femme, qui l'écoutent donner des ordres. Le trio policier se disperse. Leur chef allume un nouveau petit cigare, et marche vers son 4x4.
Vitodi le regarde approcher, en se demandant s'il doit le questionner. Le jeu en vaut-il la chandelle ? Il n'en tirera rien, sauf des ennuis. L'homme de la DST ne supportera pas de le retrouver sur son chemin. Mais, en poursuivant son enquête, Simon verra encore les barbouzes s'interposer entre Éva et lui. En brusquant la confrontation, il peut récolter une information intéressante. Le chef barbouze pratique l'intimidation, mais emprisonner un journaliste lui serait préjudiciable. La réaction de la presse le placerait sous les lumières de l'actualité. Or, cet homme de l'ombre doit fuir la médiatisation. Il a besoin du secret pour ourdir ses manœuvres.
La silhouette massive se fige, face au grand blond jailli d'entre les véhicules à l'arrêt. L'homme au cigarillo puant grogne :
— qu'est-ce que vous foutez-là, vous ?
— Je suivais la demoiselle Toffer. J'ai assisté à la scène. J'ai vu que vous n'aviez rien trouvé sur elle. Et au 21 ?
— Vous m'emmerdez avec vos questions. Je vous ai demandé de laisser tomber. Je vais vous coffrer pour complicité !
— Complicité de quoi ? Vous m'avez dit qu'aucun soupçon ne pesait sur les chercheurs, puisqu'il n'y avait aucun vol au P4.
— J'en ai marre de votre grande gueule. Dégagez !
— Allons, ne refusez pas mon aide. Un cerveau de plus n'est pas à dédaigner.
— Et le vôtre est supérieur à tous ceux de mon équipe réunis, je parie.
— À votre mine, j'ai compris que vous aviez fait chou blanc. Mais vous n'avez pas pu fouiller les appartements. L'immeuble a-t-il une autre sortie ?
— Voyez le grand malin, qui va m'apprendrez mon métier !

— Je ne doute pas de vos qualités, mais je parie que si j'avais en main tous les éléments que vous possédez, je résoudrais votre problème.
Les petits yeux noirs du commissaire dardent un regard venimeux. Un rictus de mépris retrousse son ombre de moustache. Mais il surmonte sa réaction hostile. Il émet un ricanement sarcastique, et lance :
— alors vous, on peut dire que vous faites pas dans la dentelle ! Allez, venez, Rouletagrossebille !

Chapitre 11

*« Si te veux pas être pris pour un cogne-mou,
quand t'as voulu, ne va pas rien dévouloir. »*

Non, il ne se dérobera pas. Ayant lancé son défi, il n'hésite plus. Il suit le policier, en voyant se profiler l'ombre d'une triste geôle. Les deux hommes s'installent dans le 4x4. Faganat exhale une âcre bouffée de fumée grise, et précise :
— on sera mieux ici pour bavarder... Vous avez compris que je ne suis pas dupe. Il faut dire que votre manœuvre est pour le moins grossière Vous me provoquez, afin que je crache le morceau. Vous le faites sans finesse, parce que vous jouez votre va-tout. Mais cette méthode me va. Avec vous, on ne se fatigue pas à finasser. Ça délasse... Je vais vous étonner, mais j'ai envie de relever votre défi. D'abord, ça me permettra de rabattre votre grand caquet. Ensuite, je pense n'avoir rien à y perdre. Je vais donc vous poser le problème tel qu'il se présente à moi. Et je ne veux pas vous avoir dans les pattes tant que vous n'avez pas trouvé la solution. Ça vous va ?
— Si vous me livrez toutes les données, d'accord. Si vous biaisez l'énoncé du problème, je vous prierai d'aller biaiser avec quelqu'un d'autre.
— Vous avez tort de faire la fine bouche. Mon intérêt est de vous donner les bonnes cartes, pour rafler la mise, au cas miraculeux où vous réussiriez à résoudre l'énigme. Vous avez la réputation d'un type régulier. J'accepte donc de prendre le risque de vous confier des informations sensibles. Mais je ne le ferai que si vous me donnez votre parole d'honneur de les garder secrètes.

Pour se donner un temps de réflexion, le passager demande au conducteur d'abaisser les vitres afin d'aérer l'habitacle chargé de fumée pestilentielle. Ne souhaitant pas s'engager les yeux fermés, il conditionne sa promesse :
— je garderai le secret, sauf s'il contrevient à ma morale personnelle.
— Vouais... J'imagine que je dois me contenter de cette promesse vaseuse... Bon, passons. C'est un chercheur du P4 qui a dénoncé la Toffer. Il aurait surpris des gestes suspects de sa collègue. En l'espionnant, il l'aurait vue détourner des virus à partir des cultures dont elle s'occupait, en se cachant des caméras, et en trompant les contrôles. Vu la gravité de l'accusation, il me fallait des preuves. J'ai fait subir à la donzelle une fouille surprise à sa sortie du labo. Rien. Ce jour-là, j'avais fait fouiller tous les chercheurs, pour donner le change. Ensuite, j'ai pris chacun des collègues de la Toffer à part, sans souffler mot du motif exact de mon enquête. Aucun n'a confirmé la délation.

Ils n'avaient rien remarqué d'anormal dans le fonctionnement du labo.
— Le dénonciateur veut lui nuire. Jalousie professionnelle, ou vengeance. Elle a peut-être repoussé ses avances d'une manière humiliante.
— Oui, j'ai pensé ça, et creusé la piste. Il s'est avéré que le type a courtisé en vain la rouquine. Le dépit amoureux pouvait tout expliquer. Sauf que… le gars est un coureur de jupons, qui n'a pas chassé que la Toffer. Il s'est rattrapé sur d'autres gibiers féminins. Par ailleurs, c'est l'inverse d'un débile. Il n'aurait pas risqué de se déconsidérer en portant à la légère des accusations aussi graves contre sa collègue.

Simon admet le sérieux des soupçons pesant sur Éva. Il se retient d'abonder dans le sens de l'homme de la DST en soulignant qu'il est vraisemblable que l'accusateur ait surpris le manège de sa collègue en reluquant au travail l'objet de sa convoitise. Le fumeur écrase dans le cendrier son mégot de cigarillo, et poursuit ses confidences :
— j'ai donc pris l'affaire au sérieux, et fait renforcer les mesures de contrôle. Une perquisition chez la Toffer n'a rien donné. Je l'ai fait suivre. C'est la troisième fois qu'elle passe ici. La première fois, Bondon ne l'a pas vue ressortir. Elle s'était garée à l'écart. Plus de voiture. L'oiseau s'était envolé. Cette allée du 21 donne sur une traboule rayonnante qui a trois autres sorties : aux 5 et 7 de la rue du Griffon, et au 2 de la petite rue des Feuillants. On a pensé que la donzelle avait filé par cette traboule. Comme je n'aime pas qu'on se paie la fiole de mes hommes, j'ai pris mes précautions. La deuxième fois qu'elle est passée ici, toutes les issues étaient surveillées. Bondon est allé fouiner dans l'immeuble pour trouver la rouquine. Pas trace. Elle était donc chez un habitant. Elle n'est sortie que deux heures après. Il me fallait savoir chez qui elle allait. J'ai enquêté sans résultat. Franchement, je ne pensais pas qu'elle aurait le culot de revenir ici. Mais j'avais tout prévu, au cas où elle ferait cette folie. J'étais en liaison avec mon équipe. Bondon filait la donzelle. Il m'a prévenu, et a gardé l'œil sur le 21 pendant que j'accourais. J'avais deux membres de mon équipe postés dans la cour d'où rayonne la traboule, prêts à filer la rouquine ou un complice. Je suis arrivé avec mes mandats de perquisition en règle. Personne n'était entré ni sorti du bâtiment depuis l'arrivée de la Toffer. J'ai pris avec moi l'inspecteur qui poireautait dans la cour. Suivez la manœuvre : pendant que je fouillais les appartements, mon gars surveillait l'escalier, penché sur la rampe. Il n'y a pas d'ascenseur. On a ratissé en montant, et la rouquine n'était nulle part. J'ai laissé mon homme au deuxième étage, devant une porte qui ne s'ouvrait pas, et j'ai fini par un second appartement paraissant inoccupé. Au moment où je concluais que la Toffer se planquait derrière l'une des deux portes restées fermées, Bondon m'a appelé. La garce était devant lui, sortie d'on ne sait où.

— Les caves ?
— Non ! J'ai débuté par là. Pendant que je montais la garde au rez-de-chaussée, mon inspecteur visitait les caves.
— Sans les clefs ?
— Eh merde ! Oui, il a joué du crochet. Ça nous simplifiait la tâche : inutile d'aller récolter les clefs dans les étages. De plus, pour les habitants absents, comment faire ? La rouquine pouvait se planquer dans une cave. Bon, les serrures sont rudimentaires, ça s'est fait en douceur. Bref, j'ai perquisitionné du bas vers le haut. Les issues étaient bloquées. Elle s'est évaporée. Et quand on l'a retrouvée, elle était clean. Aucun objet du labo sur elle. J'ai dû la laisser repartir. Elle a refusé de me dire où elle était passée, et elle a menacé de porter plainte pour harcèlement, abus de pouvoir, et autres couyonnades... Mais je la coincerai, la salope !
— Il existe peut-être un local, un débarras discret, où elle se serait cachée le temps de votre perquisition, et où elle aurait laissé son bocon.
— J'y ai pensé, bien sûr. C'est pourquoi j'ai repassé au peigne fin l'allée, le sous-sol et la montée d'escalier. Négatif.
— Au fait, elle n'avait rien dans la sacoche. Mais sur elle ?
— Je vous ai dit que j'avais tout prévu. Vous avez dû voir la femme dans mon équipe. Je n'aime pas travailler avec le sexe faible. Mais nous autres mâles n'avons pas le droit d'opérer une fouille à corps approfondie sur une femelle. Ma collaboratrice s'en est chargée, dans un coin tranquille... Que dalle !
— Elle n'a peut-être rien sorti du P4 aujourd'hui. Elle se sait surveillée.
— Oui. Mais peu importe. Cette greluche se moque de nous. Elle nous balade. Si elle était innocente, elle ne disparaîtrait pas ainsi. Elle ne refuserait pas de s'expliquer. Elle est coupable, et le mystère reste entier. Le problème est de trouver son astuce du 21. J'attends votre solution, chère loque !

Le grand blond grimace en regardant partir la voiture du chef barbouze. L'homme se paie sa figure. Il le défie, sûr de le pousser à l'échec.
Toffer ridiculise le policier, qui désire partager l'humiliation.
Vitodi renonce à enquêter sur-le-champ. La nuit est venue. La précédente fut blanche, dans le noir des souterrains, et mouvementée. Il aspire à un peu de repos et beaucoup de réflexion. Il pressent que reprendre à chaud les vaines investigations du commissaire le mènerait à la même impasse. En prenant du recul, il verra peut-être se dessiner la solution de l'énigme du 21.
Il met le cap sur l'agence de détectives privés, pour restituer son emprunt. Puis, il regagne son bercail.
En se restaurant, il expose à sa compagne le casse-tête du 21 place Tolozan.
— L'assassin habite au 21, plaisante Léa.

Le couple examine point par point la méthode de Faganat. Ils en concluent qu'elle ne présente aucun défaut de conception. Seule son exécution peut être entachée d'une lacune levant le mystère de la disparition temporaire de la chercheuse. Simon conjecture :
— soit elle était bel et bien cachée dans l'immeuble, et les flics sont passés à côté d'elle sans la trouver ; soit elle était ailleurs, ce qui signifierait qu'il existe un passage secret vers un bâtiment voisin.
— Je vote pour le passage secret. Ça ressemble plus à Tanas.
— Moi itou, mais pour une raison plus décisive. Si Éva venait déposer son bocon au 21, elle avait intérêt à repartir le plus vite possible, afin que les flics qui la traquent n'aient pas le temps de repérer sa cache. Pourquoi attendre la perquisition du commissaire ? Pourquoi se dissimuler plus d'une heure, et finir par réapparaître sous le long nez de Bondon ? Cette conduite est idiote. En revanche, les faits s'expliquent si Éva passe par le 21 pour aller ailleurs : en un lieu où elle peut rencontrer quelqu'un, et bavarder.
— Et plus, si affinités, puisque ta petite rouquine n'a pas l'air de cracher sur la bagatelle.

Affectant d'ignorer l'allusion à son dérapage nocturne dans un proche goulet, le détective amateur s'accroche au raisonnement :
— le barbouze posté dans l'escalier n'a rien vu. Or, il n'a pas dépassé le deuxième étage. Éva est donc sortie d'un niveau inférieur. J'écarte le premier étage, car le flic penché sur la rampe pouvait entendre un bruit de porte, ou déceler un mouvement. Il faudra chercher au rez-de-chaussée.
— Et pourquoi pas les caves ?
— Exact ! Car qui dit sous-sol, dit souterrain... Où l'on retrouverait l'odeur sulfureuse de Tanas !

♪ ♫ ♪

Au matin, sous la douche, un souvenir de lecture se fraye un chemin vers la conscience de Touléza. L'idée s'installe, insolite mais séduisante. Drapée dans une serviette de bain, la naïade interpelle son compagnon :
— tu as bien parlé de la rue du Griffon, hier au soir ?
— Oui, c'est l'une des deux rues reliées à notre fameux 21. Pourquoi ?
— Parce que pendant que tu courais après la naine rousse, moi je potassais la documentation de Justin. Dans le livre sur les traboules, il y a une histoire d'évasion. Un gars de la Résistance, qui échappe à ses gardiens grâce à une traboule. Je me souviens que l'auteur cite la rue du Griffon. Et surtout, il parle d'un très vieux souterrain : *les sarrasinières*.

— Attends !, on en parle dans le livre sur les souterrains de Lyon, que j'ai lu en diagonale. *Les sarrasinières* n'existeraient pratiquement plus.
— Tu devrais regarder ça de près. Imagine que la rouquine ait disparu par là.
— Non, il ne reste que des traces de ce vieux passage moyenâgeux.
— T'en es sûr ? *Les arêtes de poisson* sont aussi de très vieux souterrains. Pourtant, elles sont toujours là, inconnues de la plupart des gens.
— D'accord, je vais étudier ça, ô ma muse sortant de l'onde.

Pendant que l'infirmière s'apprête à partir au travail, le journaliste ouvre le livre titré « Les traboules de Lyon », au chapitre « Traboules et Résistance ». René Dejean y narre l'évasion du capitaine d'aviation Claude Billon, chef régional des groupes de choc dirigés par Henri Frenay. En février 1943, Billon faussa compagnie aux policiers français de la brigade antiterroriste, qui le menèrent sur un lieu de rendez-vous clandestin, afin d'y servir de "chèvre". Profitant de l'abri d'un tramway le dérobant à la vue de ses surveillants, il bondit dans une traboule prenant au 27 rue Puits Gaillot. Il en ressortit rue du Griffon, pour escalader en traboulant la colline de la Croix-Rousse.

Le souvenir de Léa est fidèle. Le lecteur trouve la note sur *les sarrasinières*, dont on découvrit le point de départ sous l'immeuble du 27 rue Puits Gaillot. Las, le bâtiment fut rasé à la création de la place Pradel. Simon se demande si la traboule salvatrice communiquait avec celle du 21 place Tolozan. En tout cas, *les sarrasinières*, qui se dirigeaient vers le nord, côtoyaient la traboule du 27 rue Puits Gaillot, hélas disparue. Et s'il subsistait une portion du souterrain médiéval au niveau du 21 place Tolozan ?

S'emparant du livre de Christian Barbier intitulé « Les souterrains de Lyon », l'enquêteur lit attentivement le chapitre consacré aux *sarrasinières*. Au cours de leurs multiples invasions, les sarrasins détruisirent moult constructions. Les ruines qu'ils laissèrent furent qualifiées de *sarrasines*. Au fil des siècles, par un retournement dû à l'ignorance, on vit dans les ruines sarrasines les restes d'ouvrages bâtis par lesdits sarrasins. Puis, tout vestige antique leur fut facilement attribué. Il en fut ainsi des souterrains nommés *sarrasinières*. Une première hypothèse les octroie à Gondebaud, grand roi des Burgondes. Mais, une réponse plus solide vient des historiens qui datent l'ouvrage du XIIIe siècle, et l'adjugent aux seigneurs de Beaujeu. Les possessions lyonnaises de ces derniers étaient reliées à leur château de Miribel, au nord de la ville, par *les sarrasinières*. Ce chemin couvert était fait de deux galeries parallèles, pour un déplacement à double sens, sans croisement. Leurs dimensions permettaient d'y circuler à cheval.

Enfouies, coupées par des éboulements, et saccagées par le terrassement urbain, il n'en reste que des portions plus ou moins détériorées. L'auteur cite des lieux au nord de Lyon, où l'on en peut voir des vestiges.

Le lecteur songe avec un brin de nostalgie que les multiples remodelages du quartier des Terreaux sont probablement venus à bout de l'extrémité sud des souterrains siamois du Moyen-Âge. Un détail le laisse rêveur : le curieux tunnel double passait près de la rue des Fantasques.

Ayant trouvé à garer sa 2CV sur le parking de la place Tolozan, il inspecte les parages. La voiture de Toffer n'est pas visible. En revanche, un véhicule en stationnement est occupé par une femme. Vitodi reconnaît la barbouzette qui fut chargée la veille de fouiller Éva. Elle couve des yeux l'allée suspecte.

Il pénètre au 21 sans broncher. Mais, après quelques pas sous la voûte de la large allée, il fait demi-tour pour couler un regard à l'extérieur. Il voit la barbouzette parler dans un téléphone cellulaire. Avec un sourire, il s'enfonce dans la pénombre. L'allée voûtée le conduit à une cour intérieure, où paraît l'attendre un homme qui se tient l'oreille à l'aide d'un mobile. Le grand blond lui adresse un salut désinvolte, et rebrousse chemin. Il a reconnu le barbouze au talent de crocheteur, qui accompagnait Faganat dans sa perquisition de l'immeuble. Ainsi, le dispositif de surveillance est reconduit dès le matin.

Le commissaire serait-il là, cherchant à résoudre son problème d'évaporation de chercheuse ? En descendant vers les caves, le détective amateur s'attend à tomber nez à nez avec le chef barbouze.

Mais l'endroit est désert. Il dégaine sa panoplie de *rossignols*, et commence à visiter les caves, à la lumière de sa torche électrique. La minuterie éteint l'éclairage. Il ne la relance pas, et continue à fureter.

Soudain, il se fige. Elle est là, dans une paroi, l'encoche ronde caractéristique. Cœur battant, il y fiche le cul de la torche, et s'approche du disque lumineux dessiné sur le mur opposé. Sans coup férir, il déclenche le coulissement du tiroir secret. Il coiffe la lampe frontale, l'allume, et rempoche la torche éteinte. Immobile face au boîtier de digicode, il réfléchit aux conséquences de sa découverte. À présent, il en a la preuve indubitable sous les yeux : la belle demoiselle Toffer est complice de l'ennemi de l'ombre !

Après avoir pianoté le code signé Tanas, il voit une ouverture se découper dans le mur du fond. Un escalier se présente à la descente. Il revient à l'entrée de la cave, et tend l'oreille. Rassuré par le calme du sous-sol, il verrouille sur lui la porte, et traverse le mur du fond. Le second clavier est sorti, qui lui permet de fermer le panneau coulissant. Frémissant d'excitation, l'aventurier s'enfonce au royaume du prince des ténèbres.

Au bas des marches, il crochète une porte en fer, qui ouvre sur un local étroit. La lumière de la frontale révèle une pièce tout en longueur, divisée par une cloison médiane qui débute à trois mètres de l'entrée. Le faisceau lumineux se perd dans la profondeur des deux compartiments. Le visiteur réalise qu'il n'est pas dans une cave. Saisi, il découvre *les sarrasinières*.

Il referme la porte métallique, et en fait jouer la serrure. Le claquement du pêne résonne sous les hautes voûtes. Encore incrédule, il observe le mur médian, épais d'une quarantaine de centimètres. Puis, il s'engage dans le tunnel de gauche, où il va d'un pas lent sur le sol dallé de pierres, inspectant l'étrange ouvrage, que sa lampe arrache à la nuit des temps.

Soudain, il est pris d'un frisson. Ce n'est pas celui de l'aventure. La fraîcheur humide pénètre ses habits d'été. Soulevant le bas de sa chemisette, il dégage un sac banane fixé à sa taille. Il en tire sa combinaison imperméable noire pliée serré, qu'il revêt. Il en rabat la capuche, et recoiffe la frontale par-dessus. Puis, il poursuit son exploration.

À intervalles réguliers, des fenêtres ménagées dans le mur commun aux galeries siamoises ouvrent sur le souterrain parallèle.

L'explorateur marche depuis une dizaine de minutes, lorsqu'il découvre dans la paroi de gauche une porte en fer. Il en crochète la serrure. Un escalier s'offre à la montée. Remettant la visite à plus tard, il reverrouille le panneau, et poursuit son cheminement dans le passage médiéval.

La balade du temps jadis s'achève bientôt sur le cul-de-sac d'un éboulement. Il revient sur ses pas jusqu'à la dernière ouverture dans le mur médian. Il la franchit, et constate bientôt que la voie jumelle est obstruée de la même façon. Au travers du monceau de pierres prises dans la terre, lui parvient un grondement assourdi. La succession enchevêtrée de roulements lui laisse deviner un flot incessant de véhicules. Sans l'aide de la frontale, son esprit s'éclaire : le tunnel de la Croix-Rousse ! L'ouvrage s'enfonce sous la colline à six hectomètres au nord de la place Tolozan, distance qui correspond à une marche à pied lente d'une dizaine de minutes. Le chantier du tunnel pour circulation automobile a tranché l'antique voie de circulation hippomobile.

L'enquêteur revient d'un pas rapide, vérifiant qu'il n'existe pas dans le tunnel jumeau une autre façon de quitter les lieux. La piste à suivre passe bien par l'escalier greffé au flanc des *sarrasinières*. Revenu à son niveau, il réfléchit. Proche du tunnel de la Croix-Rousse, et orienté vers l'ouest, le passage monte vers la rue des Fantasques. Il se dit que la petite rousse peut gagner par là le dédale des *arêtes de poisson*, où se niche un repaire de Tanas.

Sa réflexion est interrompue par des petits cris résonnant sous les voûtes du souterrain moyenâgeux. Il éteint la lampe. Immobile, il écoute. Ce sont à présent des gémissements, qui se rapprochent. S'y mêle une voix au ton apaisant. Quelqu'un paraît s'évertuer à calmer un enfant. Un éclair lumineux raye l'obscurité. Le guetteur se tourne, sort la torche, qu'il masque de son corps lorsqu'il l'actionne brièvement pour repérer la fenêtre qu'il sait proche. Il se dirige de mémoire vers elle, tâtonne, enjambe les pierres, et se plaque contre le mur séparant les tunnels siamois.

Il entend de nouveau les petits cris affolés et les paroles d'apaisement, tout proches. C'est une voix féminine. Par l'ouverture entre les souterrains, il voit la lumière d'une torche électrique. Le disque lumineux se centre sur la porte. La clarté réverbérée par le battant métallique découpe les silhouettes d'un petit enfant et d'une femme. Lorsqu'elle se penche sur la serrure pour y introduire une clef, sa chevelure flamboie dans l'éclat de la lampe. Toffer !
Effrayé par le claquement du pêne, l'enfant fait un drôle de bond sur le côté. Son mouvement brusque tire le bras de l'accompagnatrice, et détourne la lumière sur lui. La torche éclaire un singe.

♫ ♫ ♫

Qui n'entre pas dans les goulets, n'y trouvera nul serpent. Mais s'il y pénètre, il peut voir un singe, se dit Simon, qui pense à la mise en garde de sa gazelle. Il croit rêver. A-t-il bien vu Éva, tenant en laisse un petit anthropoïde, dans cette enclave médiévale ? La vision s'est effacée derrière le panneau de fer.
Le bruit de la serrure le fait réagir. Il rallume la frontale, et saute dans la galerie jumelle. Plaquant une oreille contre le métal de la porte, il perçoit l'écho décroissant du pas de la jeune femme dans le puits de l'escalier.
Délicatement, il engage le *rossignol* dans la grosse serrure, et la fait jouer en retenant la course du pêne. Au bas des marches, ne lui parviennent déjà plus que les plaintes de l'animal, lointaines. En douceur, il reverrouille à double tour le battant, et s'élance sur les degrés. L'avance de l'étrange duo se réduit vite, car la petite rousse est ralentie par le comportement craintif de son compagnon velu. Le singe est effrayé par ce monde inconnu, obscur, où il sent la présence secrète des rats. Tantôt, il fait un écart, tantôt il refuse d'avancer. L'échelle d'un puits lui plait. Il la grimpe si lestement, qu'il tire par à-coups sur sa laisse, au risque de faire chuter sa maîtresse. La protestation de celle-ci parvient au suiveur, qui hésitait sur la voie à suivre à la précédente bifurcation. Aux abords du conduit, le journaliste éteint sa lampe. Il gravit les échelons dès la lumière disparue. La tête en périscope hors de la cheminée, il voit s'éloigner l'insolite tandem. Il veut rester éloigné du quadrumane, qui pourrait le flairer. La torche pointée vers le sol, guidé par les plaintes de l'animal, il parvient à garder la bonne distance, au fil des marches, boyaux étroits et larges galeries. Il ne va pas tarder à se féliciter de cette précaution.
À un embranchement, il regarde s'éloigner dans un passage rectiligne la belle et la bête. Lorsqu'elles disparaîtront, il refera la lumière, et avancera sur leurs traces. Soudain, le singe glapit. Toffer pousse un cri, puis elle reproche :
— ohrh, tu m'as fait peur.

Alors que Vitodi se demande ce qui effaroucha le quadrumane, une voix masculine le surprend :
— pardonne-moi. Je ne voulais pas t'effrayer. Je restais dans le noir pour voir si tu n'es pas suivie.

À la lumière de la lampe d'Éva, est apparu l'homme en noir, dont le bras se lève à l'horizontale. Le grand blond bondit de côté. Le faisceau lumineux d'une torche puissante inonde la position qu'il occupait une seconde plus tôt. À l'abri dans l'autre branche du souterrain, il écoute le dialogue :
— ça va. Ne traînons pas. J'emmène ton bébé. Va m'attendre à la maison.
— Laisse-moi t'accompagner. Cet animal est dangereux.
— Pas question. Moins tu en sais, mieux ça vaut pour toi. À tout de suite.

L'enquêteur est concentré. La voix masculine ne lui est pas inconnue, mais Tanas chuchote, et le labyrinthe déforme les sons. Néanmoins, certaines intonations parlent à sa mémoire. Shraz ? Les deux complices ont rendez-vous « à la maison ». S'agit-il de la maison familiale, celle du grand-père de la chercheuse, la maisonnette du 1 rue Magneval, toute proche ?

L'espion glisse un regard dans l'autre galerie. L'homme à la cape est parti avec le singe. Immobile, la jeune femme les regarde s'éloigner. Il la voit de profil. Il est impatient qu'elle lui cède la place, afin qu'il puisse se précipiter sur les traces du mystérieux parrain. Va-t-elle revenir de ce côté ? En ce cas, il se dissimulera dans l'autre branche du dédale.

La petite rousse se décide enfin à bouger. Elle poursuit droit devant, par un escalier. Dès que la lumière s'est estompée, l'aventurier actionne sa torche, braquée vers le sol. Arrivé très vite au pied des marches, il tourne à gauche, et se hâte à grands pas dans le tunnel par où le prince des ténèbres a disparu depuis longtemps. Trop longtemps ? Déjà une nouvelle bifurcation. Il guette les petits cris du singe. Rien. Sa décision est vite prise. Le danger est grand de s'égarer dans le labyrinthe. L'ennemi de l'ombre a promis à sa complice de la rejoindre. C'est elle qu'il faut suivre. S'il n'est pas trop tard !

Il pivote, et court jusqu'à l'escalier, dans la montée duquel il s'élance avec souplesse. Les marches avalées, il ralentit à peine. Par chance, le souterrain ne se divise pas. Après un tournant, il stoppe sa course. Il abaisse la torche, et regarde avec soulagement le halo de la lampe qui danse au fond du passage. Sur les pas de celle qu'il file, il s'élève encore. Il a perdu la notion de sa position dans le dédale Croix-Roussien.

Il éteint sa torche. Éva s'est arrêtée. Sa lampe éclaire une porte. Un cliquetis de serrure résonne. La silhouette de la chercheuse s'inscrit dans un rectangle de lumière naturelle. Puis, le battant se rabat sur elle.

Il empoche la torche, rallume la frontale, et se rue. Il entend claquer deux fois le pêne. Après un regard acéré sur la serrure, il sort le *rossignol* idoine, et opère délicatement. Il éteint la lampe et entrouvre la porte. La luminosité du jour l'éblouit. La main en protection, il accommode vite, et voit des marches. Il passe la tête par l'entrebâillement. Au bas de l'escalier, la flamboyante chevelure est absorbée par l'allée d'une maison. Un autre regard le renseigne sur le lieu : la montée du boulevard, étroite voie serpentine tout en degrés, longe sur le haut le bastion Saint Laurent. Il se souvient que l'allée dans laquelle entra la chercheuse permet de trabouler de la montée du boulevard à la montée Bonnafous. Il sort, verrouille l'issue, et dégringole l'escalier, avec l'espoir de ne pas s'offrir au regard émeraude.

En s'engouffrant dans l'allée, il entend claquer une porte à l'étage supérieur. Par précaution, il parcourt la traboule au pas de charge. Descendu de deux étages, il sort au 1 bis de la montée Bonnafous. Pas de rousse chevelure en vue. Il estime que la jeune femme n'a pas eu le temps de s'esquiver par là. Elle est dans l'habitation. Le bruit de porte entendu naguère n'était pas une coïncidence. Sur le seuil, il réfléchit, en rangeant sa combinaison et les deux lampes dans le sac banane. « Va m'attendre à la maison », a ordonné Tanas à Toffer. Il va venir ici. Shraz ou pas, il possède l'une de ses retraites dans cette traboulante demeure. Belle occasion de le capturer !

Le grand blond dévale le début de la montée Bonnafous, et vire sur le cours d'Herbouville. Il n'accorde pas un regard au Rhône, qui s'entête à couler de l'autre côté du quai. En courant, il poursuit sa réflexion. Il ne pouvait prendre le risque de s'attaquer seul au parrain lyonnais. Il ne faut pas gâcher cette chance de le saisir au logis. S'il fuit, quand retrouvera-t-on pareille aubaine ? Il s'agit de le neutraliser hors du repaire où il détient son virulent bocon. Seule une équipe de policiers armés peut bloquer efficacement les issues de la maison où il viendra sous peu, et le forcer à se rendre. Or, Faganat a posté deux policiers place Tolozan. Éva est passée par le 21. Elle venait de Gerland, car le singe sort du labo. Bondon l'aura donc suivie, en prévenant son patron. L'équipe barbouzarde est là-bas, sans doute étoffée, tournant autour de l'entrée secrète des *sarrasinières*.

Bien sûr, Vitodi préférerait agir avec Borniquet, et si possible Feri.

Il refuse d'intégrer le troupeau des porteurs de portable, car il suspecte les micro-ondes émises par ce bidule d'avoir une action nocive sur le cerveau. Mais il pourrait entrer en coup de vent dans le bistrot qu'il aperçoit plus loin, pour téléphoner. Où appeler le juge ? Le blessé parlait de sortir aujourd'hui. Est-il encore à l'hôpital en cette fin de matinée ? Simon ne connaît pas le numéro de téléphone mobile du nouveau shérif. En revanche, celui de Roger est inscrit sur le calepin qui ne le quitte pas. Le commissaire pourrait joindre le magistrat. Mais il faudrait tout expliquer au chef de la PJ. Ce dernier serait-il en mesure de mobiliser rapidement une équipe ? Tout cela retarderait irrémédiablement l'intervention. Tandis que Faganat connaît l'essentiel du problème. Il sera immédiatement opérationnel, proche de la cible, avec des hommes armés aguerris... De plus, le détective amateur se réjouit à l'idée de river son clou à l'infatué chef barbouze.

Le bar s'est effacé. La foulée du coureur est longue. Il a passé le tunnel de la Croix-Rousse. La place Tolozan se présente. Se faufilant dans le parking, il accoste la voiture abritant la barbouzette. La passagère ébauche un geste de défense. Surprise par ce grand diable échevelé surgi à sa portière, elle glisse une main vers son holster. Lançant la dextre par la vitre ouverte, il bloque le bras de la fliquette. Très vite, il se présente et la convainc de prévenir son patron. Faganat est occupé à revisiter l'immeuble du 21. Dès que la liaison est établie, l'arrivant s'empare du téléphone, et déclare d'une voix rapide :
— ici Vitodi. Je vous attends dehors. J'ai la solution à votre problème, et je vous offre Tanas sur un plateau. Mais il faut faire vite. Sortez de ce numéro 21, qui ne vous porte pas chance, et je vous dis où se trouve notre homme.

Sans laisser à son correspondant le temps de répondre, le journaliste coupe la communication. Il rend l'appareil à sa détentrice, en lui annonçant :
— le temps que le commissaire arrive, je fais un aller-retour à mon auto.

La femme étouffe une exclamation inutile : l'escogriffe à ressort n'est plus là. Il court à la 2CV, dont il ouvre la portière avant droit. La guimbarde recèle un matériel d'enregistrement sonore miniature. Il vérifie la présence d'une cassette vierge dans le petit boîtier du magnétophone à commande vocale, qu'il glisse dans la poche gauche de son pantalon. Masqué par la portière, il fixe à la boucle de sa ceinture le mini micro, dont le cordon court derrière la bande de cuir, pour venir plonger dans la poche. Il dissimule le fil à l'aide du sac banane décalé sur le côté. La chemisette qui retombe couvre l'ensemble. Une cassette de rechange vient prendre place à côté de son calepin, dans la poche droite du pantalon. Le voilà paré pour inscrire la scène finale sur bande magnétique, s'il réussit, au moment du dénouement, à ne pas se faire écarter de l'affaire par le chef barbouze, amateur reconnu d'entourloupes.

L'homme aux cigarillos puants déboule de l'allée du 21, entraînant dans son sillage, outre un nuage malodorant, Bondon et son collègue naguère posté dans la cour intérieure. Le corps massif du commissaire se déplace avec une rapidité étonnante. Il prend sa source d'information au sérieux. Il a en tête la réputation de débrouilleur d'énigmes rapportée dans le dossier du détective amateur aux RG. Le temps du mépris est passé. S'il peut utiliser l'aventurier pour réaliser l'affaire de sa vie, il ne va pas pignocher. Sans perdre une seconde, il interroge le témoin, venu à sa rencontre :
— où est-il ?

— Au 1 bis montée Bonnafous. Je vous y mène. Je vous expliquerai en route.
— D'accord ! Oubliez votre bagnole pourrie, et venez avec moi.

Laissant passer l'outrage à son cher tacot, Simon suit Faganat, qui s'installe au volant de son 4x4. Vitodi prend la place avant. Bondon monte à l'arrière. Le véhicule démarre, suivi par celui des deux autres policiers.

Le grand blond indique la route à suivre, puis relate de façon claire et concise sa découverte des *sarrasinières*, et l'apparition de la chercheuse tenant en laisse le petit singe. Le commissaire retire le cigarillo de sa bouche, pour mieux éclater en direction de son subalterne :
— merde ! Tu vois ce que t'as laissé passer !

Le journaliste lâche les questions qu'il a gardées en réserve depuis qu'il a vu le compagnon velu d'Éva :
— comment a-t-elle pu sortir cet animal du labo ? Elle a dû l'endormir et le transporter dans un bagage. Pourquoi ne pas l'avoir interceptée ?

Le visage du chef barbouze s'empourpre. Il écrase méchamment son mégot infect dans le cendrier. Au terme d'une grimace tenace, il consent à expliquer avec une fureur contenue :
— je ne sais pas comment elle s'y est prise. Bondon ne l'a même pas vue sortir du labo. C'est moi qui ai dû l'avertir. Heureusement que j'avais mis le reste de mon équipe en planque au 21. Elle est arrivée en tirant un carton sur une paire de roulettes. Dès que j'ai été prévenu, j'ai donné l'ordre de fouiller son bagage. Mais à peine dans l'immeuble, elle s'est évaporée, exactement comme l'autre fois... Maintenant, finissez votre histoire. Ça urge.

L'enquêteur amateur résume sa souterraine filature de la petite rousse. Il ne parle pas du chantage de l'ennemi de l'ombre, car il a promis le secret au mousquetaire de Lyon. Néanmoins, il doit mettre en garde les policiers. Il le fait de façon évasive :
— il lui a donné rendez-vous montée Bonnafous. Il faut le coincer là-bas, et surtout, ne pas le laisser s'enfuir dans les souterrains. Ce labyrinthe a une floppée de sorties. De plus, il pourrait vous y piéger. Qui sait quelles armes il a cachées là-dedans !
— Moi, je sais, lâche Faganat.

Un feu rouge les arrête. Le conducteur en profite pour planter un cigarillo sous son embryon de moustache. Il allume le cylindre maléfique, tout en guignant son passager, qui le fixe en attendant la suite.
Mais rien ne vient, hors la méphitique fumée. Le feu passe au vert. La voiture repart. Simon regarde l'homme qui s'entête à se taire et tête le petit cigare dont la couleur lui fait penser à la brenne, et l'odeur à pire. Il ne résiste pas à l'envie de gommer le sourire fat entrevu sur la barbouzarde face :

— là où Tanas a emmené le singe, se trouve de quoi empoisonner une part appréciable de la population. Seul le nouveau shérif est à même de négocier avec le parrain de la pègre lyonnaise. Je pense que vous devez contacter le juge Feri avant toute action.

Le conducteur serre les dents, coupant net son cigarillo puant. La chose choit sur ses épaisses cuisses. Elle lui laisse une brûlure sur le pantalon avant qu'il la cueille en un réflexe qui imprime un dangereux écart au 4x4. Il plante dans le cendrier le rouleau fumant, crache le reste, et fulmine :
— je n'ai pas d'ordre à recevoir d'un pisse-copie ! Ma parole, mais vous me prenez pour une barbouze d'opérette. Ça fait un moment que je subodore le rôle joué par Tanas dans les vols au P4. Or, le P4, c'est mon domaine. Les vols de virus touchent à la sécurité du territoire. Quant à Feri, je sais qu'il s'est blessé d'une façon bizarre. Je ne serais pas étonné qu'il ait été touché dans ce duel à la con qu'il a fait l'erreur d'accepter. Je sais qu'il est en pourparler avec le parrain. Pire, on m'a dit qu'il pesait de tout son pouvoir pour donner satisfaction à ce truand terroriste, dans une transaction secrète. Ce chat fourré qui se prend pour un shérif est incontrôlable. Il joue trop en solitaire. Je n'aime pas son style juge vedette. Pas question de l'avoir dans les pattes. Je l'avertirai après l'arrestation.

La conversation cesse, car ils arrivent. L'heure de l'action sonne.

♩ ♩ ♩

Vitodi explique la disposition des lieux. Le commissaire poste la fliquette à l'entrée du 1 bis montée Bonnafous, et le flic aux crochets à l'autre issue de la traboule. Puis, il tente de dissuader le témoin de l'accompagner :
— restez là, avec la collègue. Je ne monte jamais sur un coup avec un civil. Si vous encaissez une balle perdue, à moi les emmerdes.
— Non ! Vu les risques que j'ai pris, vous ne me priverez pas du dessert.
— Vous voulez que je vous menotte et vous enferme dans ma bagnole ?
— Faites-le, et vous aurez la presse sur le dos. Allons, on perd un temps précieux en parlotes. Je peux vous être utile. Je ne vous ai pas tout dit sur cette affaire. Certains détails pourraient compter.
— Bon, ça va, venez ! Mais restez en retrait, et ne prenez pas d'initiative.

Le trio monte avec prudence au troisième étage de la maison encastrée dans la pente raide. Le chef barbouze dégaine son revolver. À pas de matou, il va vers l'unique porte présente sur le palier. Il colle une oreille au panneau, écoute un moment, puis manœuvre délicatement le bec-de-cane. Il revient

chuchoter à l'adresse de Bondon :
— c'est verrouillé. On entend deux voix : un type qui engueule une femme. Je vais tenter de me faire ouvrir. Si ça marche, on fonce tous les deux.

Avisant la moue désapprobatrice de Vitodi, Faganat lui ordonne à voix basse :
— restez à l'écart. Allez vous mettre à couvert. Pas d'imprudence, d'accord ?

Au lieu d'obéir, le détective amateur avance d'un pas, et murmure :
— essayez votre crocheteur maison, pour entrer en douce et profiter de l'effet de surprise.

Le commissaire grimace, contrarié de n'y avoir pas pensé. Il domine cette petite blessure d'amour-propre. L'heure n'est pas à une susceptibilité mal venue. Toujours à mi-voix, il ordonne à Bondon d'aller prendre la place de son collègue. Bientôt, le flic amateur de gorges métalliques vient aux ordres.

En connaisseur, Simon observe le travail du policier. Il opine au déblocage rapide de la serrure principale. Mais celle-ci n'était qu'une bouchée apéritive. Le plat de résistance du verrou de sûreté s'avère étouffant. Tanas n'est pas homme à négliger ce genre de précautions. La silencieuse bataille est rude. Le crocheteur transpire à s'escrimer en vain.

L'aventurier résiste à la tentation de sortir sa panoplie de *rossignols* pour suppléer aux crochets de l'homme de la DST. Il ne souhaite pas révéler aux flics son petit talent, ni exposer ses joujoux perfectionnés.

Sur un signe de son chef, le barbouze vient au rapport, la mine piteuse. Faganat siffle sa question :
— mais qu'est-ce que tu fous ?
— Y'a pas moyen, patron. C'est pas un verrou courant.
— Bon, on perd notre temps. Il va finir par nous repérer et nous flinguer à travers la porte. Va reprendre ton poste, et envoie-moi Bondon. On va ruser.

L'homme dépité disparaît dans l'escalier. Le témoin se décide. Il chuchote :
— laissez-moi essayer. Je tâte un peu de la serrurerie, moi aussi.
— Quoi ? Vous plaisantez ? Pas question. On a déjà trop tenté le diable.
— Le diable, c'est Tanas. Il n'ouvrira jamais, quelle que soit la salade que vous lui vendiez. Laissez-moi faire. Vous avez tout à y gagner.

Le chef barbouze ne répond pas. Il hésite. Le journaliste en profite pour contourner le massif policier. Il glisse la main dans la profonde poche droite de son pantalon, et saisit sous le calepin sa trousse de cambrioleur, qu'il sort en la tenant hors de vue de l'homme de la DST. Il s'approche de l'obstacle, l'examine, et choisit le sésame adéquat. La voix d'Éva lui parvient faiblement au travers de la porte. En travaillant tout en tendresse la rétive serrure, il cherche à saisir ce que dit la chercheuse. Une voix masculine indistincte la coupe. Toffer hausse le ton pour répliquer :

— de toute façon, je suis d'accord avec toi pour ne plus prendre de risques. J'ai trop joué avec la DST. J'arrête tout pour le moment.
Le dialogue redevient incompréhensible. Le crocheteur se concentre sur son ouvrage. Comme il manie un bon outil et jouit d'une maîtrise consommée de son art, le verrou se laisse apprivoiser. Il rengaine furtivement sa cage à *rossignols* magiques, et pèse lentement sur la béquille. La porte s'entrouvre un peu. Il la referme en douceur, et s'en écarte. Son pouce levé indique aux policiers que la voie est libre. Bondon a rejoint son patron. Les deux hommes avancent, revolver au poing.
Le commissaire se rue à l'intérieur, suivi par l'inspecteur. Par-dessus l'épaule de ce dernier, le grand blond voit le couple, debout dans un salon.
Entièrement vêtu de noir, cape et cagoule comprises, Tanas fait face à l'entrée. Devant lui, tournant le dos aux arrivants, se tient la petite rousse.
— Pas un geste !, tonne Faganat.
Son subordonné commence à s'écarter de lui, pour pouvoir tirer sur l'homme à la cape sans risquer d'atteindre la femme. Mais son mouvement tournant avorte. Tanas réagit comme l'éclair. Il fait pivoter sa compagne, l'attire, et lui braque un pistolet sur la tempe. Sans un mot, il recule à pas lents, entraînant son otage vers une porte de communication. Son calme impressionne les assaillants et le témoin. Certes, la menace est assez claire pour ne pas être formulée. Mais le mutisme et la lenteur réfléchie de l'homme en noir disent sa maîtrise. Il ne craint pas une intervention des policiers. Peut-être la désire-t-il, afin d'avoir le plaisir de semer la mort. Les barbouzes et le journaliste en sont conscients, qui restent figés. Seuls, les trois paires d'yeux et les canons des deux revolvers suivent le déplacement du couple. Le trio guette l'instant où Tanas lâchera son bouclier humain pour ouvrir la porte. Les assaillants s'apprêtent à faire feu sur la cible qui s'offrira alors.
Parvenu contre la cloison, le parrain se décale sur la droite de la porte. Il se protège toujours à l'aide de la femme. Il chuchote à son oreille. Puis, il desserre son étreinte. Éva ne bouge pas. Sans cesser de la menacer de son arme, Tanas tâtonne de sa main libre, à la recherche de la poignée. Il la saisit, ouvre le battant, puis murmure un ordre à sa compagne. Les policiers n'osent toujours pas tirer, de peur de blesser grièvement la femme, et de recevoir une balle de l'homme à la cape. Lequel recule à nouveau, avec la chercheuse, qui referme la porte sur eux. Le claquement d'un verrou retentit.
Aussitôt, Faganat ordonne à Bondon de se poster à la fenêtre donnant sur la montée Bonnafous. Il ouvre la croisée opposée. Les issues ainsi surveillées, Tanas est perdu. Il ne pourra s'échapper par une baie sans se séparer de son otage, et se livrer ainsi aux projectiles des assaillants.
Vitodi s'est plaqué à la porte de communication, pour tenter de savoir ce qui

se passe de l'autre côté. Mêlée au cri de la femme, la détonation le fait sursauter. Le bruit de chute qui s'ensuit le bouleverse. Il lâche un cri :
— Éva !

Le grand blond se déchaîne. Il empoigne une chaise, et la fracasse contre la porte. Le bois léger du panneau supérieur vole en éclats. Il passe un bras par l'ouverture, et déverrouille le reste de porte. La vue de la petite rousse étendue sur le plancher, près du lit, confirme ses craintes. Le corsage blanc est largement ensanglanté au niveau du cœur.

Un mouvement attire l'attention de l'arrivant vers une fenêtre. Juché sur l'appui, jambes fléchies, l'homme en noir s'apprête à sauter dans le vide. L'aventurier s'élance. Les pas précipités du commissaire résonnent. Tanas se décide. Tenant les pans de sa cape écartés, il s'envole dans les airs.

Simon croit rêver, frappé par la vision du sinistre oiseau géant déployant ses ailes de jais. L'image ravive le souvenir de l'étonnante apparition nocturne au bord du lac légendaire de Fourvière. Il avait alors guetté l'envol de l'étrange créature. Prémonition ?

Aujourd'hui, l'incroyable arrivait. Du troisième étage, la monstrueuse chauve-souris s'était envolée !

Chapitre 12

*« Attends-toi à tout,
et te t'étonneras de rien. »*

M ais pourquoi s'étonner ? Il s'y attendait. Le sinistre oiseau de nuit a pris son vol... Arrivé à la fenêtre, il se déprend de la vision onirique, trouvant le miracle trop humain. La baie donne à l'ouest, du côté où la maison est prise dans la colline escarpée. Tanas a bondi dans l'escalier de la montée du boulevard, moins de quatre mètres plus bas. Son saut fut freiné par l'air gonflant l'ample cape maintenue en parachute. Il s'est reçu en souplesse, et a gravi une volée de marches, lorsqu'il est interpellé :
— halte ! Première sommation !
Et dernière : le policier posté à la proche extrémité de la traboule est surpris par la promptitude de la réaction du personnage qu'il vise. Un pan de cape se soulève sur un pistolet qui crache la mort. L'homme de la DST s'écroule.
Le journaliste hésite à se lancer à la poursuite du fuyard. Sans arme, face à un tireur de cet acabit, cela reviendrait à se jeter sous la faux de la camarde.
Il est écarté par une main impérieuse. Le chef barbouze embrasse la scène d'un regard avide. Il grimace à la vue du corps inerte de son subordonné. Serrant son arme à deux mains, il vise posément l'homme en noir, qui s'élève à flanc de colline. La chauve-souris géante semble voler en rase-mottes au-dessus des marches. Le projectile la cloue sur les degrés.
Le tireur pousse une exclamation de satisfaction. Bondon, qui les a rejoints, lui fait écho. Abaissant son revolver, Faganat triomphe :
— il est à moi, l'ennemi public numéro un !
Mais ses traits se figent de surprise. Là-bas, Tanas s'est relevé. Comme s'il avait juste trébuché sous l'effet d'une énergique tape dans le dos, il repart de plus belle vers la liberté. Le commissaire reprend sa position de tir. Il ajuste la silhouette arrêtée devant l'accès aux souterrains. Occupé à déverrouiller la porte en fer, le fuyard forme une cible plus éloignée, mais fixe. Comme sa sœur, la deuxième balle atteint son but. Tanas fait une embardée. Il évite la chute. Indestructible, il revient devant le battant, qu'il ouvre.
L'incrédulité cède le pas à la fureur chez le tireur. Dérouté par l'apparente invincibilité de l'homme à la cape, il décharge son arme, en grognant sa rage. Sous l'effet de cette colère due à l'incompréhension, ses tirs perdent leur précision. Le prince des ténèbres plonge dans les entrailles de la colline.

La face crispée, le chef barbouze regarnit son revolver. Puis, il commente :
— je lui ai logé au moins deux dragées dans la viande. Voyez, il n'a même pas fermé la porte. Il est là-dedans, en train de se vider de son sang.

Vitodi détourne le regard de la porte en fer laissée ouverte sur l'obscurité du labyrinthe, comme l'amorce d'un piège. Il se souvient du juge Feri ressassant comment il avait touché Tanas par deux fois sans que ce diable d'homme ne parût blessé. L'inexplicable phénomène ne venait-il pas de se reproduire ? Atteint à deux reprises par une balle de Faganat, l'homme en noir se riait des projectiles. Comme en écho, l'inspecteur exprime sa méfiance :
— il pourrait nous allumer dès qu'on mettra les pieds dans ce trou à rats.
— Parce que tu me crois assez con pour foncer sans réfléchir ? Tiens les clefs du 4x4. Dans le coffre, il y a une caisse de lacrymos. Prends-en deux ou trois. Il y a une lampe torche, aussi. Apporte tout ça en quatrième vitesse. Moi, je m'occupe des blessés, et on y va.

Tout en écoutant le dialogue des policiers, Simon s'est approché du corps étendu sur le plancher. Teint blafard, paupières closes, lèvres pincées, Éva semble morte. Sur sa poitrine, la tache sombre s'est élargie. Il s'accroupit auprès d'elle, et lui prend le poignet pour vérifier son pouls. Il perçoit alors un souffle saccadé aux finales sifflantes. Elle vit encore.
Comme il ouvre la main, elle ouvre les yeux, et murmure :
— pourquoi a-t-il fait ça ?

Le grand blond se dresse, et décroche le combiné d'un poste téléphonique posé sur la table de chevet. Après avoir composé le 15, il obtient en ligne le médecin coordonnateur du service de secours, auquel il expose la situation.
Pendant qu'il parle, le commissaire examine la blessée. Il réclame l'appareil. Le journaliste le lui cède, et s'affaire à improviser un pansement compressif à l'aide d'un drap arraché au lit. Au téléphone, le policier se présente, et insiste sur la gravité des cas :
— deux blessés par balle. La femme est touchée dans la région cardiaque. Elle est consciente, mais l'hémorragie est importante. Peut-être une artère pulmonaire. Quant à l'inspecteur de police, il est inerte. Je me porte auprès de lui, et je vous rappelle.

Faganat raccroche le combiné, et s'éloigne en hâte.
Resté seul avec elle, Vitodi plaque une forte épaisseur de tissu sur le sein gauche de la blessée. Penché sur la petite rousse, il l'entend balbutier :
— je vais mourir.
— Mais non, le SAMU arrive.
— C'est trop tard... A-t-il réussi à s'enfuir ?
— Oui. Maintenant, tais-toi. Ne bouge pas. Il y va de ta survie.

Toffer a un petit sourire triste. Elle lui pose une main sur le bras, et murmure d'une voix hachée par le manque de souffle :
— laisse-moi parler... Je vais mourir... Je veux te dire... J'ai fait tout ça pour père-grand... Oh, je t'en supplie, appelle-le.
— C'est lui, n'est-ce-pas ? Tanas ?
Les yeux aux reflets d'émeraude s'agrandissent, comme si la mourante tentait de comprendre la question.
À cet instant, éclate la voix forte du chef barbouze, qui appelle de l'extérieur :
— Vitodi !
L'interpellé applique les mains d'Éva sur le drap plié, lui demande d'appuyer de toutes ses forces déclinantes, et se rue à la fenêtre. Debout auprès de son subordonné abattu, au côté de Bondon, le commissaire crie :
— il est mort. Prévenez le toubib du SAMU. Nous, on y va. On a perdu trop de temps. Même grièvement blessé, Tanas peut nous filer entre les doigts.
— N'y allez pas. Il a de quoi empoisonner des milliers de personnes. Si vous le traquez, il lâchera ses bêtes infectées.
— Justement ! Il faut faire vite, et le neutraliser avant qu'il gagne sa cache.
Sur cette réplique, le tandem policier gravit rapidement les marches.
Le regard de l'aventurier se pose sur le cadavre. Il se demande si le barbouze parviendra à crocheter les portes du paradis, au nez et à la barbouze de Saint-Pierre... La déflagration lui fait relever la tête. Là-haut, l'inspecteur lance une deuxième grenade lacrymogène dans le boyau.
Se détournant de la scène, Simon bondit au chevet de la blessée, qui a lâché le pansement de fortune. Les yeux clos, elle râle faiblement. Il comprend la blessure, en maudissant intérieurement l'homme aux cigarillos puants de l'avoir dérangé pour se décharger sur lui de l'appel au SAMU. La main droite plaquée sur le bouchon de tissu, il s'étire pour saisir de la gauche le poste téléphonique, qu'il pose sur le plancher. De la même main, il décroche le combiné et presse les touches. Puis, il patiente en observant le visage dont le teint cireux tranche sur l'auréole de cheveux roux.
Après avoir annoncé au médecin du SAMU le décès du policier, il raccroche et se penche sur la chercheuse. Elle lui réitère sa prière d'appeler son grand-père, dont elle énonce avec lenteur le numéro de téléphone. Il pianote les dix chiffres, en notant qu'ils signalent un poste fixe de la région lyonnaise.
Le combiné plaqué à l'oreille, il affirme :
— il ne sera pas chez lui. Blessé ou pas, son intérêt est de trouver refuge ailleurs. Il sait qu'on ira le chercher à son domicile.
— Que dis-tu ? Père-grand est blessé ?
— Il devrait l'être. Le gros policier lui a expédié deux balles dans la carcasse.

Il entend le signal des sonneries se succédant. Voyant l'expression d'horreur agrandir les beaux yeux verts, il ne peut contenir une réaction d'irritation :
— tu ne vas pas le plaindre. Il a tenté de te tuer.
— mais ce n'est pas lui ! Père-grand n'a rien à voir avec Tanas !

Éva a protesté avec un regain d'énergie, comme si elle comprenait enfin le quiproquo. Sceptique, l'enquêteur scrute le visage crayeux, et objecte :
— c'est pour lui que tu volais au P4, et il est toujours en noir, comme Tanas.
— Il porte le deuil depuis la mort de grand-maman. Je l'ai toujours connu habillé ainsi… Il est innocent !

Il lit du désespoir sur la face exsangue de la mourante. Elle ne ment pas. L'écouteur le lui confirme par un déclic suivi de la voix de Shraz :
— Oui ?
— Vitodi. Éva est grièvement blessée par balle. Elle veut vous voir. Le SAMU est prévenu. Venez le plus vite possible au 1 bis montée Bonnafous. À pied, c'est à côté, si vous prenez le raccourci par l'escalier en haut de la rue Magneval. C'est la maison au bas de la montée du boulevard.
— Je vois. J'arrive tout de suite.

Le professeur n'a pas posé de question. Saisissant l'urgence de la situation, il a coupé la communication, pour venir sans tarder. Le doute resurgit dans l'esprit du détective amateur : le savant n'a pas réclamé de détails, car il sait à quoi s'en tenir. Il connaît le lieu de rendez-vous secret parce qu'il est Tanas. Le chauve glacial vient parachever son œuvre de mort, afin de ne pas laisser entre les mains de la police un témoin capital.

Pour en avoir le cœur net, le journaliste interroge la chercheuse, après avoir allumé le petit magnétophone dans la poche de son pantalon :
— qui est Tanas ? Son identité. À quoi ressemble-t-il ?
— Je ne sais pas. Il ne m'a pas dit son nom. Je ne connais pas son visage.
— Pourquoi es-tu devenue sa complice ?
— Je l'aime… l'aimais. C'est un homme mystérieux, romanesque, capable des plus grands exploits.
— Mais c'est un criminel ! Il a la renommée d'un redoutable parrain.
— La presse exagère. Elle le noircit. Oui, il vit en hors-la-loi, mais c'est un bandit au grand cœur.
— Pourquoi lui avoir fourni ces virus mortels ?
— Pour le futur laboratoire de Père-grand.
— Alors, j'avais raison. Shraz est dans le coup !
— Mais non. Il ne sait rien. Nous voulions lui faire la surprise. Tanas est riche. Il fait construire en secret un labo de pointe, dont il confiera la responsabilité à Père-grand… J'aurais tant voulu y travailler à ses côtés. Père-grand est un génie. Il inventera des vaccins contre les derniers virus apparus.

Les yeux verts de la petite rousse brillent de larmes à l'évocation de ce rêve fou qu'elle sent lui échapper. Incrédule, Simon s'étonne :
— tu aimes un homme dont tu ne connais pas le visage ?
— Oui. Il est très secret. Il ne se démasquait que dans l'intimité, toujours dans le noir. Je connais ses traits par le toucher. Ça me suffisait... Pourquoi a-t-il fait ça ? Pourquoi ?
Elle ressasse son interrogation, en un murmure qui s'éteint. Pourquoi son amant a-t-il tiré sur elle ? Vitodi renonce à l'éclairer sur l'aspect crapuleux de Tanas. Il arrête son magnétophone, pour téléphoner.
Dans son calepin, il trouve le numéro du mobile de Borniquet, qu'il parvient à joindre, et à qui il expose la situation dans les grandes lignes. Il lui demande de contacter le juge Feri, et de venir au plus vite avec des renforts, pour aider le duo de la DST. Il termine par :
— n'oubliez pas de prendre des lampes.
Il raccroche. Puis, il presse une épaule de la blessée, qui paraît évanouie.
Elle lève les paupières, le fixe et murmure :
— dans le souterrain, l'autre nuit, j'avais des produits du P4.
— Oui, ta sacoche. J'ai deviné plus tard. C'est pour ça que tu... pour endormir ma méfiance ?
— Pas seulement. J'ai de l'attirance pour toi... Je suis contente que tu sois là.
— Garde tes forces.
Il a donné son conseil en posant un doigt sur les lèvres exsangues.
Une exclamation s'élève au dehors. Shraz a découvert le cadavre du policier. Il appelle d'une voix inquiète. Le grand blond le guide de la voix. Il lui cède sa place auprès de la blessée, et résume les circonstances du drame.
En apprenant que sa petite-fille est l'auteur des détournements au P4, le savant reconnaît d'une voix triste :
— je le craignais depuis le soir du repas avec vous. Sa réaction lorsque j'ai parlé de la rumeur de vols dans son labo m'a surpris. Elle qui est toujours si maîtresse d'elle-même. J'ai vu qu'elle avait peur.
Un geste d'Éva l'interrompt. Elle rassemble ses forces pour parler :
— Père-grand... N'oublie pas... J'ai fait ça pour toi.
Elle s'est accrochée à la vie pour cette ultime parole à son grand-père. Terrassée, elle s'abandonne. Et c'est dans les bras du premier homme en noir de sa vie, qu'elle expire son dernier souffle.

♪ ♪ ♪

La mort fauche la parole des deux hommes, accablés par ce gâchis d'une vie intelligente et belle.

L'enquêteur se ressaisit. Il prévient le SAMU. L'équipe médicale de secours est décommandée. Elle laissera sa place à un médecin légiste et à l'Identité judiciaire, que ne manquera pas d'appeler le patron du SRPJ.

En attendant ce dernier, le journaliste répond aux questions du professeur. Il ne cèle rien à son interlocuteur dans le chagrin. Posté à la fenêtre, il parle en guettant l'accès aux souterrains. Aucun des deux barbouzes n'est ressorti.

Il entraîne Shraz vers l'entrée du 1 bis montée Bonnafous. Là, il retrouve la barbouzette, qu'il informe du décès de la chercheuse. La fliquette agite son téléphone portable, inquiète du silence de son supérieur. Il la rassure :
— je ne suis pas sûr que le joujou du commissaire reste opérationnel s'il s'enfonce trop sous terre.

Survient Borniquet, accompagné d'un adjoint. Double déception pour Simon : Roger lui apprend que les renforts arriveront plus tard, et que le juge Feri ne sera pas de la partie. Prenant le journaliste à part, le chef de la PJ lui précise :
— il m'avait dit pour sa blessure. Je sais que tu es au courant pour son duel. Si je l'avais averti, il aurait rappliqué aussi sec. Tu le connais comme moi, le nouveau shérif. À peine recousu, il aurait voulu participer à l'action sur le terrain. Il a assez couru de risques comme ça. À moi de boucler l'affaire.

Devinant que le mousquetaire de Lyon ne lui a rien dit du chantage de Tanas, Vitodi met Borniquet dans le secret, en insistant pour qu'il informe le juge :
— Feri n'aimera pas apprendre qu'on a traqué dans son dos le maître chanteur avec qui il négocie.
— Tant pis pour lui. Je n'aime guère ses cachotteries. De toute façon, il est trop tard, puisque la DST a commencé le boulot. Je t'en veux d'avoir mis Faganat sur le coup. Il va tout foirer... Bon, ne traînons pas. Tu viens avec moi, puisque tu t'es déjà baladé dans ce labyrinthe. J'espère que tu sauras nous rapprocher du repaire de Tanas.

La barbouzette demeure sur place pour accueillir et informer l'équipe de police judiciaire. Shraz décide de se joindre au trio :
— je ne peux plus rien pour ma petite-fille, sauf aider à coincer son assassin.

Le commissaire ne s'oppose pas à la volonté du professeur, car il préfère inconsciemment être bien entouré. Il ne souffle mot de sa claustrophobie, qui lui fait appréhender sa plongée dans les sombres boyaux.

Sur les marches de la montée du boulevard, et à l'entrée des souterrains, le quatuor ne trouve pas trace de sang. Les craintes du détective amateur se renforcent. Si Tanas est valide, il a pu commencer à mettre à exécution sa menace. Va-t-il empoisonner l'eau potable de la ville ? Dans un premier

temps, il a pu lâcher dans le dédale sub-Croix-Roussien ses rats infectés, qui contamineront leurs congénères, puis des chats, les eaux de ruissellement, donc le Rhône et ses poissons, les pêcheurs...
Simon refoule l'anticipation cauchemardesque dans un recoin de son esprit. Le temps n'est plus à la conjecture. Il faut agir.
Laissant le duo policier inspecter arme au poing les premiers mètres du souterrain, où flotte l'âcre résidu du gaz lacrymogène, il tire de son sac banane la combinaison imperméable, qu'il revêt, et la lampe frontale, qu'il coiffe par-dessus la capuche. Il passe sa torche électrique à Shraz.

Le patron du SRPJ ayant annoncé que la voie est libre, l'aventurier mène le groupe jusqu'à la première bifurcation, là où le prince des ténèbres attendait sa complice. Le quatuor ne tergiverse pas. Il leur faut trouver la cache du maître chanteur, pour y récupérer le mortel butin, s'il y est encore. Ils ont une bonne chance d'y débusquer le parrain. Ils décident donc de choisir la galerie où Tanas disparut avec le singe amené par la chercheuse.

Avec sagesse, le savant dispose sur le sol une page de calepin marquée d'une flèche indiquant le chemin suivi. Il faut penser à assurer le retour, et à tracer la voie aux renforts.

À l'embranchement suivant, les pisteurs cherchent une trace du passage de l'homme en noir ou de ses poursuivants. Le journaliste tente de détendre ses compagnons, en citant une maxime de *la plaisante sagesse lyonnaise* :
— le vrai du vrai, c'est pas tant d'aller vite, comme de savoir par où passer.

En guettant un appel ou un bruit, ils inspectent l'endroit. Ils hésitent à se séparer, car ils ont pu constater que les ondes émises par les téléphones mobiles n'atteignent pas le relais extérieur. Impossible de communiquer par ce moyen. Diviser leur groupe à chaque nœud du labyrinthe les mènerait à s'éparpiller sans pouvoir s'alerter mutuellement, et à risquer de s'égarer.

Un grognement de perplexité de Borniquet attire l'attention de son ancien camarade de lycée. Lequel, voyant au sol un cigarillo éclairé par la torche du policier, analyse et présume :
— c'est la merde que fume Faganat. Il n'est pas entamé. Notre barbouze l'a peut-être placé là pour marquer son chemin ?
— Vous avez raison, intervient Shraz. J'ai vu le même en déposant mon bout de papier fléché. Je n'y ai pas assez prêté attention. C'est une indication.

À peine visible sur le sol sombre, le petit cigare brun semble pointer la direction à suivre. Le commissaire se précipite, son bras droit sur les talons.

À la lumière de la frontale du grand blond, le chercheur retraité trace une flèche sur une page de son carnet. Il arrache la feuille, la dépose au sol, et la leste du fuseau de tabac. Puis, il parle du calepin qu'il rempoche :

— je l'ai toujours sur moi, pour noter mes idées.
— J'ai la même habitude, indique l'enquêteur, en tapotant sa poche.

Les deux hommes partagent un sourire de connivence, entrant en sympathie grâce à cette commune méthode. Puis, ils se hâtent de rejoindre les deux policiers, qu'ils retrouvent à la ramification suivante. Le tandem de la PJ vient d'y trouver un autre cigarillo. Le professeur dépose une troisième page fléchée, et le quatuor repart sur l'odorante piste des hommes de la DST.

Borniquet stoppe. En tête du groupe, il lui a semblé percevoir un cri étouffé. Les quatre hommes guettent. Privé d'action, l'éclaireur se sent pris dans l'étau des noirs boyaux. Sa claustrophobie gagne en force. Pour échapper à la vague de peur qui le submerge, il tente d'appeler son homologue de la DST. Mais sa voix s'étrangle. Vitodi reprend l'appel à pleine voix :
— Faganat ! Bondon !
— Par ici... Vite.

La réponse est à peine audible. La voix essoufflée est celle d'un homme qui a rassemblé ses dernières forces pour signaler sa présence aux secours.
L'invite leur est venue d'un endroit devant eux. Le commissaire avance sans précipitation. Son angoisse mal contenue le rend méfiant. Cet appel à l'aide ne lui dit rien qui vaille. Il redoute un piège. Il a dégainé son revolver, et avance lentement, en balayant le souterrain du cône lumineux de sa lampe. Pour repérer un tireur embusqué, il tente de voir au plus loin.
Mais le danger est sous ses pieds : le sol s'ouvre, et l'engloutit.

Son adjoint s'est arrêté. La marche lente lui a sauvé la mise. Stupéfait, il braque sa torche sur la traîtresse zone cimentée qui vient d'avaler son chef. Nulle ouverture de puits. Le sol paraît solide. Il ne comprend pas.
Arrivé derrière lui, le journaliste s'étonne :
— que se passe-t-il ?

Il n'a rien vu, car l'événement s'est produit après un tournant.
Le policier pivote, et répond d'une voix effarée :
— le patron a disparu sous mes yeux. Là !

Il s'écarte, en éclairant le rectangle des Bermudes. Simon appelle :
— Roger !
— Je suis là... Dessous.

L'aventurier s'accroupit, incline un peu plus la frontale, pour mieux examiner le sol, d'où s'est élevée la réponse étouffée.
Observant une rainure qui dessine un carré, il commente à la cantonade :
— une trappe !

D'une main, il appuie sur le couvercle, qui s'abaisse en pivotant sur des charnières. Il doit forcer sur le puissant ressort qui sert à tenir horizontale la

plaque d'acier couleur de béton. En bout de course, un déclic lui signale le verrouillage du loquet qui retient le couvercle en position verticale.
Sa lampe éclaire quelques mètres plus bas le visage affolé de Borniquet, émergeant d'un pêle-mêle de corps.
Passé le choc de la chute, l'enfermement dans le noir a exacerbé la crise de claustrophobie du malheureux, qui annonce d'une voix altérée par la peur :
— deux hommes... en piteux état. Il n'y en a qu'un qui parle, mais il délire.
Le détective amateur cherche un moyen de tirer le trio du puits. Il en éclaire les parois, nues et lisses, dépourvues d'échelle de fer. Le piège est conçu pour retenir ses victimes. Il faudra ressortir des souterrains pour aller quérir une corde. Ne se résolvant pas à cette perte d'un temps précieux, il cherche des aspérités permettant l'escalade. C'est ainsi qu'il découvre la chose.
Au sommet du conduit de section carrée, est fixée une plaque métallique de la hauteur d'une main, et large d'un demi mètre. Se soulevant, telle le volet abritant la fente d'une boîte aux lettres, elle dévoile une niche recelant un rouleau, qui s'avère être une échelle de corde roulée serrée, ancrée au fond de son nid. Inaccessible aux prisonniers, elle permet à l'auteur du piège ou à ses complices d'en sortir ses victimes, mortes ou vives.
Vitodi déroule le cordage en le secouant. Le chef de la PJ s'y cramponne, comme le ferait à une bouée de sauvetage un homme au bord de la noyade. Il grimpe en hâte, pressé de fuir le trou, où il suffoque.
Le sauveteur prend sa place. Il se glisse au fond du puits avec précautions, en prenant garde de ne pas piétiner les gisants.
Faganat geint faiblement. Son subordonné ne réagit pas quand son épaule est pressée par la main du nouveau venu. Lequel se déplace, afin que la frontale éclaire le visage de Bondon. La lumière révèle un front sanglant. D'ordinaire fuyantes, les pupilles ont disparu. Révulsés, les yeux annoncent la mort du long maigre.
En vérifiant l'extinction du pouls de l'inspecteur, l'observateur constate que la blessure fut causée par une balle. Il se consacre au patron du trépassé, à présent silencieux. L'homme aux cigarillos puants est inconscient. Hormis de vilaines ecchymoses, il ne présente aucune blessure apparente. En haut, l'adjoint de Borniquet propose :
— je descends vous aider ?
— Non, je ne crois pas qu'on puisse monter à trois. L'échelle casserait.
— J'ai perdu ma lampe et mon flingue là-dedans, intervient le commissaire.
— Je m'en occupe après, Roger. Ce sont tes collègues de la DST. Bondon est mort, et j'ai l'impression que son patron le suivra de près si on ne le sort pas rapidement de là. On respire mal dans ce cul-de-basse-fosse.

Le grand blond saisit le survivant à bras le corps. Il réussit à dresser sa masse inerte contre une paroi, fléchit les jambes, et charge sur une épaule le pesant chef barbouze. Ainsi lesté, il prend une profonde inspiration, et commence à se hisser sur la mouvante échelle de corde.

Alors qu'il se hausse sur le septième barreau, ce dernier casse net. Sous le poids des deux hommes, les deux échelons inférieurs cèdent en cascade.

Le porteur reste suspendu par les mains. Il sent la tige, qu'il tient solidement, se plier. En outre, la saccade a causé le lent glissement de sa charge.

Il utilise sa main droite pour arrimer son fardeau. Les articulations de son bras gauche distendu le font souffrir.

Son faix rééquilibré, il se hâte de retrouver sa prise de la dextre. Puis, il plie les jambes, cherchant du pied un barreau intact.

Au moment où sa semelle gauche entre en contact avec le point d'appui espéré, l'irrémédiable se produit.

Entre ses mains, la tige déformée, malmenée par les secousses dues à ses mouvements, échappe à ses montants de corde.

♬ ♬ ♬

Sa chute est amortie par la moitié supérieure de Faganat et par le cadavre de Bondon. Il se relève, rassure le trio posté au sommet du puits, et réfléchit.

Sa décision est vite prise, mais il s'accorde un temps de repos, car il halète. L'effort déployé a été plus rude qu'il ne le pensait. Il s'efforce d'ignorer sa fatigue, et s'attelle à la tâche.

Il s'empare de l'encombrant chef barbouze, le soulève à demi, et l'applique de travers contre la paroi, en bloquant l'échelle derrière la masse inerte. Il fléchit les jambes, cale ses genoux contre le ciment, et retient sa charge avec les cuisses. Les bras ainsi libérés, il enroule le bas de l'échelle, intact, autour du corps, et noue l'extrémité des cordes. Puis, il joint ses efforts à ceux de Borniquet et de son adjoint pour soulever l'insolite colis le plus haut possible. Les deux policiers, qui ont alors gagné une position meilleure pour empoigner les montants du cordage, tirent à eux leur collègue de la DST.

Mais bientôt, le fardeau humain, qui avoisine le quintal, sature les forces réunies des deux hommes de la PJ. Shraz leur apporte son concours.

La frontale éclaire la scène. Son porteur regarde s'élever cahin-caha l'homme aux cigarillos puants. Il s'accroupit contre une paroi du puits, et tente de reprendre son souffle. Sa lassitude l'inquiète. Certes, ses efforts violents l'ont éprouvé. Mais pourquoi a-t-il l'impression d'étouffer ?

Deviendrait-il claustrophobe, comme Roger ?!

Le trio parvient à sortir du puits l'homme inconscient. Les deux policiers le détachent, pendant que le chercheur retraité les éclaire.
Puisqu'ils n'ont plus besoin de sa lumière, le journaliste baisse la tête et fouille le fond du piège. Il y trouve deux revolvers, qu'il fourre dans son sac banane, et une paire de torches électriques. Il note que la lampe de Faganat a le verre et l'ampoule brisés, mais que celle de Borniquet, tombée sur le matelas humain, fonctionne. Il glisse cette dernière au côté des armes, puis promène un dernier regard circulaire autour de lui. La frontale arrache un éclat métallique au canon d'un troisième revolver. L'arme est coincée sous le cadavre. L'aventurier ne l'en déloge pas, jugeant sa provision de quincaillerie suffisante. À quoi bon se munir à regorge de tels appareils a occire, alors que l'ennemi de l'ombre se rit des balles. Il est pressé de fuir l'étouffante prison.
Le patron du SRPJ fait glisser dans le puits l'échelle de corde partiellement détruite. Pendant qu'il la secoue pour mieux la faire descendre, le professeur de médecine achève l'examen du gisant :
— pas de blessure externe, mais des symptômes d'asphyxie. Bizarre !
Une idée vient à l'esprit du savant, qui s'écrie :
— Vitodi, avez-vous un briquet sur vous ?
— Non. Pourquoi ?
— Attendez, je vous envoie le mien.
— Attendre ?, vous voulez ma mort ? Je n'ai plus un gramme d'air, là en bas.
— Justement. Tenez. Essayez-le vite.

Aveuglé par la torche que Shraz braque au fond du conduit, Simon reçoit le briquet sur le front. En grognant, il se courbe et balance la tête afin de retrouver le projectile à la lumière de la frontale. Il repère enfin l'ustensile, niché dans un pli des vêtements de l'inspecteur. Du feu pour feu Bondon, grommelle-t-il, troublé par l'aspect saugrenu de l'épisode.
Il se redresse, et bat plusieurs fois la molette. Les étincelles ne déclenchent pas la flamme. Agacé, il commente :
— votre truc ne marche pas. À quoi on joue ?
— Ce n'est pas un jeu. Montez vite. Votre vie est en danger !

Il ne se fait pas prier. Il n'avait pas besoin d'un briquet pour savoir où était son intérêt vital. Le souffle court, il empoigne les montants de l'échelle, et commence à s'élever. Il franchit la zone de barreaux cassés en se hissant à la force des bras, jusqu'à pouvoir poser les pieds sur un échelon intact.
Il s'accorde alors un temps de repos. Un vertige l'emporte. Il se cramponne, en fermant les paupières. Ses muscles mollissent. Ah, dormir...
Dans un sursaut de révolte, il rouvre les yeux, respire à fond, et reprend son ascension. Pas question de finir ici. D'autres aventures l'attendent.

Ses compagnons l'aident à s'extraire de l'infernal piège. Allongé sur le sol de la galerie, il respire goulûment l'air aux relents de moisissure, en écoutant l'hypothèse du professeur :
— regardez : ici, mon briquet marche. En bas, la flamme ne peut tenir, par manque d'oxygène. Je pense que le puits est chargé en gaz carbonique.
— Comment du gaz peut-il rester dans ce trou ? Ça m'étonnerait que la trappe soit étanche, objecte Borniquet.
— Oui, elle ne l'est sans doute pas. Mais, contrairement au monoxyde de carbone, le dioxyde de carbone est plus lourd que l'air. Il peut s'accumuler naturellement dans les cavités souterraines non ventilées, comme ce puits. Le CO_2 est mortel à faible concentration. À 5%, un homme n'y résiste pas plus d'une demi-heure. En plus des poumons, il est toxique au niveau de la peau... Vitodi, êtes-vous certain du décès de l'autre policier ? L'asphyxie...
— Hélas oui, coupe l'interpellé. Bondon a échappé à l'asphyxie, parce qu'il a pris une balle en pleine tête. On l'a tué, ou bien il s'est tué dans sa chute... Et son chef, vous pensez qu'on peut encore le sauver ?
— Combien de temps est-il resté au contact du gaz carbonique, à votre avis ?
— J'espère qu'il a erré longtemps avant d'arriver ici, parce qu'il est dans les souterrains depuis plus d'une heure. Mais, si le gaz carbonique ne provient que de la respiration des deux hommes, et si l'inspecteur est mort assez vite, son chef ne devrait avoir qu'un début d'intoxication.
— Non, il ne serait pratiquement pas intoxiqué. Il aurait fallu qu'il séjourne là-dedans plusieurs jours pour produire autant de gaz carbonique. Je vous ai vu battre le briquet à la hauteur de votre visage. Or, vous n'êtes pas un nain. D'ailleurs, vous respiriez mal. Il y a une bonne couche de gaz accumulée au fond, venue d'on ne sait où.
— Tanas !, lance le commissaire, qui précise sa pensée : pour rendre son piège plus rapidement mortel, ce cinglé y a injecté du gaz carbonique.
— Oui, et il lui suffit de faire déposer ensuite les cadavres dans une galerie mal ventilée, pour qu'on croie à une mort accidentelle, complète le détective amateur.
— À condition que les corps soient retrouvés à temps pour une analyse médico-légale efficace, conclut Shraz. Mais à propos de temps, n'en perdons pas plus. Il reste une petite chance de sauver cet homme. J'ai chez moi un produit qui servira d'antidote, si le poison n'a pas causé de dommages irréversibles. Je vais le chercher. Pendant ce temps, il serait bon que vous puissiez porter le bonhomme à l'air libre.

Personne ne discute la proposition du chercheur retraité, qui se hâte vers la sortie. En regardant partir l'homme vêtu de noir, le journaliste est troublé. Et si...

Le fil de sa réflexion est coupé par son ancien camarade de lycée, qui lui demande s'il a retrouvé son arme. Il sort de son sac la torche électrique intacte et les deux appareils à poinçonner la chair humaine. Borniquet saisit la lampe et l'allume avec soulagement. Hésitant entre les deux revolvers, il en examine le barillet. Il manque des balles dans l'un. Le chef de la PJ glisse l'autre dans son holster, et coince entre son dos et sa ceinture l'outil de mort surnuméraire. L'aventurier lui précise :
— il y a un autre flingue en bas. Sans doute le revolver de Bondon, car il est coincé sous lui. Ça veut dire que tu as dans le dos le pétard de Faganat.
— Oui, et alors, quelle importance ?, aboie Borniquet.
— Le chef barbouze avait rechargé son revolver avant d'entrer sous terre. C'est donc à l'intérieur des souterrains qu'il a tiré. Peut-être sur Tanas ?
— Ou bien, il a tiré dans le puits, et c'est l'une de ses balles qui a tué Bondon. Un ricochet malheureux !
— Bon, inutile de supputer en rond.

Simon a grogné sa conclusion, en se levant. Il se sent encore las. Il fait des exercices sur place pour chasser son engourdissement, tout en interrogeant :
— Roger, tu as dit que Faganat délirait. Tu te souviens de ce qu'il disait avant de tomber dans les pommes ?
— Oh, rien d'évident. J'ai compris que deux mots : Satan et Lucifer. Tu vois le truc. Il se croyait déjà en enfer... Bon, tu arrêtes ta gym, là. Il faut y aller.

Vitodi devine sous le ton grincheux de son interlocuteur la tension installée par la claustrophobie, qui prend ses aises dans les périodes d'inaction.
Il se baisse pour empoigner les jambes de l'homme de la DST. Chacun des deux policiers saisit le corps massif sous une épaule. Le grand blond ouvre la marche, en éclairant le chemin grâce à la frontale.
Ses premiers pas sont flageolants. Il réalise à quel point son corps est affaibli par le début d'intoxication au gaz carbonique. Le commissaire s'en inquiète :
— oh, Simon, t'as pas l'air bien. Si tu veux, on peut le porter à deux, pendant que tu récupères.
— Ça va aller. Les efforts vont me permettre d'éliminer cette saloperie que j'ai dans le sang.

Il mobilise toute sa volonté. Serrant les dents, il s'acharne à aller de l'avant. Bientôt, la fin de ses tremblements le rassure. Ses muscles s'affermissent, son équilibre s'assure. Au rythme de l'exercice, son sang s'épure.
Au premier embranchement, le convoi stoppe. Constatant l'hésitation de son ancien camarade de lycée, le patron du SRPJ l'interroge :
— que se passe-t-il ? Tu veux faire une pause ?
— Non, ça va mieux. Mais un truc cloche. D'après le papier de Shraz et le cigarillo, il faut prendre à droite. Or, je suis sûr que la sortie est par la gauche.

— Tu dois te tromper. Le gaz carbonique te perturbe, réplique Borniquet.
— Je crois qu'il a raison, patron. Moi aussi, j'aurais pris à gauche, intervient l'autre policier.
— Vous réalisez ce que vous dites, les gars ? Quelqu'un aurait déplacé les signaux ?, s'énerve le commissaire.
— Oui, Roger, répond Simon. Et ce quelqu'un, c'est Tanas.
— Mais alors, le professeur ?

La question inachevée du chef de la PJ accentue l'inquiétude dans les esprits.

Chapitre 13

*« Qui bien commence
a fait la moitié de sa besogne. »*

Ils déposent Faganat au sol. S'il commence mal sa besogne, le trio est loin d'en voir le bout. Le détective amateur raisonne à voix haute :
— je vois trois hypothèses. Primo, Shraz a pu passer avant que Tanas ne brouille la piste. Deuzio, il est passé après. Le mal était fait. Auquel cas, le prof n'est pas près de nous ramener l'antidote promis. Il doit errer quelque part dans ce satané dédale.

Il se tait, pensif. Borniquet le secoue verbalement :
— alors, ta troisième hypothèse, Rouletabille de clown ?
— Tu ne devines pas, grand chef flic ? La logique nous donne une troisième possibilité. Imagine que le trafic des marques n'ait pas été opéré avant, ni après le passage de notre ami.
— Pendant ? Ça rime à rien. Tanas aurait pas fait ça sous le nez du prof !
— Pourquoi pas ? Voilà mon tertio : cet acte de sabotage a pu se passer sous le nez de Shraz, si ledit nez est celui de Tanas, ou de l'un de ses complices.

Dans la clarté diffuse des lampes, le journaliste précise sa pensée :
— oui, la mourante disait la vérité, **sa** vérité. Elle était sûre de l'innocence de son grand-père. Mais le doute ne m'a pas quitté. Shraz est toujours en noir, comme Tanas, et il sait si bien ce qui se passe au P4. Sa maison communique avec ce labyrinthe. Il a eu le temps d'y revenir avant que je lui téléphone, et il est venu pour savoir ce que m'avait dit Éva. J'ai trouvé curieux qu'il ne pose aucune question au téléphone. Cette maîtrise de lui !
— Tu dérailles ! Complice peut-être, mais le grand-père n'est pas l'amant.
— En es-tu sûr ? On a vu pire. Ce type est passé du génie à la folie. On peut s'attendre à tout de lui. Tu lui donnerais ses 75 ans, toi ? On dit qu'il a expérimenté sur lui-même un traitement de jouvence de sa composition. Cette drogue l'a peut-être détraqué sexuellement. Il manipulait Éva pour récupérer des virus. Qui sait jusqu'où allait cette manipulation ?
— Ça m'a choqué qu'il abandonne le corps de sa petite-fille pour venir avec nous, intervient l'adjoint de Borniquet.
— Il l'a fait pour mieux contrôler la situation, surenchérit le grand blond.
— Et il a inventé le coup de l'antidote pour filer, et changer les marques pour nous perdre. On va tourner là-dedans comme des mouches dans un bocal.

Comme en écho à la conclusion affolée du claustrophobe, un rire dément vient du tréfonds des souterrains. Reconnaissant le ricanement métallique que lui et le mousquetaire de Lyon entendirent après le duel, Vitodi s'écrie :
— c'est Tanas !

Pétrifiés, tous trois guettent une autre manifestation du parrain. L'effet de surprise et l'écho trompeur du lacis de galeries leur ôtent toute certitude sur la provenance du son. L'attente s'étire dans la tension nerveuse.

Soudain, le rire démoniaque du prince des ténèbres retentit à nouveau. On le dirait issu d'une gorge aux cordes vocales en fil d'acier. Il est assez fort et long pour qu'ils parviennent à en situer la direction. C'est celle qu'indiquent les marques déplacées. Le commissaire peste :
— bon dieu, il est toujours là. Ma parole, il nous provoque !
— Oui, pour nous attirer dans un autre piège ! Il nous espionne. Il a compris qu'on ne coupait pas dans son tour de passe-passe des indications changées.

La mise en garde de l'aventurier ne suffit pas. Le tempérament batailleur du policier reprend le dessus, refoulant la peur. Il déclare avec conviction :
— c'est maintenant qu'il faut le coincer. S'il refait surface, on le perdra.
— On ne peut pas abandonner Faganat, objecte Simon.
— On mettra combien de temps à retrouver la sortie ? Au lieu de trimballer un macchabée, je préfère affronter l'ennemi.

Borniquet est survolté par la perspective du combat. Son angoisse se mue en énergie tournée vers l'action. Le journaliste a l'impression d'être reporté loin en arrière, au lycée, lorsque Roger le querelleur adorait les épreuves de force. Il les provoquait. Mais aujourd'hui, le provocateur est Tanas, dont le rire vise à les attirer pour les éliminer. Renonçant provisoirement à fuir, l'homme en noir se livre au plaisir de semer la mort. Fort de son intuition, le détective amateur tente de dissuader le bouillant chef de la PJ :
— il n'y a que deux autres embranchements avant la sortie sur la montée du boulevard. À trois, on devrait s'en tirer. De l'extérieur, tu pourras téléphoner. Avec une compagnie de gendarmes pour bloquer les issues et quadriller ce réseau souterrain, tu arriveras à bout de ce cinglé.
— Les pandores sont en route. Mais il faut jouer le jeu de ce maboul, sinon il aura le temps de nous échapper. Faisons un compromis : j'y vais seul. À deux, vous pouvez porter Faganat. Sortez-le de là, et revenez avec les renforts.
— Tanas va te piéger !
— Pas deux fois. Chat échaudé craint l'eau froide.

Sur cette réplique un brin fanfaronne, Borniquet part au devant du danger. De loin, Vitodi lui conseille :
— essaie de marquer ton chemin !

Qui couvre la réponse, résonne de nouveau sous les voûtes le rire métallique du fantomatique parrain. Revolver en main, le commissaire fonce vers la source du signal sonore, pressé de voir l'ennemi qui le défie.

Réduit à deux porteurs, le convoi repart. Taillé en pilier de rugby, le policier soutient par les épaules l'homme inerte. Les coudes calés sous les genoux du chef barbouze, le grand blond éclaire et choisit le chemin. Doué d'un bon sens de l'orientation, il les met sur la bonne voie. Prudent, chaque fois que Shraz plaçait une page fléchée, il s'efforçait de mémoriser le parcours suivi.

Son compagnon porteur ne discute pas ses choix. Face à son assurance tranquille, il s'en remet à son guide. Après deux haltes repos, ils débouchent sur la montée du boulevard. Ils posent leur fardeau à l'air libre.

Simon se redresse, et propose :
— je vous laisse vous occuper de lui. D'ici, les appels passent. Vous pourrez joindre le SAMU. Si Shraz rapplique, ne le laissez pas faire une piqûre à Faganat. Arrêtez-le. Quand les renforts arriveront, vous leur faites un topo, et vous les guidez dans les souterrains. Je vais y retourner pour prêter main forte à Roger. Je marquerai le chemin par des flèches gravées dans les murs. Il sera difficile à Tanas de brouiller la piste.

Il a sorti d'une petite poche de son pantalon le couteau à lames multiples qui l'accompagne toujours dans l'action. Le policier approuve, d'un hochement de tête. Il n'a pas envie d'échanger les rôles. Les souvenirs du dédale obscur, du rire sinistre du dingue en noir, et de la vision de son chef avalé par le puits piégé au gaz asphyxiant, le dissuadent de replonger sur-le-champ. Soulagé, il sort un téléphone mobile pour garder contenance.

Pointant l'objet de l'index, son vis-à-vis demande :
— essayez de contacter le juge Feri. Je me suis engagé à le tenir informé.
— Non, je peux pas... Le commissaire veut pas, vous savez bien.
— Eh merde ! Votre patron est en danger de mort. Le nouveau shérif ne sera pas de trop... Bon, assez bavardé, j'y vais !

Son interlocuteur se contente de lâcher mollement, pour la forme :
— vous devriez attendre. C'est pas prudent d'y aller seul. Je peux pas vous passer mon arme...

L'aventurier n'entend pas les derniers mots. Il s'est élancé dans le goulet, inquiet du sort de son ancien protégé.

Ayant récupéré de son début d'intoxication, libre de toute charge, il file dans la portion de labyrinthe devenue familière. À chaque ramification, du poinçon de son couteau, il grave une flèche dans une paroi. Au troisième embranchement, il retrouve à la même place le rectangle de papier fléché et le petit cigare. Il s'engage dans la direction prise par Borniquet, en pensant au temps perdu à transporter Faganat. Il eût préféré être au côté de Roger. Certes, le lien qui les unit est éloigné de l'amitié. Mais, entre le chef barbouze et le patron du SRPJ, le grand blond n'est pas comme un miron entre deux melettes. Il retrouve son rôle lycéen d'ange gardien de la tête brûlée.

À la bifurcation suivante, il repère un emballage de chewing-gum au seuil d'une galerie. Connaissant le faible de Borniquet pour la bovine gomme à mâcher, il se fie à l'indication, en espérant ne pas être victime d'une nouvelle entourloupe du prince des ténèbres.

La souterraine fourche qui suit lui apporte perplexité et inquiétude.

Pas d'emballage de chewing-gum… Roger a-t-il été surpris par l'ennemi de l'ombre avant d'atteindre cette enfourchure ? Qu'est-il devenu ? S'est-il laissé attirer par le rire de Tanas sans prendre le temps de laisser un indice ?

Le pisteur persiste à chercher un signe laissé par le policier.

Il entend alors un éclat de voix assourdi. Immobile, il prête l'oreille, et perçoit un léger bourdonnement, comme une vibration dans le sol. Cette trame sonore est chevauchée par le fil d'une voix lointaine.

Il opte pour une voie. Après quelques pas, il ne perçoit plus l'écho des paroles. Il rebrousse chemin, et change de direction. Au cours de sa marche, la voix lui devient plus audible, coupée par un interlocuteur au ton agressif. En ce dernier, il reconnaît bientôt l'organe vocal du commissaire.

Avançant encore, il éteint la frontale. Une lueur diffuse dissipe les ténèbres. Au bout de la galerie, une porte est ouverte sur un local éclairé. De là, lui vient distinctement la voix de Borniquet, qui tente de persuader quelqu'un :

— puisque je vous dis que toutes les issues sont bloquées. À quoi bon résister ? Vous ne sortirez pas d'ici libre. Autant laisser tomber tout de suite.

Retentit le ricanement métallique. La voix de Tanas s'élève, déshumanisée, faisant penser à la synthèse vocale d'un robot :

— votre bluff grossier est risible. Ce réseau souterrain a tellement de sorties, que vos collègues ne peuvent pas les surveiller toutes. Vous autres flics, n'en connaissez pas le dixième. Vous pouvez boucler tout le quartier. Lorsque je sortirai, je serai un autre. Impossible de m'identifier. Là, réside le cœur de ma force. C'est à vous de renoncer. Je vous ai épargné, mais n'abusez pas de ma patience. Je vous ai attiré ici pour vous convaincre. Si vous ne me laissez pas en paix, je lâcherai mes bestioles sur la ville. Allez donc parler au nouveau shérif. Il sait que je ne plaisante pas, lui. Soyez responsable. Repliez-vous… L'avertissement vaut aussi pour vous, Vitodi !

Le parrain lyonnais a haussé le ton. Simon, qui avançait à pas de velours dans la pénombre, se fige. Comment diable Tanas connaît-il sa présence ? Le rire robotique éclate, suivi de la réponse à la question qui intrigue l'interpellé :

— ça vous épate, hein ! Comment je sais que vous êtes là ? Mais je vous vois, tout simplement ! Allez, venez vous joindre à nous. Vous parviendrez peut-être à faire entendre raison à cette bourrique.
L'aventurier réfléchit. Il n'a pas la fuite dans les idées. À deux, ils ont une chance de neutraliser l'ennemi. Ce dernier veut négocier. Il faut en profiter. En franchissant les derniers mètres, il entend le chef de la PJ l'exhorter :
— Simon Vitodi, ne recule pas !
Le commissaire a crié sous l'effet d'une réminiscence de leur commun passé lycéen. Traversant les âges, la réaction de fou rire qui secoua le grand blond à l'époque du combat fondateur de sa relation avec Roger, ressuscite. Il surgit dans la pièce en riant à pleines dents.
Déconcerté par ce comportement, Tanas le fixe, en braquant par réflexe son pistolet sur lui. Profitant de la diversion, Borniquet se rue sur celui qui le menaçait un peu plus tôt. Il assène une manchette sur le poignet de l'homme en noir, qui lâche son arme. Du pied, le policier propulse l'outil perforateur vers un coin du local. Négligeant la douleur causée par le coup, le parrain lance un direct du droit à la face de son agresseur. Ebranlé, le commissaire recule et perd l'équilibre.
Durant le bref pugilat, l'arrivant n'est pas resté inactif. Il a vu le revolver du patron du SRPJ, que ce dernier a dû laisser au sol, sous la menace. En deux enjambées, il est sur l'arme, qu'il rafle d'un bras long et précis. À présent, il pointe l'engin de mort sur l'homme à la cape, en ordonnant :
— ne bougez plus !
L'ennemi dédaigne la menace. Il bondit vers l'endroit où son pistolet a glissé. L'aventurier hésite à tirer sur cet homme désarmé qui ne lui fait plus face. Borniquet s'est relevé vivement. Il n'est pas diminué par le coup de poing, qui manqua de force grâce à l'effet de sa manchette. Passant la main dans son dos, il tire de sa ceinture l'arme de Faganat, qu'il braque sur Tanas, en criant :
— dernière sommation !
Le journaliste laisse agir le policier, habilité à refroidir les tueurs. Dans son coin, l'homme doublement tenu en joue n'hésite pas. Courbé, il saisit son pistolet. Il se dresse en pivotant, et vise le commissaire, qui tire le premier. Atteint aux jambes, Tanas trébuche. Il évite la chute en plaquant une main au sol. Il n'a pas lâché son pistolet. Se redressant, il ébauche le geste du tireur. Le chef de la PJ fait feu. Cette fois, il a visé à la poitrine. L'homme à la cape est plaqué contre la muraille par la force du projectile. Il reste pétrifié. Silencieux, les assaillants guettent la glissade de la chauve-souris géante. Mais elle semble clouée au mur. Le bras armé pendant mollement, le visage cagoulé incliné vers l'avant, l'homme en noir s'acharne à rester debout.

Borniquet se ressaisit, et avance sur sa victime pantelante.

Le fuligineux moribond se mue en vif-argent. Son bras droit se relève, et le pistolet crache la mort. La balle frappe en plein cœur. Le policier s'effondre, pour ne plus jamais se relever.

♪ ♪ ♪

Vitodi presse la détente. Il obtient un dérisoire déclic de percussion à vide. Il insiste, en jetant un regard surpris sur l'engin récalcitrant. Tanas éclate de son rire inhumain, et lance :

— me croyez-vous assez sot pour laisser traîner à votre portée un revolver chargé ? Lâchez ça. Si vous tentez de me le lancer au visage, ou si vous faites un seul pas vers moi, je vous tue. Examinez plutôt l'état de votre ami.

Simon va s'accroupir auprès du corps. Il laisse l'arme vide au sol, et pose deux doigts sur une carotide de son ex camarade de lycée. Quelque part en surface, une machine ronronne, qui anime le sous-sol d'une légère vibration. Il s'entend annoncer d'une voix blanche :

— il est mort.

— Dommage ! Je voulais l'épargner.

Le journaliste se redresse lentement. Il s'étonne d'avoir perçu de la sincérité dans le ton de la voix déshumanisée. Partagé entre tristesse et rage, il doute que le parrain lyonnais, qui est la cruauté personnifiée, puisse émettre le regret d'avoir ôter une vie. D'un ton amer, il persifle :

— vous vouliez l'épargner, bien sûr, comme les hommes de la DST : deux morts et un mourant !

— Eux ne comptent pas. Borniquet, c'est pas pareil... Mais, vous ne pouvez pas comprendre.

— Ce que je comprends, c'est que votre plus grand plaisir est de répandre la mort. Vous avez froidement tiré sur votre maîtresse.

— Vous êtes injuste. Je vous ai épargné... jusqu'à présent.

— Exact. Je me demande encore pourquoi vous ne m'avez pas tué après m'avoir assommé dans la traboule. Vous avez été dérangé par quelqu'un ?

— Non. L'idée de vous supprimer m'a tenté. Mais j'y ai résisté... En vous fouillant, j'ai su qui vous étiez. J'avais ouvert un dossier sur vous. Je le fais pour tout adversaire d'envergure se dressant sur ma route. Votre enquête au parc de la tête d'or prouvait votre talent. Je désirais combattre un ennemi dangereux. Vous pouviez être celui-là. Vous ne méritiez pas un assassinat à la sauvette. Je ne pouvais pas déchoir ainsi. Je voulais vous tuer en face, après

vous avoir laissé courir votre chance. La lutte contre la police est devenue ennuyeuse. Je les connais trop bien. L'idée de prévoir et de contrer vos coups sur l'échiquier de l'enquête m'intéressait. Je devais découvrir comment vous étiez parvenu à me pister, ce que vous aviez trouvé exactement. Pour cela, vous deviez parler, donc rester en vie.
— Pourquoi ne pas m'avoir fait enlever pour me soumettre à la question ?
— Vous blaguez ? Je laisse ces turpitudes aux truands de bas étage. J'use de moyens à ma mesure. En l'espèce, j'ai eu tous les détails à la source.
Le ricanement métallique fuse. Puis, Tanas annonce, en visant son vis-à-vis :
— mais à présent, je suis obligé de vous liquider, car vous êtes allé trop loin. Après avoir fait échouer mon entreprise en direction du grand casino, vous m'avez conduit à sacrifier mon merveilleux monde des profondeurs sous la basilique. Et voilà que vous amenez les flics dans mon autre repaire. J'ai dû me priver d'une pièce maîtresse de mon jeu, ce cher commissaire. Il m'était indispensable. Qui mettra-t-on à sa place, à la tête de la PJ lyonnaise ? Je le connaissais bien, mon Borniquet. Je m'y étais attaché.
Le grand blond ne relève pas ce qu'il juge être une plaisanterie indécente. Il se raidit. Tout son corps attend le choc de la balle. Se ruer sur l'homme en noir, hors de portée, serait suicidaire. Pourquoi précipiter la fin ? S'il veut garder un espoir de survie, il doit prolonger le dialogue. Qui sait s'il ne se présentera pas une chance dans un futur proche ? Il imagine les renforts qui surviennent, le juge Feri alerté par l'adjoint de Borniquet, ou bien apprenant par un autre canal que l'ennemi de l'ombre est traqué. Au fait, il n'a pas rendu son épée au mousquetaire de Lyon. Mauvais présage ! Allons, à quoi bon : le prince des ténèbres se rit des lames comme des balles. Le nouveau shérif n'a pas besoin de sa lardoire pour prendre les choses en main et mener une action intelligente.
L'homme à la cape ne tire pas. Il jouit de sa puissance. Il attendra le dernier moment pour tuer sa proie. Sa mégalomanie le pousse à montrer l'étendue de son génie à un adversaire qu'il a estimé de taille à se mesurer à lui.
Pénétré de cette intuition, le détective amateur cherche une question.
Tanas se déplace, pour mieux balayer du regard une batterie d'écrans.
Le condamné en profite pour glisser sa main dans la poche gauche de son pantalon. Il allume le mini magnétophone. Il récoltera les confidences du parrain, tout en guettant l'occasion de renverser la situation. Si l'autre l'abat et s'enfuit sans avoir le temps de le fouiller, ses aveux enregistrés pourront causer sa perte.
Satisfait, l'homme en noir annonce :
— calme plat. Nous avons encore un moment de tranquillité devant nous. Après, vous aurez droit à la paix éternelle. Ne soyez pas déçu que les renforts

tardent. Leur arrivée signerait votre arrêt de mort.
— Vous avez des caméras partout ?
— Aux points stratégiques. Caméras infrarouges pour filmer dans l'obscurité. C'est comme cela que je vous ai vu venir. Actuellement, je peux voir notre commissaire de la DST agoniser sur les marches de la montée du boulevard. Sans doute est-il déjà mort.
— Le gaz carbonique, c'est bien vous ?
— Cela va de soit ! Notre barbouze est resté assez longtemps au contact du dioxyde de carbone pour y laisser sa peau. Il a eu sa dose. Je le sais pour avoir expérimenté la méthode sur quelques traîtres et sur un caïd lyonnais qui refusait de s'effacer devant moi... Ah, quand j'y pense, ce pauvre Faganat n'a pas eu de chance. Après être tombé dans mon piège, il a reçu son collègue sur la carcasse. Bondon n'avait pas de lampe. Alors, il suivait son patron de très près. Il n'a pas pu éviter le trou. Mais il a eu le réflexe de s'agripper au rebord. De plus, en me voyant approcher, le drôle me vise. Je ne l'ai pas raté. Mon réflexe lui aura épargné la mort lente par asphyxie... Pour en revenir à Faganat, après son subordonné, c'est son homologue qui lui est tombé sur le râble... Pauvre Borniquet. C'était un bon patron du SRPJ. Je l'aurais volontiers gardé. Mais je ne pouvais pas le laisser m'arroser de balles. Il aurait fini par m'envoyer ad patres. Sa seconde prune m'a coupé le souffle un bon moment.
— À eux deux, les commissaires vous ont touché quatre fois. Vous avez un bon gilet pare-balles !
— Gilet ? La première et la troisième balles m'ont atteint aux jambes.
— Malgré votre voix, vous n'êtes pas de métal, tout de même ? C'est une combinaison pare-balles que vous portez sous votre cape ?
— Tout juste ! La cape et la cagoule le sont aussi. Tout est fabriqué sur mesure pour moi, dans un tissu révolutionnaire.
— Oui, je vois. C'est du kevlar.
— Foutaises ! J'ai dit révolutionnaire. Le kevlar est daté. Les habits que je porte sont une exclusivité. Vous ne les trouveriez nulle part au monde. Je les ai fait tisser secrètement dans l'atelier de canut de la rue des Fantasques.
— Voilà pourquoi le doux Raymond a manqué de courtoisie à mon endroit.
— C'est un bon chien de garde. Il me faut écarter les curieux dans votre genre. Personne ne doit approcher les précieuses bobines. C'est un fil produit par des vers à soie transgéniques. Vous qui êtes lyonnais et journaliste, vous devez connaître l'UNS : Unité Nationale Séricicole.
— Le laboratoire de la soie, à La Mulatière ?
— Tout juste ! En lien avec le Centre de Génétique Cellulaire et Moléculaire du CNRS associé à l'université Lyon 1, l'UNS tente de modifier les vers à soie.
— Chenilles du papillon bombyx mori.

200

— Bravo ! Ils voudraient que ces chenilles produisent de la soie d'araignée.
— Oui, j'ai lu un article scientifique là-dessus. Le fil d'araignée est à la fois résistant et souple.
— À diamètre égal, il est plus solide que l'acier. Les Américains disent qu'un câble de l'épaisseur d'un crayon, fait en cette matière, serait capable de stopper un Boeing en plein vol.
— Mais il y a un hic : les araignées ne donnent pas satisfaction aux canuts.
— C'est le problème ! On peut imaginer leur élevage et la traite automatisée de leur fil. Mais la production de leur glande séricigène est ridicule, en regard de celle des vers à soie. La solution est la transgénèse. Comme je trouvais la recherche officielle trop lente, j'ai débauché les meilleurs savants travaillant dans le domaine. L'argent peut tout. Depuis une décennie, j'ai tout mis en œuvre pour en posséder suffisamment. J'ai donné tous les moyens à mes grosses têtes, qui ne demandaient que cela. Ils ont réussi à introduire dans le bombyx le gène de la spidroïne : la protéine de la soie d'araignée. Celle-ci s'associe à la fibroïne : la protéine de la soie du bombyx. La combinaison des deux donne un fil plus résistant et incroyablement plus souple que le kevlar. Les vers à soie transgéniques le produisent en quantité. J'ai plusieurs tenues à ma disposition, et des projets pour d'autres utilisations.
— Je vois pourquoi les coups d'épée du juge Feri vous ont amusé. Le duel était déloyal.
Après avoir éclaté de son rire déplaisant, Tanas s'exclame :
— le mousquetaire de Lyon, comme l'appelait Borniquet, n'existe pas face à moi ! Mon ennemi, c'était vous. Et pour vous, c'est la fin du chemin !
Le sinistre verdict est souligné par un éloquent mouvement du pistolet. Sans quitter des yeux ceux du tueur, l'enquêteur maintient sa stratégie : gagner du temps par ses questions. Il remarque :
— vous affirmez m'avoir épargné. Vous oubliez votre tentative dans le puits de la basilique.
— Simple avertissement, mon cher. Je connaissais la présence de l'eau et du sable au fond du puits. Je voulais vous mettre à l'épreuve, en vous montrant que votre vie ne pesait pas lourd entre mes mains.
— Comment étiez-vous là ? M'avez-vous fait suivre en permanence ?
— J'ai connu vos projets à mesure que vous les établissiez avec votre vieux complice. J'ai fait poser des micros chez Fouilleret. Mes hommes se relaient dans une camionnette pour enregistrer les conciliabules qui s'y tiennent. Quand j'ai su que vous partiez pour une descente en rappel de 80 mètres près de la grande maison du Seigneur, j'ai cédé à la tentation. Faire respirer par surprise du chloroforme à votre chaperon fut un jeu d'enfant. J'ai fait coulisser la corde, et j'ai écouté le joli plouf. Merci pour le divertissement.

— Pourquoi avoir jeté la barre de fer, si ce n'était pour m'achever ?
— Fausse manœuvre ! C'est que vous êtes lourd. Quand j'ai tiré la ferraille pour faire glisser la corde, votre poids a tout entraîné. Mais vous n'avez pas été blessé. La chance vous a souri. C'est ce qui fait de vous un adversaire redoutable : outre l'intelligence et le courage, de la chance au bon moment.

Cette chance, l'aventurier la sollicite en faisant un pas en direction de son vis-à-vis, au moment où ce dernier jette un regard sur ses écrans de contrôle. Aussitôt, un mouvement sec du pistolet le dissuade de poursuivre sa manœuvre d'approche.

— Si vous êtes pressé de rejoindre l'ami Roger, je peux arranger cela !

La menace est tombée telle le couperet de "la veuve".

Chapitre 14

« C'est au moment de payer les pots,
qu'on sent qu'on a plus soif. »

Non, il n'a plus soif. Le dernier pot revient trop cher. Il se reproche de n'avoir pas su contacter le juge quand il en était temps. Chacun à sa manière, les deux commissaires ont échoué, en y laissant leur vie. Si Feri avait été averti, il serait déjà là avec les renforts. Vitodi se dit que l'intelligence et la détermination du nouveau shérif auraient été décisives. Neutralisé, l'ennemi de l'ombre ne serait pas à fanfaronner en braquant son arme sur lui. Ayant constaté qu'il ne pourra surprendre l'homme en noir, tant ce dernier est sur la défensive, Simon prolonge l'ultime dialogue, en pensant au moment fatal où il devra tenter le tout pour le tout :
— pourquoi avoir tué la chercheuse ? Elle ne savait rien de vous. Elle ne pouvait pas vous nuire.
— Elle en savait déjà trop : nos lieux de rendez-vous, le numéro de l'un de mes téléphones. Et qui sait ce qu'une femme, avec qui on a des rapports intimes, peut deviner de soi. Elle aurait pu découvrir mon identité, malgré mes précautions. À partir du moment où les barbouzes l'eurent dans leur collimateur, elle devint un danger pour moi. La preuve : c'est par elle que vous êtes parvenu à me loger. Quand vous m'êtes tombé dessus avec les types de la DST, j'ai su que je vous devais cette attaque. N'ai-je pas raison ?
— Oui, je venais de découvrir *les sarrasinières*, quand j'y ai vu Éva, qui vous amenait le singe. Je l'ai filée jusqu'à la maison de la montée Bonnafous.
— J'ai commis une erreur en omettant de brancher le système vidéo quand je me suis occupé du singe. Je vous aurais peut-être vu sortir du souterrain.
— On ne sait rien de vous. Vous êtes toujours masqué, et sans doute bardé de faux papiers. Éva ne pouvait donc pas vous identifier... Sauf si... Shraz ? Non, elle aurait reconnu son grand-père.
— Ce pauvre prof ! Je viens de le voir sur l'un de mes écrans, errant dans cet épatant dédale.
— Qui êtes-vous ?
— Question grossière. À vous de deviner... Allez, je vous offre un gros indice : Borniquet faisait régulièrement appel à moi.
— Quoi ? Roger vous connaissait ? Il ne m'en a rien dit !
— Mais vous me connaissez aussi, mon cher. Nous avons même sympathisé.

Tanas ricane de sa voix de synthèse. Le détective amateur se concentre pour trouver la clef de l'énigme. Il la sent toute proche. La clef...
Crénom ! Pourquoi n'y a-t-il pas pensé plus tôt ?!
Cet homme intelligent, toujours vêtu de noir, qui apportait son aide aussi bien à Roger qu'à lui-même.

Sous le regard inquisiteur du parrain lyonnais, il transforme l'excitation de sa découverte en un balancement de tête déconcerté. Ne pas lui montrer qu'il l'a percé à jour. Cela risquerait de hâter son trépas. Il doit rester aux yeux du prince des ténèbres un aventurier perspicace mais qui patauge face au maître de l'intrigue ; quelqu'un avec qui cela vaut la peine de continuer encore un peu à jouer au chat et à la souris.
Comme s'il renonçait à percer le mystère de son identité, il fait mine de s'intéresser à l'antre de l'humaine chauve-souris. Il lui faut persister dans sa moisson d'informations. Enquêteur jusqu'à la dernière minute...

Contre un mur de la pièce, sont alignés une vaste armoire blanche, un évier surmonté d'une étagère portant divers flacons, et un volumineux appareil. Ce parallélépipède vêtu d'émail bordeaux, raccordé à un tuyau d'évacuation des gaz, ressemble à une imposante chaudière. L'indiquant du menton, le journaliste demande :
— auriez-vous actualisé la bonne vieille méthode de Landru ?
— Tout juste ! Dans cet incinérateur, j'ai brûlé tous les animaux infectés amenés par ma gentille chercheuse, ainsi que quelques ennemis refroidis de diverses façons. Un cadavre jeté au Rhône, ou enfoui dans la nature, ça risque toujours de refaire surface. Tandis qu'un sachet de cendres éparpillées au fil de l'eau, du haut d'un pont, au cœur de la nuit...
— Aurons-nous droit, Roger et moi, au même traitement ?
— Non. Après Éva et les types de la DST, je peux bien laisser deux cadavres de plus derrière moi.
— Ce ronronnement, c'est un autre de vos appareils ?
— Non. C'est le compresseur utilisé pour colmater les galeries. Je surveille ce chantier. Ils passeront juste au-dessus. Mais, je ne crains rien de ce côté-là. Aucune chance qu'ils vous entendent crier. D'ailleurs, si vous commettiez cette imprudence, ce serait votre dernier cri.
— Quelque chose m'échappe. Vous dites avoir brûlé les animaux infectés amenés par Éva. Pourtant, elle prenait de grands risques en sortant ces bêtes du P4. Alors, le coup du labo secret, c'est une invention ?
— Tiens, tiens ! Éva vous a parlé ?
— Avant de mourir, elle a voulu dire qu'elle œuvrait pour son grand-père. Alors, ce labo promis ?
— Vous l'avez sous les yeux !

Après un nouveau rire de robot, Tanas désigne du pouce gauche l'armoire blanche, en expliquant :
— les cultures de virus sont là. Je les emporterai. Elles seront un bagage léger, mais précieux pour mon chantage. Car le seul but de la manœuvre est de puiser au pactole. Le projet d'un laboratoire secret n'était qu'un leurre pour obtenir la complicité de la petite-fille du professeur. Éva présentait trois avantages pour moi. Premièrement, elle travaillait au P4. Deuxièmement, elle avait la chance d'être naturellement immunisée contre le virus Ébola. Ce qui lui a permis de transporter les rats et le singe sans mettre sa vie en danger. Les rats ne m'ont pas posé de problème, car ils étaient endormis à leur arrivée ici. Je les ai incinérés avant qu'ils se réveillent. Mais le singe fut un cauchemar. C'est que je ne suis pas immunisé, moi. Malgré mes vêtements spéciaux, l'idée d'une morsure me donnait des sueurs froides. Éva ne l'avait endormi que pour une heure, afin de ne pas être obligée de le porter dans les souterrains. Bref, j'ai abattu l'animal par surprise, avant de l'enfourner.

Pour écarter de son esprit la macabre image de la fin du petit quadrumane, le détective amateur s'applique à deviner la suite des confidences du Landru réincarné :
— et troisièmement, vous pouviez séduire la chercheuse.
— Oui, c'est un point important. Mais mon troisièmement était son lien de parenté avec Shraz. Cela me donnait un moyen de la manipuler. Elle rêvait de travailler pour son grand-père, qui fut un modèle pour elle. Ce désir m'offrait un puissant levier pour amener la petite Toffer sur mes positions. De plus, le prof pouvait devenir un parfait bouc émissaire dans l'enquête sur les vols au P4. C'est pour cela que j'ai pris l'habitude de passer souvent par sa maison dans mes allées et venues entre l'extérieur et mon domaine souterrain.

Le grand blond fixe l'armoire au bocon. Repensant à la mort mystérieuse de l'équipe d'ouvriers qui creusa la première partie de l'accès secret au grand casino, il demande :
— c'était vous, les soi-disant mortelles piqûres de moustique sur les ouvriers du Hilton ?
— Tout juste ! Je salue votre perspicacité. C'est Éva qui m'a fourni le virus mutant de la dengue. J'en ai d'ailleurs encore un lot ici.
— Mais comment le médecin légiste qui a examiné les corps a-t-il pu confondre la piqûre d'une seringue avec celle d'un moustique ?
— Il n'a pas confondu. Les cadavres portaient la trace des deux. La marque de mon intraveineuse a été banalisée par celles des prises de sang pour le diagnostic et des injections pour les soins. Un peu de chloroforme administré pendant le sommeil de mes bonshommes. La seringue fatale... Et puis les moustiques : quelques braves bestioles inoffensives fournies par Éva. Je les ai

d'abord laissées jeûner, pour qu'elles foncent sur mes futurs macchabées. Ensuite, je les ai vaporisées d'insecticide pendant qu'elles festoyaient, afin d'éviter qu'elles n'y reviennent et répandent la contamination.

Tout en répondant à ses questions, les cyniques aveux ne vont pas sans semer de nouvelles interrogations dans l'esprit tendu de l'auditeur, qui tente d'éclaircir un point troublant :

— un détail cloche. Vous m'avez dit vous être débarrassé des rats dès leur arrivée, pendant qu'ils étaient encore endormis. Or, le juge Feri en a vus dans des cages, lorsqu'il est venu vous affronter en duel.

— Excellente remarque ! Rien ne vous échappe. Je savais que j'avais en vous un adversaire de taille. Quel dommage de devoir vous supprimer ! Mais vous en savez à présent beaucoup trop sur moi.

— Alors, pourquoi me mentir sur les rats, puisque vous allez me tuer ?

La réponse est un nouveau rire sardonique. Vitodi se tait, perplexe. Tanas a-t-il abusé le magistrat en lui montrant des cages emplies de rats en bonne santé ? Il aurait ainsi évité le risque lié à la manipulation des bêtes infectées. Pourquoi n'avoue-t-il pas ce détail, alors qu'il prend plaisir à lui révéler ses pires turpitudes ?

L'homme en noir cesse de ricaner. Le journaliste scrute ses yeux, qui luisent dans l'ombre de la cagoule. Les deux hommes s'affrontent du regard.

L'aventurier pressent le choc final. La main gauche de son vis-à-vis s'engage sous la soie transgénique du tissu couvrant sa face. Elle en ressort avec un objet que l'homme à la cape brandit en s'exclamant :

— voici l'organe vocal de Tanas !

Simon reste muet, en entendant la voix de son interlocuteur changer de timbre. Il retrouve la sensation éprouvée dans le labyrinthe quand l'ennemi de l'ombre parlait à Éva. Il connaît cette voix.

Le mystérieux parrain glisse dans une poche l'appareil de déformation vocale, et entreprend, avec une lenteur théâtrale, de retirer sa cagoule.

A-t-il vu juste ? L'esprit tendu par l'imminence de la révélation, fasciné par le geste du dévoilement, le condamné ne saisit pas sa chance. À la seconde où le tissu voile les yeux de l'homme au pistolet, il ne bondit pas. Pris sous le charme maléfique, il guette l'apparition du visage du prince des ténèbres.

Sidéré, il contemple la vérité en face. Il en est aveuglé. Son esprit se pétrifie. Il ne comprend plus. Devant lui, se tient le juge Feri.

♪ ♪ ♪

« Il mange le bon dieu le matin, et rend le diable le soir. »
Cette expression imagée entendue dans son enfance lyonnaise traverse sa conscience. Il émerge d'un abysse de stupéfaction. Comment l'homme peut-il être à la fois le bon bretteur Feri et le mauvais Mister Tanas ?, le lumineux mousquetaire de Lyon et l'ennemi de l'ombre ?, le juge et l'assassin ?
Après un nouveau regard sur les écrans, le machiavélique Janus confie :
— enfant, j'ai été frappé par l'anagramme satanique de mon nom. Elle est évidente, n'est-ce-pas ?
Le détective amateur déchiffre l'énigme. Il se reproche à part lui de ne pas l'avoir devinée en cours d'enquête, et répond :
— Luc Feri donne Lucifer... C'est ce que Faganat a tenté de dire à Borniquet : Lucifer et Satan, pour Luc Feri et Tanas.
— Tout juste ! Je ne résiste jamais au plaisir de me dévoiler face à l'ennemi au seuil de la mort. Ce barbouze pris au piège, caquet rabattu, a renoncé à me canarder du fond de son trou, juste pour savoir qui j'étais. Je l'ai vu tirer une mine d'ahuri qui fera mes délices pour un bon moment. Je me suis bien amusé de ce cloporte, et ce fut une douce revanche après qu'il m'ait traqué montée Bonnafous, en me poussant à sacrifier la belle Éva.
— Ne me dites pas que vous êtes resté obsédé par le diable depuis votre prime jeunesse ?
— Peut-être... Une part de moi-même continue de jouer à Lucifer comme pendant mon enfance. Mes parents n'ont pas pensé à cette anagramme diabolique en choisissant mon prénom. Moi, en grandissant, j'ai vu dans ce choix innocent le doigt du destin. Adolescent, je me suis passionné pour les explorations souterraines. L'âge venant, s'est imposé en moi le goût du pouvoir occulte. L'idée me fascinait de tirer les ficelles depuis mon royaume de l'ombre. Tisser ma toile sous la ville, et m'y tapir, comme l'araignée dont la soie me protège.
— Paradoxalement, vous êtes en même temps un personnage exposé en pleine lumière, sous les traits d'un juge vedette : le nouveau shérif de Lyon.
— Oui, je suis double, fier de ma puissance souterraine, et jouissant de la célébrité à visage découvert. En moi, Tanas veut être craint et respecté, tandis que le juge désire être aimé et admiré. Je reconnais changer de personnalité en passant mon habit de l'ombre.
L'enquêteur se retient de lancer que cette dualité évoque la schizophrénie. Tentant de saisir comment l'homme a pu le duper à ce point, il doute :
— mais vous n'avez pas le don d'ubiquité ! Vous utilisez un complice pour tenir votre rôle de Tanas quand ça vous arrange. C'est lui que j'ai vu entrer par la porte de la rue Adamoli, la nuit du duel. Je le suivais, et vous êtes entré après moi. Vous ne pouviez pas être simultanément devant et derrière !

L'homme en noir laisse aller sa jubilation. Le ricanement métallique de Tanas a disparu avec l'appareil de déformation vocale. Le rire du juge Feri tinte gaiement dans le réduit, tel celui d'un enfant réjoui de la bonne farce qu'il a réussie. Sur sa lancée, Vitodi précise, sans conviction :
— vous avez monté cette mascarade à mon intention. Votre blessure était simulée. Le rire que nous avons entendu dans le souterrain était celui de votre complice utilisant votre bidule vocal.

D'un geste de la main, l'homme à la cape lui coupe la parole, pour asséner :
— cette nuit-là, j'étais seul !

Chapitre 15

*« Il sait assez, celui qui ne sait,
s'il sait se taire. »*

Comment interpréter l'affirmation de Feri ? Mensonge, ou déroutante vérité ? Ne le sachant, Simon sait se taire. Face au mutisme indécis de son prisonnier, le génie du mal s'explique complaisamment :
— par Éva, j'ai su que vous aviez entrepris de me traquer dans ce réseau des *arêtes de poisson*. J'ai vu le parti que je pouvais tirer de votre présence sur le terrain. J'allais vous utiliser, vous neutraliser en vous utilisant. J'ai décidé de faire de vous le témoin unique et objectif de mon duel. Votre parole jointe au poids de ma réputation de juge, et le tour était joué, mon chantage crédible. De mon point de vue, la personne la plus apte à servir d'intermédiaire entre les autorités et moi-Tanas était moi-Feri. J'avais échafaudé cette fable de duel dans ce but. Vous arriviez à point nommé pour servir mon plan. Il me suffisait de vous distiller quelques confidences, après le soi-disant combat... Je me suis posté dans le jardin public, pour vous guetter. Dès que j'ai aperçu vos charmantes boucles blondes, j'ai entamé la représentation. Tout était réglé au quart de poil. J'ai pris mon envol dans la rue Adamoli. J'avais au préalable déverrouillé la porte en fer. Je vous l'ai claquée au nez. La clef était dans la serrure, à l'intérieur. Deux tours, et j'avais devant moi le temps nécessaire pour gagner la plus proche sortie du réseau souterrain : une plaque d'égout de la rue des Fantasques. Avant de refaire surface, je me suis changé. Les habits et l'épée du mousquetaire de Lyon m'attendaient dans une cache. Je suis entré de nouveau par la porte de la rue Adamoli. En faisant mine d'étudier mon plan, je vous ai repéré du coin de l'œil. Comme cela fut amusant de vous sentir sur mes pas ! Je vous ai embarqué assez loin pour vous ferrer. Il fallait éviter que vous quittiez les lieux pour ramener du secours. Je vous ai lâché juste avant une bifurcation où j'ai une caméra de surveillance. Ce qui m'a permis de vous tenir à l'œil. Je n'étais pas inquiet, juste prudent. Je vous savais un enquêteur solitaire. Et j'avais gagné votre sympathie. Vous ne pouviez abandonner le fier mousquetaire aux mains de l'horrible bandit. Je me suis infligé une blessure superficielle, que j'ai triturée pour obtenir un bel effet sanguinolent sur ma chemise blanche. Car il fallait que je vous impressionne. Ensuite, je me suis régalé à interpréter le rôle du blessé courageux.
— Mais le rire que nous avons entendu ?

— Ah !, le rire de l'infernal ennemi de l'ombre. C'était la touche peaufinant le scénario. Quel plaisir d'observer votre réaction ! Je voulais vous donner le change. Le nouveau shérif était avec vous, et vous entendiez Tanas au loin. D'où une dissociation qui devait tenir à l'écart de votre esprit le soupçon que les deux personnages ne faisaient qu'un.
— Un enregistrement ?
— Tout juste ! Un magnétophone réglé au volume adéquat. Les sons se répercutent dans les galeries. J'ai lancé la lecture de la cassette avant de vous rejoindre. La durée du silence précédant le rire était calculée.
— Comme toutes vos actions !
— Merci ! Néanmoins, il est une chose que j'ai mal calculée : le danger que vous incarnez. Un mauvais calcul qui me fait souffrir. J'ai dû condamner mon domaine de Fourvière, en y abandonnant mon sous-marin. Et maintenant, je vais perdre ce petit royaume souterrain des *arêtes de poisson*. J'aurai pour seule consolation de vous liquider avec.

Le condamné voit grossir l'œil noir du pistolet.
Il se hâte de relancer le dialogue :
— vous parliez du sous-marin. Une folie ruineuse. En valait-elle la peine ?
— S'enrichir permet d'assouvir des rêves de jeunesse. C'est un souvenir de lecture de Jules Verne qui m'a inspiré. Je reconnais que jouer le capitaine Nemo vingt millièmes de lieue sous Fourvière fut un plaisir rare. Une fantaisie qui n'était pas à la portée du premier venu. Une façon d'asseoir mon autorité sur mes hommes.
— Lorsque Roger vous croyait occupé à passer des nuits blanches sur vos dossiers dans le vieux palais de justice, vous en profitiez pour tenir des réunions dans votre repaire de Fourvière. Par la traboule de Saint Jean, vous arriviez discrètement au pied de la Tour Rose, d'où vous grimpiez vers le souterrain de Mandrin. Si vous avez gardé un bureau aux "24 colonnes", c'était en guise de couverture.
— Non. Au départ, c'était un choix sentimental. En moi, le jeune juge voulait reprendre le flambeau du shérif : François Renaud. Vous reconnaîtrez que le nouveau shérif de Lyon a liquidé la crème de la pègre lyonnaise. Et Tanas a mis le reste au pas. Ma personnalité est assez grande pour abriter deux personnages qui se complètent parfaitement. La nuit, Tanas s'envole des "24 colonnes" pour assurer sa domination sur le milieu lyonnais et faire entrer l'argent. Le jour, le juge Feri mène et contrôle les enquêtes policières… Ah !, je vais regretter ce brave Borniquet.
— Ainsi, il vous était aisé d'organiser les descentes au Lyon vert, après avoir fait disparaître toute trace de truquage. Ensuite, vous aviez les mains libres pour continuer vos détournements.

— Tout juste ! Au fait, bravo pour votre sagacité. Vous m'avez épaté en exposant à Fouilleret votre théorie sur la magnétisation de la boule de roulette. La mise au point de ce truquage m'a beaucoup diverti. Je juge les braquages bons pour le tout-venant du banditisme. Il m'a bien fallu en user pour obtenir mes premiers fonds, et prendre la main sur le milieu. Mais dès que mon assiette financière a été suffisante, je me suis imposé, par le biais d'un homme de paille, comme le gestionnaire attitré de l'argent noir de cette bonne bourgeoisie lyonnaise. Le total des sommes qui peuvent passer sous le nez du fisc est hallucinant... Mais il s'agit de gestion monotone rapidement déléguée. Traire le Lyon vert est autrement plus jouissif. Il faut se montrer raisonnable, pour ne pas inquiéter les gens du casino. J'ai organisé cela comme un jeu parallèle. Mon chef de partie secret décide de l'intervention de la boule truquée en fonction du niveau des gains. En présence de gros perdants, l'ami croupier la fait souvent sortir. Il en va de même face à un joueur trop chanceux, que nous faisons perdre au moment critique (...)

En se montrant attentif à ses confidences, Vitodi guette les écrans derrière le juge. Il espère y voir une silhouette approchant en catimini. Pourquoi pas le professeur Shraz, dont l'intelligence laisse espérer une initiative judicieuse ?

Il s'emploie d'autant mieux à imaginer une façon de renverser la situation, que son esprit est dégagé du souci de renvoyer la balle à son interlocuteur, qui se laisse aller au plaisir d'exposer son astucieuse méthode de triche.

L'équipe clandestine, composée de sept joueurs, se partage le cylindre en sept plages de numéros consécutifs. Le chef de partie pratique *le jeu du zéro*. Il couvre ainsi sept numéros avec quatre mises : le 26 en plein, et les trois couples de voisins joués *à cheval*. Les six autres compères jouent les trente numéros restants. Ils couvrent chaque plage de cinq numéros à l'aide de trois mises : le numéro central en plein, et deux chevaux sur les quatre voisins. Ainsi, avec vingt-deux mises, l'équipe ne laisse échapper aucun des trente-sept numéros du cylindre. Or, un numéro joué en plein gagne trente-cinq fois la mise. L'un des deux numéros joués à cheval gagne dix-sept fois la mise. Donc, l'équipe gagne treize mises pour un plein, et perd cinq mises sur un cheval. Le chef de partie bénéficia d'un entraînement intensif sur la roulette privée qui servit pour la mise au point du dispositif de truquage. Il parvient à faire sortir en moyenne neuf fois sur dix l'un des sept numéros joués en plein par l'équipe. Quand la bille magnétisée a suffisamment ralenti, il actionne le faux téléphone mobile qui fait télécommande, pour déclencher la rotation et l'activation de l'aimant assujetti à l'envers du cylindre. Il choisit le bouton qui place l'aimant sur le plus proche numéro intéressant, afin que la boule en fin de course y soit attirée sans coup férir. À raison de treize mises gagnées neuf fois sur dix, l'équipe finit par engranger un coquet butin en fin de soirée.

Répartie entre sept gagnants, la somme est assez raisonnable pour ne pas attirer l'attention. Chacun des sept joueurs perd un peu plus de six fois sur sept. Ce qui le met à l'abri des suspicions. Par prudence, l'équipe consacre périodiquement une soirée à jouer différemment, sans tricher. Sans compter les jours de surveillance renforcée de la police des jeux.

Le parrain lyonnais se tait, alerté par une réaction à peine perceptible du captif. Il jette un regard vers les écrans vidéo, et s'exclame :
— tiens !, les renforts. Finis les bavardages. Votre dernier instant arrive, cher ami. Une ultime pensée à exprimer ?

L'arme s'élève. Son canon s'approche. Le grand blond contracte ses muscles.

Mais, il ne bondit pas. Le doigt noir ne presse pas la détente. L'action des deux adversaires est suspendue. Ils sont surpris, intrigués, inquiétés par un sifflement. Leur regard se lève vers la source du chuintement aigu.

Soudain, un éclat se détache du plafond. Projeté par une mystérieuse force, il percute le crâne de l'homme en noir. Lequel met un genou au sol. Un jet de ciment frais fuse du plafond troué. À demi assommé, Feri subit la pesante douche gluante.

Le journaliste a vite compris la nature de l'aide qui lui vient du "ciel". Il sait que les terrassiers colmatent les galeries à l'aide de béton liquide introduit sous pression dans les fissures. Parfois, le mortier comprimé chemine de façon imprévue. Ainsi, d'aucuns retrouvèrent, qui ses bouteilles de vin en sa cave, qui ses poireaux en son jardinet, prisonniers d'une subite gangue. Ici, le fluide visqueux s'est infiltré dans une zone fragile située entre l'antre de Tanas et le boyau au-dessus. Tel un bouchon de champagne, un morceau du plafond a sauté sous la pression. Combien de temps faudra-t-il aux terrassiers pour détecter l'anomalie, et couper l'action du compresseur ?

Le prisonnier doit profiter du providentiel autant qu'insolite accident qui frappe le tueur. Face au danger du pistolet, il doit fuir. Mais fuir le ravalerait au rang de vieille chasse d'eau. Une fois de plus, l'aventurier domine sa peur. Son premier mouvement est de se porter au secours de l'homme englué.

À l'instant où il s'élance, l'arme crache deux balles dans sa direction. Il bondit de côté, s'accroupit, et scrute le tireur. Celui-ci tente, à gestes pesants, de s'essuyer les paupières. Aveuglé, c'est au jugé que le juge fit feu. Il essaie désespérément de s'écarter du mortel jet. Sa cape l'emprisonne. Le tissu de soie transgénique, à la merveilleuse solidité, est coincé par la plaque chue du plafond, qui adhère au sol sous la masse collante du ciment. Étourdi, le roi de la pègre lyonnaise n'a pas la force de se libérer. Sa main gauche quitte ses yeux pour venir péniblement fouiller dans la poisseuse chape, à la recherche de l'agrafe de la cape.

— Je ne suis pas homme à reculer devant du béton, même s'il est armé.

Le grand blond a plaisanté pour fortifier son courage, tout en commençant à décrire un arc de cercle. Il veut à la fois venir en aide à la victime et maîtriser celle-ci. Mais il doit se soustraire à un nouveau tir à l'aveugle.

Sa manœuvre cesse à la chute de plusieurs blocs autour de Feri. La brèche du plafond s'élargit. Simon bat en retraite devant le début d'effondrement.

Au seuil de la pièce, il lance un ultime regard à Tanas. À genoux, émergeant des gravats, enchâssé dans une épaisse gangue de mortier, l'homme en gris ne bouge plus. La coulée visqueuse, mêlée de pierrailles, finit de le napper.

Le prince des ténèbres entre dans celles du néant, statufié.

Au Vieux Sureau, le 26 juin 2004.

Sources

Il fallait bien que notre intrépide aventurier vécût l'une de ses périlleuses enquêtes en sa ville natale, qui – ô coïncidence ! – est celle de l'auteur.

Le livre de Christian Barbier titré « Les souterrains de Lyon » donna le décor principal du roman ; décor véridique, qui enfanta le prince des ténèbres.

La doublure lumière de ce dernier, le nouveau shérif de Lyon, fut inspirée par l'aura du juge François Renaud, ravivée par l'ouvrage de Jacques Derogy intitulé « Enquête sur un juge assassiné ».

Les traboules lyonnaises devaient jouer leur rôle. Lequel fut conçu d'après le précieux guide écrit par René Dejean : « Les traboules de Lyon ».

La Croix-Rousse vibre des échos de la geste des canuts. Il fallait donc que le ver à soie mêlât son fil magique à ces pages. En ajoutant à l'industrieuse bestiole un gène de l'architecte à huit pattes, princesse appelée araignée, les chercheurs du laboratoire lyonnais de la soie avaient en l'an 2000 bon espoir de créer le fil révolutionnaire qui fait le tissu dont je vêts le diabolique Tanas.

De même, hors les vols de la demoiselle Toffer, tout ce que j'écris sur le laboratoire P4 (: à niveau de protection 4) de Gerland est réel.

Tout aussi vrais sont les détails sur Lyon et son histoire. Je ne puis citer ici toutes les sources où je les ai puisés.

Je me limite à préciser que mon aperçu de l'ancien cimetière de Loyasse est tiré du « Guide des cimetières de France », de Bertrand Beyern.

En cette pittoresque section du *boulevard des allongés*, vous trouverez le tombeau du "mage Philippe de Lyon". À l'intérieur, il est fort probable que le puits d'accès au monde souterrain de Tanas ait été comblé : simple mesure de sécurité.

Quant au lac sous Fourvière, il est à redécouvrir. Avis aux amateurs…

Comte de Sué.